Kompaß-Bücherei · Band 385

Seit einiger Zeit schon sorgt der „Feuerrote Kreis", einer der skrupellosesten Erpresser, in der noblen Gesellschaft Londons für Aufregung, die sich bis zur Hysterie steigert, als erste Todesopfer zu beklagen sind.
In undurchschaubare und nicht selten gesetzeswidrige Manipulationen verstrickt, haben die wohlhabenden Bürger der Stadt meist Grund, sich den maßlosen und unerbittlichen Forderungen nicht zu widersetzen. Das macht die Nachforschungen für Inspektor Parr natürlich nicht gerade leichter …

Edgar Wallace

Der Feuerrote Kreis

Ins Deutsche übertragen von Edith Boldt

Verlag Neues Leben Berlin

Titel des englischen Originals: The Crimson Circle

Illustrationen von Gerhard Medoch

ISBN 3-355-00963-6

Lizenz Nr. 303(305/141/89)
LSV 7324
Umschlag: Gerhard Medoch
Schrift: 9 p Timeless gew.
Typografie: Christel Ruppin
Gesamtherstellung: GG Völkerfreundschaft Dresden
Bestell-Nr. 6447422
00180

Prolog

Der Nagel

Man kann davon ausgehen, daß es das Geheimnis des Feuerroten Kreises niemals gegeben hätte, wäre nicht der Neunundzwanzigste eines bestimmten September der Geburtstag von Monsieur Victor Pallion gewesen. Ein Dutzend Menschen, nunmehr tot, wären aller Wahrscheinlichkeit nach noch am Leben, und Thalia Drummond wäre gewiß niemals von einem nüchternen Polizeiinspektor als „Diebin und Kumpanin von Dieben" bezeichnet worden.

Pallion hatte seine drei Assistenten zum Essen in das *Coq d'Or* im Zentrum von Toulouse eingeladen, wo es fröhlich und heiter zuging. Um drei Uhr morgens fiel Pallion ein, daß der Anlaß seines Besuches in Toulouse die Exekution eines englischen Verbrechers namens Lightman war.

„Liebe Kinder", sagte er mit feierlicher, aber schwankender Stimme, „es ist drei Uhr und die ‚rote Lady' muß jetzt aufgestellt werden!"

Sie begaben sich also auf den Platz vor dem Gefängnis, wo schon seit Mitternacht ein Karren mit allen Teilen der Guillotine stand. Mit durch häufige Übung erworbenem Geschick errichteten sie das gräßliche Instrument und paßten das Messer in die dafür vorgesehenen Schlitze.

Aber selbst größtes handwerkliches Können ist nicht gegen die berauschenden Weine Südfrankreichs gefeit, und als sie das Fallmesser ausprobierten, fiel es nicht wie vorgesehen.

„Ich mach das schon", sagte Pallion und schlug genau an der Stelle einen Nagel in das Gerüst, wo kein Nagel hätte eingeschlagen werden dürfen.

Aber er wurde nervös, denn die Soldaten waren schon auf den Platz marschiert ...

Vier Stunden später (es war hell genug für einen unternehmungslustigen Fotografen, den Gefangenen, der dicht vor ihm stand, aufzunehmen) wurde ein Mann aus dem Gefängnis gebracht ...

„Mut", murmelte Pallion.

„Scher dich zum Teufel!“ erwiderte das Opfer, das jetzt angeschnallt auf dem Block lag.

Pallion betätigte den Hebel, und das Messer fiel …, aber nur bis zum Nagel.

Dreimal versuchte er es, und dreimal schlug es fehl, schließlich brachen die empörten Zuschauer durch die Militärkette, und der Gefangene wurde ins Gefängnis zurückgebracht.

Elf Jahre später sollte jener Nagel viele Menschen töten.

1

Die Aufnahme

Es war zu einer Stunde, da sich die meisten achtbaren Menschen auf das Zubettgehen vorbereiteten und in den oberen Fenstern der großen altmodischen Häuser um den Platz Licht aufleuchtete, gegen das sich die Umrisse der kahlen Bäume, die sich im Sturm bogen, abzeichneten. Ein kalter Wind fegte über den Fluß, und seine Ausläufer drangen eiskalt in die entferntesten und geschütztesten Winkel.

Der Mann, der langsam an dem hohen Geländer entlangschritt, fröstelte trotz seiner warmen Kleidung, denn der Unbekannte hatte als Treffpunkt einen Ort gewählt, der dem Sturm voll ausgesetzt war. Die Überreste des dahinscheidenden Herbstes wirbelten in phantastischen Kreisen um seine Füße, die Zweige brachen krachend von den Bäumen herunter, die ihre unheimlichen, langen Arme über ihm umherwarfen, und er blickte neidvoll zu dem freundlichen Schimmer in den Fenstern eines Hauses auf, das ihn, würde er nur anklopfen, als willkommenen Gast aufnähme.

Die elfte Stunde dröhnte von einer nahe gelegenen Uhr, beim Widerhall des letzten Schlages kam ein Auto schnell und geräuschlos auf den Platz gefahren und hielt neben ihm. Die beiden vorderen Scheinwerfer leuchteten schwach. Im Wageninnern war kein Licht. Nach kurzem Zögern ging der Mann auf das Auto zu, öffnete die Tür und stieg ein. Er konnte die Umrisse der Gestalt des Fahrers auf dem Vordersitz nur ahnen. Er spürte sein Herz laut schlagen, als er sich der ungeheuren Bedeutung seines Schrittes bewußt wurde. Das Auto stand still, und auch der Mann auf dem Fahrersitz blieb reglos. Für einen kurzen Augenblick herrschte Totenstille, die von dem Fahrgast unterbrochen wurde.

„Nun?" fragte er nervös, fast gereizt.

„Haben Sie sich entschieden?" erkundigte sich der Fahrer.

„Wäre ich sonst hier?" entgegnete der Fahrgast. „Denken Sie, ich bin aus Neugier gekommen? Was wollen Sie von mir? Sagen Sie es mir, und ich sage Ihnen, was ich von Ihnen will."

„Ich weiß, was Sie von mir wollen“, sagte der Fahrer. Seine Stimme klang gedämpft und undeutlich, so als spräche er hinter einer Maske. Als sich der Neuankömmling an die Dunkelheit gewöhnt hatte, erkannte er schemenhaft die Umrisse einer schwarzen Seitenkapuze, die den Kopf des Fahrers bedeckte.

„Sie stehen am Rand des Bankrotts“, fuhr der Fahrer fort. „Sie haben Geld genommen, das Ihnen nicht gehörte, und Sie denken an Selbstmord. Aber nicht Ihr Bankrott bringt Sie auf diesen Gedanken. Sie haben einen Feind, der etwas in Erfahrung gebracht hat, was Ihnen schaden und Sie in die Hände der Polizei liefern würde. Vor drei Tagen haben Sie von einer Chemiefirma, bei der ein Freund von Ihnen arbeitet, eine besonders giftige Droge erhalten, die man nicht bei einem Apotheker kaufen kann. Sie haben eine Woche damit zugebracht, alles über Gifte und ihre Wirkungen zu lesen, und falls nicht etwas geschieht, was Sie noch vor dem Ruin retten kann, haben Sie die Absicht, sich das Leben zu nehmen. Ich glaube, Sonntag.“ Er hörte den Mann hinter sich keuchen, und er lachte leise.

„Nun, mein Herr“, sagte der Fahrer, „wollen sie in Erwägung ziehen, für mich zu arbeiten?“

„Was soll ich machen?“ fragte der Mann hinter ihm mit bebender Stimme.

„Ich verlange nicht mehr, als daß Sie meine Anweisungen ausführen. Ich sorge dafür, daß Sie kein Risiko eingehen und daß Sie gut bezahlt werden. Ich kann Ihnen sofort eine sehr große Summe Geld in die Hand geben, die es Ihnen ermöglicht, Ihren dringendsten Verpflichtungen nachzukommen. Als Gegenleistung sollen Sie alles Geld, das ich Ihnen schicke, in Umlauf bringen, es im erforderlichen Maß einwechseln, die Spur aller Rechnungen und Banknoten, deren Nummern der Polizei bekannt sind, verwischen, Wertpapiere veräußern, die ich nicht veräußern kann, und überhaupt als mein Bevollmächtigter agieren“ – er machte eine Pause und fügte dann bedeutungsvoll hinzu: „Und auf Anforderung zahlen, was ich verlange.“

Der Mann hinter ihm antwortete eine Zeit nicht und fragte dann mit einem Anflug von Gereiztheit:

„Was ist der Feuerrote Kreis?“

„Sie“, war die überraschende Antwort.

„Ich?“ Der Mann schnappte nach Luft.

„Sie sind vom Feuerroten Kreis“, sagte der andere vorsichtig. „Sie haben einhundert Kollegen, von denen Sie keinen je kennen werden und von denen keiner Sie je kennen wird.“

„Und Sie?“

„Ich kenne sie alle“, sagte der Fahrer. „Nehmen Sie an?“

„Ja“, sagte der andere nach einer Pause.

Der Fahrer streckte, halb nach hinten gewandt, seine Hand aus.

„Nehmen Sie das“, sagte er.

„Das“ war ein großer dicker Umschlag, den das neuaufgenommene Mitglied des Feuerroten Kreises in seine Tasche schob.

„Und nun steigen Sie aus“, sagte der Fahrer schroff, und der andere gehorchte ohne weitere Fragen. Er schlug die Tür hinter sich zu und stellte sich so, daß er den Fahrer von vorn sah. Er wollte noch immer seine Identität herausfinden, für sein eigenes Seelenheil war es notwendig, zu wissen, wer der Fahrer war.

„Stecken Sie sich Ihre Zigarre nicht hier an“, sagte der Fahrer, „oder ich muß annehmen, das Rauchen ist nur ein Vorwand, um ein Streichholz anzuzünden. Merken Sie sich, mein Freund, der Mann, der weiß, wer ich bin, nimmt dieses Wissen mit in die Hölle.“

Bevor der andere antworten konnte, setzte sich das Auto in Bewegung, und der Mann mit dem Umschlag sah dem roten Rücklicht nach, bis es seinen Blicken entschwand. Er bebte von Kopf bis Fuß. „Das wär‘s“, sagte er mit belegter Stimme, überquerte die Straße und verschwand in einer Seitengasse.

Er war kaum außer Sichtweite, als sich eine Gestalt verstohlen aus dem Torweg eines dunklen Hauses löste und ihm folgte. Es war die Gestalt eines Mannes, groß und breit, der Schwierigkeiten hatte beim Gehen, denn er war kurzatmig. Er hatte ihn schon hundert Schritte verfolgt, als ihm auffiel, daß er noch das Schiffsfernglas in den Händen trug, mit dem er alles beobachtet hatte.

Als er die Hauptstraße erreichte, war das Ziel seiner Verfolgung verschwunden. Er hatte nichts anderes erwartet, und so war er nicht beunruhigt. Er wußte, wo er ihn finden würde. Aber wer war der in dem Auto? Er hatte die Nummer gelesen und könnte seinen Besitzer am nächsten Morgen ausfindig machen. Mr. Felix Marl grinste. Hätte er den Charakter des beobachteten Gesprächs erraten – er hätte keinen Grund zur Freude gehabt. Schon stärkere Männer als er waren vor Angst erstarrt angesichts einer Drohung vom Feuerroten Kreis.

2

Der Mann, der nicht zahlte

Philip Bassard hatte gezahlt und lebte, denn offensichtlich hielt der Feuerrote Kreis Wort; Jacques Rizzi, der Bankier, hatte auch gezahlt, aber er war von panischer Angst ergriffen. Einen Monat später starb er – eines natürlichen Todes, denn er hatte ein schwaches Herz. Benson, Anwalt bei der Eisenbahn, hatte über die Drohung gelacht – er wurde neben seinem privaten Salonwagen tot aufgefunden.

Mr. Derrick Yale hatte mit seinem erstaunlichen Geschick den Farbigen, der in Bensons Privatwagen geschlichen war, Benson ermordet und den Leichnam aus dem Fenster geworfen hatte, zur Strecke gebracht. Der Farbige wurde gehängt, ohne jedoch die Identität seines Auftraggebers preisgegeben zu haben. Die Polizei mochte sich verächtlich über Yales psychometrische Kräfte äußern – was sie auch tat –, aber innerhalb von achtundvierzig Stunden hatte er die Polizei zum Haus des Halunken in Yareside geführt, wo der völlig verwirrte Mörder ein Geständnis ablegte.

Nach dieser Tragödie müssen viele Männer gezahlt haben, ohne eine Meldung an die Polizei zu machen, denn über einen längeren Zeitraum gab es in den Zeitungen keinerlei Hinweis auf den Feuerroten Kreis. Und dann gelangte eines Morgens ein einfacher Umschlag auf den Frühstückstisch von James Beardmore, der eine Karte mit dem Stempel des Feuerroten Kreises enthielt.

„Du interessierst dich doch für das Melodramatische im Leben, Jack – lies das da." James Stamford Beardmore warf die Karte über den Tisch seinem Sohn zu und befaßte sich mit dem nächsten Brief aus dem Stapel neben seinem Teller.

Jack nahm die Karte und prüfte sie mit leichtem Stirnrunzeln. Es handelte sich um eine gewöhnliche Briefkarte, nur daß sie keine Adresse trug. Ein großer feuerroter Kreis berührte die vier Kanten; er sah aus, als sei er mit einem Gummistempel gedruckt worden, denn die Tinte war ungleich verteilt. In der Mitte des Kreises standen in Druckbuchstaben folgende Worte:

Einhunderttausend sind nur ein kleiner Teil Ihres Besitzes. Zahlen Sie diese Summe in Banknoten an einen Boten, den ich schikken werde, nachdem in den nächsten vierundzwanzig Stunden in der ‚Tribune' eine Anzeige erschienen ist, die genau die Ihnen genehme Zeit angibt. Dieses ist die letzte Warnung.

Eine Unterschrift gab es nicht.

„Nun?"

Der alte Jim Beardmore schaute über seine Brille, und seine Augen lächelten.

„Der Feuerrote Kreis!" stieß sein Sohn hervor.

Jim Beardmore lachte angesichts der sorgenvollen Stimme seines Sohnes laut auf.

„Ja, der Feuerrote Kreis – ich habe bereits vier davon!"

Der junge Mann starrte ihn an.

„Vier?" wiederholte er. „Großer Himmel! Ist das der Grund, warum Yale bei uns ist?"

Jim Beardmore lächelte.

„Das ist ein Grund", sagte er.

„Natürlich wußte ich, daß er Detektiv ist, aber ich hatte nicht die leiseste Ahnung ..."

„Mach dir keine Sorgen über diesen verfluchten Kreis", unterbrach ihn sein Vater etwas ungeduldig. „Ich habe keine Angst vor denen. Froyant lebt in schrecklicher Angst, daß er an die Reihe kommt. Das wundert mich auch gar nicht. Er und ich haben uns seinerzeit ein paar Feinde gemacht."

James Beardmore hätte mit seinem harten zerfurchten Gesicht und seinem stoppligen grauen Bart durchaus für den Großvater des gutaussehenden jungen Mannes, der ihm gegenübersaß, gehalten werden können. Das Beardmore-Vermögen war mühselig erworben. Es war aus den Trümmern von Träumen hervorgegangen und hatte in den Entbehrungen, Gefahren und Sorgen eines Goldsuchers seinen Anfang genommen. Dieser Mann, der in den wasserlosen Ebenen der Kalahari vom Tod begleitet worden war, der im Schlamm des Vale River nach trügerischen Diamanten geschürft und einen Anteil am Klondyke herausgeschunden hatte, hatte schon zu vielen wirklichen Gefahren gegenübergestanden, als daß er sich angesichts einer Drohung durch den Feuerroten Kreis sehr beunruhigen würde. Im Augenblick gab es eine greifbarere Gefahr, nicht so sehr für ihn als vielmehr für seinen Sohn.

„Ich traue dir genügend Vernunft zu, Jack. Nimm mir also das, was ich sagen will, nicht übel. Ich habe mich nie in deine Unternehmungen eingemischt und dein Urteil nie in Frage gestellt – aber glaubst du, daß du dich im Augenblick klug verhälst?“

Jack verstand. „Du spielst auf Miß Drummond an, nicht wahr, Vater.“

Der ältere Mann nickte.

„Sie ist Froyants Sekretärin“, begann Jack.

„Ich weiß, und ich sage nicht, daß sie deshalb schlecht ist. Aber weißt du denn etwas mehr über sie, Jack?“

Der junge Mann rollte bedächtig seine Serviette zusammen. Sein Gesicht hatte sich gerötet und trug einen komisch verbissenen Ausdruck, der Jim im stillen amüsierte.

„Ich mag sie. Sie ist eine Freundin von mir. Ich habe ihr gegenüber nie von Liebe gesprochen, wenn du das meinst, Vater, und ich glaube auch, daß es mit unserer Freundschaft aus wäre, wenn ich es täte.“

Jim nickte. Er hatte gesagt, was zu sagen war, und nahm nun einen prallen Umschlag in die Hand, den er neugierig und interessiert betrachtete. Jack sah französische Briefmarken darauf und fragte sich, wer wohl der Schreiber sei.

Der alte Mann riß den Umschlag auf und nahm einen Pakken Briefe heraus, unter denen noch ein weiterer, mehrfach versiegelter Umschlag war. Er las die Aufschrift und rümpfte die Nase.

„Oh!“ sagte er und legte den Umschlag ungeöffnet beiseite. Er sah den Rest der Korrespondenz durch und blickte dann zu seinem Sohn hinüber.

„Traue nie einem Mann oder einer Frau, bis du das Schlimmste von ihnen weißt“, sagte er. „Ich bekomme heute Besuch von einem Mann, der ein ehrenwertes Mitglied der Gesellschaft ist. Sein Ruf ist so schwarz wie mein Hut, und dennoch werde ich Geschäfte mit ihm machen. Ich weiß das Schlimmste!“

Jack lachte. Das weitere Gespräch wurde durch die Ankunft ihres Gastes unterbrochen.

„Guten Morgen, Yale – haben Sie gut geschlafen?“ fragte der alte Mann. „Klingele noch einmal nach Kaffee, Jack.“

Derrick Yales Besuch war ein ungetrübtes Vergnügen für Jack Beardmore. Er war in einem Alter, in dem alles Romantische ihn sehr ansprach, und schon die Gesellschaft des gewöhnlichsten Detektivs hätte ihm eine besondere Freude bereitet. Aber der Glanz, der Yale umgab, war der Glanz des Übernatürlichen. Dieser Mann hatte ungewöhnliche und besondere Eigenschaften, die ihn zu etwas Einmaligem machten. Das feine, schöne Gesicht, seine ernsten, rätselhaften Augen, die bloße Gebärde seiner langen, empfindlichen Hände waren Teil seiner Einzigartigkeit.

„Ich schlafe nie“, sagte er gutgelaunt, indem er seine Serviette auseinanderfaltete. Er hielt den silbernen Serviettenring eine Sekunde lang zwischen den Fingern, wobei ihn James Beardmore amüsiert beobachtete. Jack zeigte unverhohlene Bewunderung.

„Nun?“ fragte der alte Mann.

„Wer diesen zuletzt in der Hand hatte, hat schlechte Nachrichten erhalten – ein naher Verwandter ist hoffnungslos krank.“

Beardmore nickte.

„Das Dienstmädchen Jane Higgins hat heute den Tisch gedeckt“, sagte er. „Sie hat heute morgen einen Brief bekommen mit der Nachricht, daß ihre Mutter im Sterben liegt.“

Jack stockte der Atem.

„Und das haben Sie am Serviettenring gefühlt?“ fragte er

verblüfft. „Wie geht das zu, Mr. Yale?"

Derrick Yale schüttelte den Kopf.

„Ich versuche gar nicht, es zu erklären", sagte er ruhig. „Alles, was ich weiß, ist, daß ich in dem Moment, als ich die Serviette nahm, ein Gefühl tiefen, erschütternden Kummers hatte. Es ist unheimlich, nicht wahr?"

„Aber woher wußten Sie das mit Janes Mutter?"

„Ich habe es irgendwie gespürt", antwortete der andere fast brüsk; „es ist eine Frage von Schlußfolgerungen. Haben Sie Neuigkeiten, Mr. Beardmore?"

Statt einer Antwort reichte Jim ihm die Karte, die er am Morgen bekommen hatte.

Yale las die Nachricht und hielt die Karte abwägend in seiner weißen Hand.

„Von einem Seemann abgeschickt", sagte er, „einem Mann, der im Gefängnis gewesen ist und in letzter Zeit eine größere Menge Geld verloren hat."

Jim Beardmore lachte.

„Die ich sicherlich nicht ersetzen werde", sagte er, sich vom Tisch erhebend. „Nehmen Sie diese Warnungen ernst?"

„Ich nehme sie sehr ernst", sagte Derrick in seiner ruhigen Art. „So ernst, daß ich Ihnen rate, das Haus nicht ohne meine Begleitung zu verlassen. Der Feuerrote Kreis ist", fuhr er fort, Beardmores entrüsteten Protest mit einer charakteristischen Geste unterbrechend, „zugegebenermaßen ziemlich melodramatisch in seinem Vorgehen, aber es wird für Ihre Erben kein Trost sein, zu wissen, daß sie auf theatralische Weise gestorben sind."

Jim Beardmore war einen Moment lang still, und sein Sohn betrachtete ihn ängstlich.

„Warum gehst du nicht ins Ausland, Vater?" fragte er, und der alte Mann schnauzte ihn an.

„Ins Ausland gehen – zum Teufel damit!" tobte er. „Vor einer billigen Gangstertruppe weglaufen! Ich werde sie empfangen ...!" Er sagte ihnen nicht, wohin sie gingen, aber sie konnten es erraten!

3

Das gleichgültige Mädchen

Eine schwere Last ruhte auf Jack Beardmore, als er an jenem Morgen langsam über die Wiesen ging. Seine Füße trugen ihn instinktiv auf das kleine Tal zu, das eine Meile vom Haus entfernt war und in dessen Mitte die Hecke verlief, die die beiden Grundstücke Beardmore und Froyant voneinander trennte. Es war ein glänzender Morgen. Der Regensturm, der das Land die Nacht zuvor gepeitscht hatte, hatte sich selbst hinweggeblasen, und nun lag die Welt in gelbem Sonnenschein. In der Ferne, jenseits des olivgrünen Dickichts, das Penton Hill krönte, erblickte er das große weiße Herrenhaus Harvey Froyants. Würde sie sich bei dem vom Regen aufgeweichten Boden und dem triefenden Gras herauswagen, fragte er sich.

Er hielt an einer großen Ulme am Rand des Tales an und schaute besorgt über die ungepflegte Hecke, bis sein Blick auf einem winzigen Sommerhäuschen ruhen blieb, das die früheren Besitzer von Tower House errichtet hatten – Harvey Froyant, der die Einöde haßte, hätte sich eine solche Extravaganz niemals erlaubt.

Es war niemand zu sehen, und sein Mut sank. Nach zehn Minuten gelangte er an das Loch, das er in den Zaun gemacht hatte, und stieg hindurch. Das Mädchen, das in dem Häuschen saß, hatte vielleicht seinen Seufzer der Erleichterung vernommen.

Sie blickte sich um und erhob sich dann mit einem gewissen Zögern. Sie war auffallend hübsch, mit ihrem blonden Haar und der makellosen Haut, ihre Augen aber drückten kein Entgegenkommen aus, als sie langsam auf ihn zukam.

„Guten Morgen“, sagte sie kühl.

„Guten Morgen, Thalia“, wagte er zu sagen, und sie runzelte erneut die Stirn.

„Das gefällt mir gar nicht“, sagte sie, und er wußte, daß sie es genauso meinte. Ihr Verhalten ihm gegenüber verwirrte und beunruhigte ihn. Sie war eine Frohnatur und voll pulsierenden Lebens. Einmal hatte er sie dabei überrascht, wie sie einen Hasen jagte, und fasziniert hatte er zugesehen, wie die kleinen Füße dieser lachenden Diana über das Feld flitzten, um dem erschrockenen Hasen zu folgen. Er hatte sie mehrmals singen hören, und die reine Lebensfreude schwang in ihrer Stimme – aber er hatte sie auch schon so niedergeschlagen und düster gesehen, daß er fürchtete, sie wäre krank.

„Warum sind Sie immer so steif und förmlich zu mir?“ brummte er.

Eine Sekunde lang huschte die Andeutung eines Lächelns über ihre Mundwinkel. „Weil ich Bücher gelesen habe, und da nehmen arme Sekretärinnen, die nicht steif und förmlich zu Millionärssöhnen sind, gewöhnlich ein schlimmes Ende.“

Sie war von einer Direktheit, die einen ziemlich aus der Fassung bringen konnte.

„Außerdem“, sagte sie, „gibt es keinen Grund, warum ich nicht steif und förmlich sein sollte. Es ist die übliche Haltung eines Menschen zu seinen Mitmenschen, es sei denn, sie sind voneinander angetan, was ich von Ihnen und mir nicht sagen kann.“

Sie sprach ruhig und bedachtsam, und der junge Mann wurde rot. Er kam sich töricht vor und verfluchte sich, daß er diese Grausamkeit provoziert hatte.

„Ich will Ihnen etwas sagen, Mr. Beardmore“, fuhr sie in ihrem gleichförmigen Tonfall fort, „etwas, was Sie noch nicht begriffen haben. Wenn ein Junge und ein Mädchen auf einer verlassenen Insel aufeinandertreffen, ist es ganz natürlich, daß der Junge glaubt, das Mädchen sei das einzige auf der ganzen Welt. Seine ganze eigensinnige Einbildungskraft konzentriert sich auf eine einzige Frau, die im Lauf der Zeit in seinen Augen immer wunderbarer wird. Ich kenne viele Bücher und Filme, die von dieser interessanten Situation handeln, und so kommt mir dies auch vor. Sie sind hier auf einer verlassenen Insel – Sie verbringen zuviel Zeit auf Ihrem Gut, und das einzige, was Sie sehen, sind Hasen, Vögel und Thalia Drummond. Sie sollten in die Stadt gehen und sich in die Gesellschaft von Leuten Ihres Ranges begeben.“

Sie wandte sich mit einem Nicken von ihm ab, denn sie hatte ihren Arbeitgeber kommen sehen, sie hatte aus dem Augenwinkel beobachtet, daß er stehenblieb, um sie zu mustern, und seine Verärgerung erraten.

„Ich dachte, Sie erledigen die Abrechnungen, Miß Drummond“, sagte er schroff.

Er war ein hagerer Mann Anfang Fünfzig, farblos, mit scharfen Zügen, schon seit relativ jungen Jahren glatzköpfig. Er hatte die unangenehme Eigenart, seine gelben Zähne zu entblößen, wenn er eine Frage stellte, eine Grimasse, die auf seltsame Weise andeutete, daß er sowieso glaubte, die Antwort sei eine Ausrede.

„Morgen, Beardmore.“ Mürrisch stieß er diese Begrüßung hervor und wandte sich wieder seiner Sekretärin zu.

„Ich habe es nicht gern, wenn Sie Ihre Zeit vergeuden, Miß Drummond.“

„Ich vergeude weder Ihre noch meine Zeit, Mr. Froyant“, antwortete sie ruhig. „Ich habe die Abrechnung bereits fertig – hier!“ Sie tippte auf die abgenutzte Ledermappe unter ihrem Arm.

„Sie hätten die Arbeit in meiner Bibliothek machen können“, beschwerte er sich, „es ist nicht nötig, dazu in die Wildnis zu gehen.“ Er brach ab, rieb sich seine lange Nase und blickte von dem Mädchen zu dem jungen Mann.

„Sehr gut, das reicht. Ich will gerade Ihren Vater besuchen, Beardmore. Vielleicht kommen Sie mit?“

Thalia war schon unterwegs zum Tower House, und Jack hatte keinen plausiblen Grund, noch länger zu verweilen.

„Beardmore, nehmen Sie bitte nicht die Zeit dieses Mädchens in Anspruch“, sagte Froyant gereizt. „Sie können sich nicht vorstellen, wieviel sie zu tun hat – und ich glaube, Ihr Vater sieht es auch nicht gern.“

Jack war nahe daran, etwas Verletzendes zu sagen, aber beherrschte sich. Er verabscheute Harvey Froyant, und im Augenblick haßte er ihn wegen seiner Bevormundung gegenüber dem Mädchen.

„Diese Art Mädchen“, begann Mr. Froyant und schickte sich an, die Hecke entlang bis zum Tor am Ende des Tales zu gehen, „diese Art Mädchen ...“ Er blieb stehen und starrte. „Welcher Teufel hat hier ein Loch durch die Hecke gebrochen?“ verlangte er zu wissen und zeigte mit seinem Stock auf die Stelle.

„Ich“, antwortete Jack nüchtern. „Es ist sowieso unsere Hecke, und man spart eine halbe Meile – kommen Sie schon, Mr. Froyant.“

Harvey Froyant sagte kein Wort, als er vorsichtig durch die Hecke stieg.

Sie gingen langsam den Hügel hinauf bis zu der großen Ulme, wo Jack zuvor gestanden und ins Tal gesehen hatte.

Mr. Harvey Froyant schwieg verbissen. Er war ein Verfechter von Konventionen, sofern ihre Einhaltung ihm nutzte.

Sie waren auf der Erhebung angekommen, als ihn plötzlich jemand am Arm packte. Er drehte sich nach Jack Beardmore um, der auf den Baumstamm starrte. Froyant folgte seiner Blickrichtung und trat einen Schritt zurück, wobei sein ungesundes Gesicht noch eine Spur blasser wurde. Auf den Baumstamm war – in noch feuchter Farbe – ein unebener feuerroter Kreis gemalt.

4

Mr. Felix Marl

Jack Beardmore suchte mit den Augen die Gegend ab. Das einzige menschliche Wesen in seinem Blickfeld war ein Mann mit einer Tasche in der Hand, der sich langsam von ihnen entfernte. Jack rief nach ihm, und er drehte sich um.

„Wer sind Sie? Was machen Sie hier?“

Der Fremde war ein großer, stämmiger Mann, und die unternommene Anstrengung hatte ihn etwas atemlos gemacht, so daß einige Zeit verging, bis er antwortete.

„Ich heiße Marl, Felix Marl. Sie haben vielleicht schon von mir gehört. Ich glaube, Sie sind der junge Mr. Beardmore, nicht wahr?“

„Das bin ich. Was machen Sie hier?“ fragte Beardmore den Mann noch einmal.

„Es soll vom Bahnhof hierher eine Abkürzung geben, aber

so kurz, wie man sagte, ist sie nun auch wieder nicht“, sagte Marl röchelnd. „Ich bin auf dem Weg zu Ihrem Vater.“

„Waren Sie in der Nähe dieses Baumes da?“ fragte Jack, und Marl starrte ihn an.

„Warum sollte ich denn an irgendeinem Baum gehen?“ fragte er ungehalten. „Ich sage Ihnen doch, ich komme direkt über die Felder.“

Inzwischen war Harvey Froyant herangekommen und erkannte den Neuankömmling.

„Das ist Mr. Marl, ich kenne ihn. Marl, haben Sie jemanden in der Nähe dieses Baumes gesehen?“

Der Mann schüttelte den Kopf, der Baum und sein Geheimnis waren für ihn offensichtlich ein Mysterium.

„Ich habe gar nicht gewußt, daß dort ein Baum ist. Was ist denn passiert?“

„Nichts“, entgegnete Froyant scharf.

Jack hatte die Tasche des Besuchers genommen, und so gingen sie auf das Haus zu. Die Erscheinung dieses großen Mannes hatte Jack nicht beeindruckt. Seine Stimme war rauh, sein Benehmen recht gewöhnlich, und Jack fragte sich, welche Beziehung dieses ungehobelte Exemplar eines Menschen zu seinem Vater wohl haben könnte.

Sie näherten sich dem Haus, als der kräftige Mr. Marl plötzlich und aus unerfindlichen Gründen einen Angstschrei ausstieß und zurückwich. Seine Furcht war unübersehbar. Sie stand offen auf den bleichen Wangen und den zuckenden Lippen des am ganzen Leib zitternden Mannes geschrieben.

Jack sah ihn erstaunt an, und selbst Froyant zeigte Interesse.

„Was, zum Teufel, ist denn mit Ihnen?“ fragte er ungehalten. Seine eigenen Nerven waren zum Zerreißen gespannt, und der Anblick der unverhüllten Angst des großen Mannes bedeutete eine weitere Belastung, die er kaum ertragen konnte.

„Nichts, nichts“, murmelte Marl mit belegter Stimme. „Ich bin …“

„Sie haben getrunken, würde ich meinen“, fuhr ihn Froyant an.

Nachdem Jack den Mann ins Haus gebracht hatte, machte

er sich sofort auf die Suche nach Derrick Yale. Er fand den Detektiv in einem großen Rohrstuhl zwischen den Sträuchern, das Kinn auf die Brust gesenkt, die Arme verschränkt – eine seiner charakteristischen Haltungen. Yale blickte auf, als er die Schritte des jungen Mannes vernahm.

„Ich kann es Ihnen nicht sagen“, begann er, bevor Jack überhaupt seine Frage formuliert hatte, und als er dessen verwunderten Blick sah, lachte er. „Sie wollten mich doch gerade fragen, was Marl so in Schrecken versetzt hat, oder?“

„Ja, deshalb bin ich gekommen.“ Jack lachte. „Sie sind doch ein außergewöhnlicher Mensch, Mr. Yale! Haben Sie gesehen, was für einen unheimlichen Schreck der gekriegt hat?“

„Ich habe ihn gesehen, kurz bevor er diesen Schock bekam. Man kann den Feldweg von hier aus einsehen.“

Er runzelte die Stirn.

„Er erinnert mich an jemanden“, sagte er langsam, „aber ich kann einfach nicht sagen, wer er ist. Kommt er häufig hierher? Ihr Vater erzählte mir, daß er kommen würde, und da dachte ich mir gleich, daß er es ist.“

Jack schüttelte den Kopf. „Ich sehe ihn zum erstenmal. Ich kann mich allerdings jetzt erinnern, daß Vater und Froyant geschäftlich zu tun hatten mit einem Mann namens Marl – Dad hat ihn einmal erwähnt. Ich glaube, er ist Bodenspekulant. Vater interessiert sich zur Zeit sehr für Land. Übrigens habe ich das Zeichen des Feuerroten Kreises gesehen“, und er beschrieb das frisch gemalte Signum auf dem Ulmenstamm.

Sofort verlor Yale das Interesse an Mr. Marl.

„Es war noch nicht da, als ich runter ins Tal ging“, sagte Jack. „Das kann ich beschwören. Es muß angemalt worden sein, während ich – mit einem Freund sprach. Man kann den Stamm vom Grenzzaun aus nicht sehen. Was hat das zu bedeuten, Mr. Yale?“

„Ärger“, entgegnete Yale knapp.

Er erhob sich plötzlich und wanderte auf dem Plattenweg umher.

Jack überließ ihn, nachdem er eine Weile gewartet hatte, seinen Meditationen.

Unterdessen erwies sich Mr. Marl als ziemlich nutzloser Dritter bei einer Besprechung über Bodentransaktionen. Marl war, wie Jack gemeint hatte, Bodenspekulant und war mit einem vielversprechenden Vorschlag gekommen, er war jedoch unfähig, ihn zu erklären.

„Ich kann leider nicht anders, meine Herren", sagte er, und zum viertenmal legte er seine zitternde Hand an die Lippen. „Ich hatte heute morgen einen kleinen Schock."

„Was war denn?"

Marl war jedoch keiner Erklärung fähig. Er konnte nur hilflos den Kopf schütteln. „Ich bin nicht in der Lage, irgend etwas in Ruhe zu besprechen. Wir müssen die Angelegenheit bis morgen verschieben."

„Denken Sie, ich bin heute hierhergekommen, um mir solchen Unsinn anzuhören?" knurrte Mr. Froyant. „Ich kann Ihnen nur sagen, ich möchte dieses Geschäft heute unter Dach und Fach haben. Sie doch auch, Beardmore."

Jim Beardmore, dem es gleichgültig war, ob die Sache sofort oder eine Woche später abgemacht würde, lachte.

„Ich wüßte nicht, daß es so wichtig ist. Wenn Mr. Marl derart aufgebracht ist, brauchen wir ihn doch nicht weiter zu belästigen. Vielleicht bleiben Sie heute nacht hier, Marl?"

„Nein, nein, nein!" Die Stimme des Mannes steigerte sich fast zu einem Schrei. „Nein, ich werde nicht hierbleiben, wenn es Ihnen nichts ausmacht – nein, das möchte ich ganz und gar nicht!"

„Wie Sie wünschen", sagte Beardmore gleichgültig und schob die Unterlagen, die er zur Unterzeichnung vorbereitet hatte, zusammen.

Sie gingen zusammen hinaus in die Halle, wo Jack auf sie traf. Beardmores Auto brachte den Besucher und seine Tasche zurück zum Bahnhof. Dort nahm Mr. Marls Verhalten seltsame Formen an. Er gab die Tasche auf bis zur Stadt, aber er selber stieg an der nächsten Station aus. Für einen Mann, der das Laufen haßte und von Natur aus eine Aversion gegen körperliche Aktivität hatte, bewies er nun einen fast heroischen Geist, denn er machte sich auf, die neun Meilen, die ihn noch von dem Beardmore-Sitz trennten, zu laufen, er wählte nicht die kürzeste Strecke.

Es war kurz vor Einbruch der Nacht, als Mr. Marl sich

heimlich in die dichte Schonung am Rand des Beardmore-Besitzes schlich. Er ließ sich nieder, müde, schmutzig, aber entschlossen, er wartete, bis sich die Nacht über das ganze Gelände gesenkt hatte. Während er wartete, prüfte er vorsichtig und sorgsam die schwere automatische Pistole, die er im Zug aus seiner Tasche genommen hatte.

5

Das Mädchen, das davonlief

„Ich verstehe nicht, warum dieser Mann heute morgen nicht wiedergekommen ist", sagte Jim Beardmore mit einem Stirnrunzeln.

„Welcher Mann?" fragte Jack sorglos.

„Ich spreche von Marl."

„War das der große Gentleman, den ich gestern gesehen habe?" erkundigte sich Derrick Yale.

Sie standen auf der Terrasse des Hauses, von deren erhöhter Lage sie einen guten Blick über das Land hatten.

Der Frühzug war gekommen und abgefahren. Sie sahen die weiße Rauchspur, die er hinterließ, als er in den Gebirgsausläufern neun Meilen entfernt verschwand.

„Ja, ich rufe besser Froyant an und sage ihm, daß er nicht kommen soll." Jim Beardmore strich sich über sein stoppliges Kinn. „Marl gibt mir Rätsel auf. Ich glaube, er ist ein schlauer Kerl, ein ehemaliger Dieb, der sich gebessert hat, soviel ich weiß – zumindest hoffe ich, daß er sich gewandelt hat. Was hat ihn gestern so aufgebracht, Jack? Er kam in die Bibliothek wie der leibhaftige Tod."

„Ich habe nicht die leiseste Ahnung. Ich glaube, er hat ein schwaches Herz oder so etwas. Er sagte, er würde öfter solche Krämpfe bekommen."

Beardmore lachte sanft, dann ging er ins Haus und kam mit seinem Spazierstock zurück.

„Ich mache einen kleinen Spaziergang, Jack. Nein, du brauchst nicht mitzukommen. Ich möchte über ein paar Sachen nachdenken, und Ihnen verspreche ich, Yale, daß ich

das Grundstück nicht verlassen werde, obwohl ich finde, Sie messen den Drohungen dieser Schurken zuviel Bedeutung bei.“

Yale schüttelte den Kopf.

Jim Beardmore schnaubte verächtlich. „Da gehört schon mehr dazu, mir hunderttausend abzuknöpfen.“ Er winkte zum Abschied und ging die breite Steintreppe hinunter.

Die beiden sahen ihn langsam durch den Park gehen.

„Meinen Sie wirklich, mein Vater schwebt in Gefahr?“ fragte Jack.

Yale, der der Gestalt nachgeschaut hatte, wandte sich mit einem Ruck um.

„In Gefahr?“ wiederholte er, und dann, nach einer Sekunde des Zögerns: „Ja, ich glaube, in den nächsten Tagen schwebt er in sehr großer Gefahr.“

Jack sah der sich entfernenden Gestalt mit kummervollem Blick nach.

„Ich hoffe, Sie haben unrecht. Vater scheint die Sache nicht so ernst zu nehmen wie Sie.“

„Weil Ihr Vater nicht die Erfahrung hat, aber soviel ich weiß, hat er mit Inspektor Parr gesprochen, und der Inspektor meinte, daß eine große Gefahr bestünde.“

Jack lachte trotz seiner Angst leise vor sich hin.

„Wie vertragen sich der Löwe und das Lamm? Ich hatte nicht den Eindruck, daß das Polizeihauptquartier viel Verwendung für Private wie Sie hat, Mr. Yale.“

„Ich bewundere Parr“, sagte Derrick langsam. „Er ist langsam, aber gründlich. Ich habe gehört, er soll einer der gewissenhaftesten Leute im Hauptquartier sein, und ich vermute, die Chefs vom Hauptquartier haben ihn wegen des letzten Verbrechens vom Feuerroten Kreis ziemlich schlecht behandelt. Sie haben ihm praktisch klargemacht, daß er, falls er die Organisation nicht zu Fall bringen kann, seinen Rücktritt einreichen muß.“

Während sie miteinander sprachen, war die Gestalt von Mr. Beardmore im Dunkel eines kleinen Waldes am Rand des Gutes verschwunden.

„Ich habe mit ihm während des letzten Mordes zusammengearbeitet, und ich hatte von ihm den Eindruck ...“ Er brach ab, und die beiden Männer sahen sich an.

Ein Irrtum war ausgeschlossen. Es war ein Schuß, nahe und deutlich, aus der Richtung des Waldes. Eine Sekunde später setzte Jack über die Balustrade und raste über die Wiese, Derrick Yale folgte ihm.

Sie fanden Jim Beardmore, auf dem Gesicht liegend, zwanzig Schritt den Waldweg einwärts. Er war tot. Und als Jack mit entsetztem Blick aufsah, tauchte ein Mädchen am anderen Ende des Waldes auf und verweilte gerade lange genug, um sich mit einer Handvoll Gras etwas von ihren Händen zu wischen, dann floh sie an der Hecke entlang, die das Froyant-Grundstück abgrenzte.

Nicht ein einziges Mal drehte sich Thalia Drummond um, bis sie sich im Schutz des kleinen Sommerhauses befand. Ihr Gesicht war entstellt und bleich, und sie rang nach Luft, als sie für einen Augenblick in der Tür zur kleinen Hütte stehenblieb, um sich nach dem Wald umzusehen. Ein rascher Blick in die Runde, und sie verschwand im Haus. Auf Knien zerrte sie mit zitternden Händen an einer Fußbodenbohle. Sie löste sich und gab eine schwarze Öffnung frei. Nach kurzem Zögern warf sie den Revolver, den sie in der Hand hielt, in das Loch, wonach sie die Bohle wieder an ihren Platz legte.

6

„Thalia Drummond – eine Diebin und Kumpanin von Dieben"

Der Kommissar betrachtete den Zeitungsausschnitt vor sich und zupfte an seinem grauen Bart. Inspektor Parr, der den Text kannte, beobachtete ihn mit scheinbar unbeteiligtem Interesse.

Er war ein kleiner untersetzter Mann, so klein, daß es bemerkenswert war, daß er überhaupt den strengen Anforderungen der Polizeibehörden entsprechen konnte. Er war etwas unter fünfzig, aber sein rotes Gesicht war faltenlos. Es war ein Gesicht, dem jedes Anzeichen von Intelligenz und Vornehmheit fehlte. Seine ausdruckslosen runden Augen schauten dumm und träge drein, die große fleischige Nase, die kräftigen Wangen, die wie Säcke unterhalb der Backenknochen hingen, verstärkten diese Ausdruckslosigkeit. Der Kommissar nahm den Zeitungsausschnitt auf. „Hören Sie sich das an", sagte er schroff und las. Es handelte sich um einen redaktionellen Artikel des *Morning Monitor*, der von einer beleidigenden Direktheit war.

Zum zweitenmal in diesem Jahr geriet das Land in Schrecken und Zorn angesichts der Ermordung eines prominenten Mannes. Es ist hier nicht nötig, Details des Verbrechens des Feuerroten Kreises zu geben – diese werden auf einer anderen Seite erscheinen. Aber es ist unbedingt erforderlich, mit Nachdruck und unmißverständlich festzustellen, daß wir mit Bestürzung die offenkundige Hilflosigkeit des Polizeihauptquartiers bei der Verfolgung dieser kriminellen Gruppe sehen. Inspektor Parr, der sich das ganze Jahr über mit der Verfolgung der Mördererpresser befaßte, kann uns nichts anderes anbieten als das vage Versprechen, alles aufzudecken, ohne es aber je einzulösen. Es ist klar, daß das Hauptquartier der gründlichen Überprüfung und Zuführung neuen Blutes bedarf. Wir vertrauen darauf, daß die Verantwortlichen für die Regierung dieses Landes nicht zögern werden, die erforderlichen einschneidenden Veränderungen vorzunehmen.

„Hm", brummte Colonel Morton, „was halten Sie davon, Parr?"

Der rieb sein breites Kinn und sagte nichts.

„James Beardmore wurde ermordet, obwohl die Polizei rechtzeitig gewarnt worden ist. Er wurde in Sichtweite seines Hauses erschossen, und der Mörder ist auf freiem Fuß. Das ist der zweite schwere Fall, Parr, und ich sage Ihnen offen, daß ich die Absicht habe, den Rat der Zeitung zu befolgen." Er klopfte bedeutungsvoll auf den Zeitungsausschnitt.

„Beim letzten Fall haben Sie Mr. Yale die Ehre überlassen, den Täter gefaßt zu haben. Ich nehme an, Sie haben mit Mr. Yale gesprochen?"

Der Kriminalbeamte nickte.

„Und was sagt er?"

Mr. Parr war unbehaglich zumute, und er trat von einem Bein aufs andere.

„Er hat mir eine Menge Unsinn über einen dunklen Mann mit Zahnschmerzen erzählt."

„Wie kommt er denn darauf?" fragte der Kommissar schnell.

„Durch eine Patronenhülse, die er auf der Erde gefunden hat", sagte der Detektiv. „Ich kümmere mich nicht um diesen psychometrischen Kram ..."

Der Kommissar lehnte sich in seinem Stuhl zurück und seufzte.

„Ich glaube, Sie kümmern sich um nichts, was nützlich wäre, Parr. Rümpfen Sie nicht die Nase über Yale. Der Mann besitzt ungewöhnliche Gaben. Daß Sie sie nicht verstehen, macht sie nicht unbedeutender."

„Wollen Sie damit sagen, Sir", sagte der zum Widerspruch aufgestachelte Parr, „daß ein Mann eine Patrone in die Hand nimmt und Ihnen sagt, wie die Person aussieht, die sie zuletzt in der Hand hatte, und was die betreffende Person über dieses Ding dachte? Das ist doch absurd!"

„Nichts ist absurd", sagte der Kommissar ruhig.

„Die Wissenschaft der Psychometrie wird seit Jahren praktiziert. Einige Menschen, die ungewöhnlich sensibel auf Eindrücke reagieren, können die ungewöhnlichsten Dinge erkennen, und Yale ist einer von denen."

„Er war da, als der Mord begangen wurde" erwiderte Parr. „Er war zusammen mit Beardmores Sohn, nicht einmal hundert Yard entfernt, und dennoch hat er den Mörder nicht gefaßt."

Der Kommissar nickte.

„Und Sie auch nicht", sagte er. „Vor zwölf Monaten haben Sie mir von Ihrem Plan berichtet, den Feuerroten Kreis in die Falle zu locken, und ich habe Ihnen zugestimmt. Ich glaube, wir haben beide etwas zuviel von Ihrem Plan erhofft. Sie müssen etwas anderes versuchen, ich sage es nicht gern, aber so ist es nun mal."

Parr antwortete eine Weile nicht, und dann nahm er zur Überraschung des Kommissars unaufgefordert einen Stuhl und setzte sich seinem Gesprächspartner gegenüber.

„Colonel, ich will Ihnen was sagen", begann er, und er war dabei so ernst, so ganz anders als sonst, daß der Kommissar ihn nur verwundert ansehen konnte. „Die Bande des Feuerroten Kreises kann man ganz leicht haben. Ich kann jeden einzelnen finden, wenn Sie mir Zeit geben. Aber ich will die Zentrale, sozusagen die Achse vom Rad. Wenn ich an die rankomme, brauche ich die Speichen kaum noch. Aber Sie müssen mir mehr Autorität geben, als ich im Augenblick habe."

„Mehr Autorität?" sagte der verblüffte Kommissar. „Was, zum Teufel, meinen Sie denn?"

„Ich werd's Ihnen erklären", sagte der schwerfällige Mr. Parr, und was er erklärte, hatte zur Folge, daß der Kommissar als ein sehr ruhiger und nachdenklicher Mann zurückblieb.

Nach Verlassen des Hauptquartiers ging Mr. Parr als erstes in ein Büro im Stadtzentrum. In einem kleinen Appartement im dritten Stock, das sich nur durch den Namen des Bewohners von den anderen unterschied, wartete Mr. Derrick Yale auf ihn. Man konnte sich keinen größeren Kontrast zwischen zwei Männern vorstellen.

Yale, der Überreizte, der nervöse und sensible Träumer; Parr, fest und schwerfällig, als wäre er eines selbständigen Gedankens gänzlich unfähig.

„Wie ist denn ihr Gespräch verlaufen, Parr?"

„Nicht sehr gut." Parrs Worte kamen etwas kläglich. „Ich glaube, der Kommissar hat etwas gegen mich. Haben Sie Neuigkeiten?"

„Ich habe Ihren Mann mit den Zahnschmerzen gefunden", war die erstaunliche Antwort. „Sein Name ist Sibly; er fährt zur See. Man hat ihn den Tag darauf in der Nähe des Hauses gesehen." Yale nahm ein Telegramm auf und fuhr fort: „Gestern wurde er wegen Trunkenheit und ungebührlichen Benehmens festgenommen, in seinem Besitz befand sich eine automatische Pistole, mit der, so stelle ich mir vor, das Verbrechen begangen worden ist. Sie erinnern sich doch, daß die Kugel, die man aus dem armen Beardmore entfernte, offensichtlich aus einer Automatik abgefeuert worden war."

Parr starrte ihn erstaunt an.

„Woher wissen Sie denn das?"

Derrick Yale lachte sanft.

„Sie haben nicht viel Vertrauen in meine Kombinationsgabe", sagte er mit einem Schimmer von Humor in den Augen. „Aber als ich diese Patrone in der Hand befühlte, war ich sicher, daß ich den Mann sehen könnte, so wie ich mir jetzt sicher bin, daß ich Sie sehe. Ich habe einen von meinen Leuten mit Nachforschungen beauftragt, und das ist das Ergebnis." Er deutete auf das Telegramm.

Parr stand mit gerunzelter Stirn, so daß das wenige, was in seinem Gesicht als schön gelten konnte, vollends dahin war.

„Sie haben ihn also gefaßt", sagte er mit weicher Stimme. „Jetzt möchte ich nur wissen, ob er das hier geschrieben hat."

Er nahm ein Notizbuch heraus, und Derrick Yale sah, wie er einen Fetzen Papier herauszog, der offensichtlich gebrannt hatte, denn die Ecken waren schwarz.

Yale nahm ihm den Fetzen aus der Hand.

„Wo haben Sie das gefunden?" fragte er.

„Das habe ich gestern aus dem Aschkasten in Beardmores Haus gefischt."

In großer Schrift hingekritzelt, war auf dem Stück Papier zu lesen:

Du allein
ich allein
Block B
Schiebung

„Du allein ..., ich allein", las Yale. „Block B ..., Schiebung?"

Er schüttelte den Kopf. „Damit kann ich nichts anfangen."

Er wog den Brief auf seiner Handfläche und schüttelte den Kopf. „Ich kann nicht einmal einen Eindruck erfühlen. Feuer zerstört die Aura."

Parr legte den Fetzen sorgfältig in seine Brieftasche.

„Da ist noch etwas, was ich Ihnen sagen wollte. Es war jemand im Wald, der spitze Schuhe trug und Zigarren rauchte. Ich fand die Zigarrenasche in einem kleinen Loch, und die Fußspuren waren auf den Blumenbeeten."

„In der Nähe des Hauses?" fragte Derrick Yale, aufmerksam geworden. Mr. Parr nickte.

„Nach meiner Theorie wollte jemand Beardmore warnen, hat ihm diesen Brief geschrieben und ihn nach Einbruch der Dunkelheit zum Haus gebracht. Der Alte muß ihn bekommen haben, denn er verbrannte ihn. Ich habe die Asche an der Stelle gefunden, wo die Dienstboten die Heizrückstände lagern.“

Es wurde leise an die Tür geklopft.

„Jack Beardmore“, sagte Yale im Flüsterton.

Jack Beardmore war die schwere Zeit, die er hinter sich hatte, anzusehen. Er nickte Parr zu und ging mit ausgestreckter Hand auf Yale zu.

„Es gibt wohl keine Neuigkeiten?“ fragte er, und sich an den anderen wendend: „Sie waren gestern in unserem Haus, Mr. Parr. Haben Sie etwas gefunden?“

„Nichts, was der Rede wert wäre“, antwortete Parr.

„Ich war gerade bei Froyant, er ist in der Stadt. Es war kein erfolgreicher Besuch, er befindet sich in einem bedauerlichen nervlichen Zustand.“

Er sagte nicht, daß der unbefriedigende Teil seines Besuches darin bestand, daß er Thalia Drummond nicht gesehen hatte, und nur einer der beiden Männer erriet den Grund für seine Enttäuschung.

Derrick Yale berichtete ihm von der erfolgten Verhaftung.

„Ich möchte nicht, daß Sie allzuviel Hoffnung darauf setzen; auch wenn es sich um den Mann handelt, der den Schuß abgefeuert hat, ist er mit Sicherheit nur ein Handlanger. Wir werden vermutlich dieselbe Geschichte hören, die wir schon einmal zu hören bekommen haben, daß ihm das Wasser bis zum Hals stand und daß der Chef des Feuerroten Kreises ihn zu der Tat veranlaßt hat. Wir sind von einer endgültigen Klärung so weit entfernt wie bisher.“

Sie gingen zusammen aus dem Büro in den klaren Herbsttag. Jack, der eine Verabredung mit dem Anwalt seines Vaters hatte, begleitete die beiden Männer, die auf dem Weg zum Zug in die Stadt waren, wo der verdächtige Mörder gefangen saß. Sie gingen gerade durch eine sehr belebte Straße, als Jack etwas rief. Auf der gegenüberliegenden Straßenseite war eine große Pfandleihe, und aus dem Seiteneingang, der für die bestimmt war, die zeitweiliger Anleihen bedurften, kam ein Mädchen heraus.

„Na, so ein Glück!" Es war Parrs nüchterne Stimme. „Die hab ich zwei Jahre nicht gesehen."

Jack sah ihn mit großen Augen an.

„Seit zwei Jahren nicht gesehen", sagte er langsam. „Meinen Sie diese Dame da drüben?"

Parr nickte. „Ich meine Thalia Drummond", sagte er ruhig, „eine Diebin und Kumpanin von Dieben!"

7

Der gestohlene Abgott

Jack war wie betäubt. Reglos und stumm stand er, als das Mädchen, scheinbar ohne zu bemerken, daß sie beobachtet wurde, ein Taxi nahm und davonfuhr.

„Na, zum Teufel, was hat die denn hier gemacht?" sagte Parr.

„Eine Diebin und Kumpanin von Dieben", wiederholte Jack mechanisch. „Großer Gott! Wohin gehen Sie?" fragte er schnell, als der Inspektor einen Schritt auf die Fahrbahn machte.

„Ich versuche, herauszukriegen, was sie in der Pfandleihe gemacht hat", sagte Parr gleichmütig.

„Sie ist vielleicht dort gewesen, weil sie knapp bei Kasse war. Es ist ja kein Verbrechen, knapp bei Kasse zu sein."

Jack spürte beim Sprechen, wie schwach seine Verteidigung war. Thalia Drummond eine Diebin! Es war unglaublich, unmöglich! Und dennoch folgte er dem Detektiv widerstandslos, als dieser die Straße überquerte: folgte ihm den dunklen Gang entlang, der in die Leihabteilung führte, und war im Zimmer des Leiters zugegen, als ein Gehilfe den Artikel brachte, den das Mädchen verpfändet hatte. Es handelte sich um eine kleine goldene Buddhafigur.

„Ich fand es sehr sonderbar", sagte der Leiter, als Parr sich vorgestellt hatte. „Sie wollte nur zehn Pfund, aber die Figur ist hundert wert, wenn man sie mit Geld aufwiegen kann."

„Was hat sie denn als Erklärung gesagt?" fragte Derrick

Yale, der bisher ein stummer Zuhörer gewesen war.

„Sie sagte, sie hätte Geldsorgen und daß ihr Vater mehrere solcher Raritäten habe, daß sie sie aber zu einem Preis verpfänden wolle, der es ihm ermögliche, sie wieder einzulösen."

„Hat sie ihre Adresse hinterlassen? Was für einen Namen hat sie angegeben?"

„Thalia Drummond", sagte der Assistent, „Park Gate neunundzwanzig."

„Das ist ja wohl Froyants Adresse", rief Derrick Yale aus.

Zu gut wußte Jack, daß es die Adresse des geizigen Harvey Froyant war, und er erinnerte sich mit wachsender Verzagtheit, daß Froyant diese Antiquitäten aus dem Osten sammelte. Der Inspektor stellte eine Rechnung für die Götterfigur aus und steckte sie in seine Tasche.

„Wir gehen zu Mr. Froyant."

Jack mischte sich verzweifelt ein. „Um alles in der Welt, wir wollen das Mädchen nicht in Schwierigkeiten bringen", bat er. „Es ist vielleicht nur so eine augenblickliche Versuchung gewesen – ich bringe das wieder in Ordnung, wenn sich die Angelegenheit mit Geld regeln läßt."

Derrick Yale betrachtete den jungen Mann mit einen tiefen, verständnisvollen Blick.

„Sie kennen Miß Drummond?"

Jack nickte. Er fühlte sich zu elend zum Sprechen; er wäre am liebsten fortgelaufen und hätte sich irgendwo verkrochen.

„Das geht nicht", sagte Inspektor Parr entschieden. Er war jetzt der förmliche Polizeibeamte. „Ich gehe zu Froyant, um festzustellen, ob dieser Gegenstand mit seiner Einwilligung verpfändet wurde.

„Dann gehen Sie allein", sagte Jack voller Zorn.

Er konnte sich nicht vorstellen, Zeuge der Erniedrigung des Mädchens zu sein. Es war ungeheuerlich. Es wäre gemein von Parr, sagte er zu Yale, als sie allein waren.

„Das Mädchen würde nie so einen gemeinen Diebstahl begehen, der blöde, ungeschickte Kerl! Hätte ich ihn nur nicht auf sie aufmerksam gemacht."

„Er hat sie doch zuerst gesehen", sagte Yale und legte seine Hand auf die Schulter des jungen Mannes. „Jack, ich glaube,

Sie sind ein bißchen überreizt. Warum interessieren Sie sich so für Miß Drummond? Natürlich“, sagte er plötzlich, „Sie müssen sie oft gesehen haben, als Sie zu Hause waren. Froyants Grundstück grenzt an Ihres, nicht wahr?“

Jack nickte. „Wenn er dem Feuerroten Kreis genausoviel Aufmerksamkeit gewidmet hätte wie der Jagd auf dieses Mädchen“, sagte er bitter, „würde mein armer Vater heute noch leben.“

Derrick Yale gab sich die größte Mühe, ihn zu beruhigen. Er brachte ihn zurück in sein Büro und versuchte, seine Gedanken auf eine angenehmere Bahn zu lenken. Sie waren eine viertel Stunde dort, als das Telefon läutete. Parr war am Apparat.

„Und?“ fragte Yale.

„Ich habe Thalia Drummond festgenommen, morgen früh reiche ich Klage gegen sie ein“, war die lakonische Antwort.

Yale legte den Hörer vorsichtig auf und wandte sich dann an den jungen Mann.

„Sie ist festgenommen?“ erriet Jack, bevor Yale sprechen konnte.

Der Privatdetektiv nickte.

Jack Beardmores Gesicht war sehr weiß.

„Sehen Sie, Jack“, sagte Yale sanft, „Sie sind wahrscheinlich genauso getäuscht worden wie Froyant. Das Mädchen ist eine Diebin.“

„Selbst wenn sie eine Diebin und Mörderin wäre“, sagte Jack störrisch, „ich liebe sie.“

8

Die Anklage

Mr. Parrs Gespräch mit Harvey Froyant war sehr kurz. Beim Anblick des Polizeibeamten wurde der hagere Mann bleich. Er kannte ihn vom Sehen, denn er hatte ihn oft im Zusammenhang mit der Beardmore-Tragödie gesehen.

„Und, und“, sagte er zitternd, „was ist los? Haben diese

Teufel eine neue Kampagne gestartet?“

„So schlimm ist es nicht, Sir, ich bin gekommen, um Ihnen ein paar Fragen zu stellen. Wie lange haben Sie Thalia Drummond in Ihrem Haus.“

„Sie ist seit drei Monaten meine Sekretärin“, sagte Froyant mißtrauisch, „warum?“

„Was für ein Gehalt zahlen Sie ihr?“

Mr. Froyant nannte eine gänzlich unangemessene Summe, und selbst er meinte sich für diese Unzulänglichkeit entschuldigen zu müssen. „Ich gebe ihr auch Essen, wissen Sie, und abends hat sie frei“, sagte er in dem Gefühl, den Hungerlohn rechtfertigen zu müssen.

„Hatte sie in letzter Zeit Geldmangel?“

Mr. Froyant starrte ihn an. „Na ja. Sie fragte mich gestern, ob ich ihr fünf Pfund vorschießen könnte. Natürlich zahle ich nicht im voraus. Ich halte nichts davon, Geld zu zahlen für eine Arbeit, die noch nicht erledigt worden ist“, sagte Froyant voller Pflichtbewußtsein. „Es führt zur Verarmung …“

„Sie haben, wenn ich recht informiert bin, zahlreiche Antiquitäten, wovon einige sehr wertvoll sind. Haben Sie in letzter Zeit welche vermißt?“

Froyant sprang auf. Der bloße Gedanke, daß er beraubt worden sein könnte, versetzte ihn in Panik. Ohne ein weiteres Wort eilte er aus dem Zimmer. Er war drei Minuten lang weg, und als er zurückkam, quollen seine Augen förmlich aus dem Kopf.

„Mein Buddha!“ preßte er hervor. „Er ist hundert Pfund wert. Heute morgen war er noch da …“

„Schicken Sie nach Miß Drummond“, sagte der Detektiv knapp.

Thalia kam. Ein kühles, selbstbeherrschtes Mädchen. Sie stand neben dem Schreibtisch ihres Brotherrn; die Hände auf dem Rücken verschränkt, schaute sie kaum auf den Polizeibeamten.

Die Unterredung war kurz und schmerzlich für Mr. Froyant. Auf das Mädchen hatte sie keine spürbare Wirkung. Und dennoch mußte sie gewußt haben, daß ihr Diebstahl entdeckt worden war – Froyants Augen glänzten metallisch. Einen Augenblick lang hatte der Mann Schwierigkeiten, einen zusammenhängenden Satz zu formulieren. „Sie – Sie haben mir etwas gestohlen“, brachte er unartikuliert hervor, nahezu kreischend. Seine anklagende Hand zitterte – so heftig war seine Erregung. „Sie – Sie sind eine Diebin!“

„Ich habe Sie um das Geld gebeten“, sagte das Mädchen kühl. „Wären Sie nicht so ein gemeiner Geizhals, hätten Sie es mir gegeben.“

„Sie – Sie ...“, stotterte Froyant – und dann mit einem Keuchen: „Ich klage sie an, Inspektor. Ich klage sie wegen Diebstahls an. Sie gehen dafür ins Gefängnis. Das können Sie mir glauben, meine Gute. Moment, Moment“, er hob seine Hand. „Ich muß nachsehen, ob noch etwas fehlt.“

„Sie können sich die Mühe sparen. Außer dem Buddha habe ich nichts weiter genommen, und das war sowieso nur ein häßliches kleines Scheusal.“

„Geben Sie mir die Schlüssel“, drängte der wutentbrannte Mr. Froyant. „Die Vorstellung, daß ich Sie meine Geschäftsbriefe habe öffnen lassen!“

„Ich habe gerade einen geöffnet, der nicht sehr angenehm für Sie sein dürfte, Mr. Froyant“, sagte sie ruhig, und er sah, was sie in der Hand hielt.

Sie reichte ihm den Brief, starren Blickes nahm er den feuerroten Kreis wahr, aber die im Kreis eingeschlossenen Worte waren verschwommen und unscharf. Er ließ die Karte fallen und brach zusammen.

9

Thalia vor dem Polizeirichter

Der Polizeirichter war ein freundlicher Mann, und es war ihm offensichtlich unbehaglich zumute. Er blickte von dem sachlichen Mr. Parr, der in den Zeugenstand getreten war, zu dem Mädchen in dem stählernen Verschlag. Sie war genauso gelassen und beherrscht wie der Polizeizeuge. Ihr Gesicht hätte unter jedweden Umständen Aufmerksamkeit erregt, vor dem öden Hintergrund des Polizeigerichts jedoch wurde ihre Schönheit noch besonders hervorgehoben.

Der Richter sah auf die vor ihm liegende Anklageschrift. Ihr Alter war mit einundzwanzig, ihr Beruf mit Sekretärin angegeben. Der Richter, der viele Erschütterungen in seinem Leben durchgemacht und sich gegen die ungewöhnlichsten und unwahrscheinlichsten Ereignisse abgehärtet hatte, schüttelte verzweifelt den Kopf.

„Ist etwas gegen diese Frau vorzubringen?“ fragte er und hielt es gleichzeitig für absurd, diese schlanke mädchenhafte Gefangene als „Frau“ zu bezeichnen.

„Sie wird seit einiger Zeit beobachtet, Euer Ehren“, war die Antwort, „aber sie war noch nie im Polizeigewahrsam.“

Der Richter sah über seine Brille hinweg auf das Mädchen.

„Ich kann nicht verstehen, warum Sie sich in diese schreckliche Lage gebracht haben. Ein Mädchen, das offensichtlich die Bildung einer Dame genossen hat – und läßt sich des Diebstahls von ein paar Pfund anklagen, denn obwohl der von Ihnen gestohlene Artikel viel Geld wert war, war das alles, was Ihnen Ihre Unehrlichkeit einbrachte. Ihre Tat war wahrscheinlich die Folge einer großen Versuchung. Ich vermute, daß Sie dringend Geld brauchten. Dennoch ist das keine Entschuldigung. Ich stelle Sie unter Bewährung, Sie haben vor dem Gericht zu erscheinen, wann immer Sie dazu aufgefordert werden. Damit tragen wir dem Umstand Rechnung, daß Sie nicht vorbestraft sind. Ich ermahne Sie mit allem Ernst, ehrlich zu leben und eine Wiederholung dieser unerfreulichen Erfahrung zu vermeiden.“

Das Mädchen verbeugte sich leicht und verließ den Vernehmungsstand, um in das Polizeibüro zu gehen. Der nächste Fall wurde aufgerufen.

Harvey Froyant erhob sich zur gleichen Zeit und verließ das Gerichtsgebäude. Er war ein reicher Mann, dem Geld Zweck und Ziel des Lebens war. Er gehörte zu denen, die jeden Abend vor dem Zubettgehen den Inhalt ihrer Taschen zählen. Er hätte unter ähnlichen Umständen selbst seine Mutter vors Gericht gebracht. Thalia Drummonds Vergehen erschien ihm um so abscheulicher, als ihre letzte Handlung darin bestanden hatte, ihm die Warnung des Feuerroten Kreises zu überreichen, was ihm einen solchen Schreck versetzt hatte, daß er sich noch nicht erholt hatte.

Er war ein großer dünner Mann mit ewig krummem Rükken. Sein Verhältnis zur Umwelt war beherrscht von heftigem Mißtrauen, im Augenblick in erster Linie von Groll, denn er hegte die strengsten Ansichten über die Unantastbarkeit des Eigentums.

Parr gegenüber, der mit ihm das Gericht verließ, äußerte er seine Enttäuschung, daß das Mädchen nicht ins Gefängnis gekommen war. „Eine solche Frau ist eine Gefahr für die Gesellschaft", beklagte er sich in seiner hohen verdrießlichen Stimme. „Woher soll ich wissen, daß sie nicht gemeinsame Sache mit den Schurken macht, die mir drohen? Vierzigtausend verlangen sie! Vierzigtausend!" Die letzten Worte kamen mit wehklagender Stimme. „Ihre Pflicht ist es, dafür zu sorgen, daß mir nichts zustößt! Verstehen Sie – Ihre Pflicht!"

„Ich habe Sie gehört!" sagte Inspektor Parr müde. „Und was das Mädchen anbelangt, so glaube ich nicht, daß sie jemals etwas vom Feuerroten Kreis gehört hat. Sie ist reichlich jung."

„Jung!" knurrte Froyant. „Das ist der Zeitpunkt, wo man sie bestrafen muß, nicht wahr? Jung greifen und jung bestrafen, und man bekommt respektable Bürger!"

„Ich glaube, Sie haben recht", stimmte der Inspektor mit einem Seufzer zu, um dann wenig logisch hinzuzufügen: „Kinder sind eine große Verantwortung."

Froyant murmelte etwas im Flüsterton vor sich hin, und ohne das geringste Zeichen des Abschieds eilte er auf das Auto zu, das vor dem Gerichtsgebäude auf ihn wartete.

Inspektor Parr verfolgte ihn mit einem leisen Lächeln. Als er sich umdrehte, fiel sein Blick auf einen jungen Mann, der an der Bürotür wartete.

„Guten Tag, Mr. Beardmore. Wollen Sie die junge Dame sehen?"

„Ja, wie lange werden sie sie festhalten?" fragte Jack nervös.

Mr. Parr blickte mit ausdruckslosen Augen auf den jungen Mann und ließ ein verächtliches Schnaufen vernehmen.

„Nehmen Sie es mir nicht übel, Mr. Beardmore, aber Sie interessieren sich für Miß Drummond mehr, als für Sie gut sein dürfte."

„Was meinen Sie damit?“ fragte Jack schnell. „Das Ganze war doch ein Komplott. Dieser gemeine Froyant ...“

Der Inspektor schüttelte den Kopf.

„Miß Drummond hat zugegeben, daß sie die Statuette entwendet hat. Außerdem haben wir sie ja bei Isaacs herauskommen sehen. Es besteht kein Zweifel.“

„Sie hat das Geständnis aus einem Grund gemacht, den sie am besten kennen wird“, entgegnete Jack heftig. „Denken Sie, ein solches Mädchen würde stehlen? Warum sollte sie? Ich hätte ihr gegeben, was sie wollte ...“ Er nahm sich plötzlich zusammen. „Da steckt etwas dahinter“, fuhr er ruhiger fort, „etwas, was ich nicht verstehe und sie wahrscheinlich auch nicht, Herr Inspektor.“

In diesem Augenblick ging die Tür auf, und das Mädchen kam heraus. Sie blieb stehen, als sie Jack sah, und ein leichtes Rot überzog ihr blasses Gesicht.

„Waren Sie im Gerichtssaal?“ fragte sie unvermittelt.

Er nickte, und sie schüttelte den Kopf.

„Sie hätten nicht kommen sollen“, sagte sie nahezu leidenschaftlich. „Woher wußten Sie es? Wer hat es Ihnen erzählt?“ Sie schien die Anwesenheit des Inspektors vergessen zu haben, zum erstenmal seit ihrer Verhaftung äußerte sie Anzeichen ihres unterdrückten Gefühls. Die Farbe in ihrem Gesicht wechselte, und ihre Stimme war nicht ganz fest, als sie fortfuhr: „Ich bedaure, daß Sie etwas davon erfahren haben, Mr. Beardmore, und ich bedaure außerordentlich, daß Sie gekommen sind.“

„Aber es ist doch nicht wahr“, unterbrach er. „Sie können mir das nicht erzählen, Thalia. Es war ein Komplott, nicht wahr? Ein Komplott, um Sie zu ruinieren.“

Seine Stimme war fast flehend, aber sie schüttelte den Kopf.

„Es gab kein Komplott. Ich habe Mr. Froyant bestohlen.“

„Aber warum, warum?“ fragte er verzweifelt. „Warum haben Sie ...“

„Ich kann Ihnen leider nicht sagen, warum“, antwortete sie mit dem Anflug eines Lächelns auf den Lippen, „außer daß ich Geld brauchte, und das ist doch ein guter und ausreichender Grund, oder?“

„Ich werde das nie glauben.“ Jacks Gesicht war starr, und

seine grauen Augen blickten sie unaufhörlich an. „Sie sind doch nicht jemand, der sich mit solchen Diebereien abgibt."

Sie sah ihn eine lange Zeit an, dann wandte sie sich an den Inspektor.

„Vielleicht können Sie Mr. Beardmore aufklären. Ich bin leider nicht in der Lage dazu."

„Wo gehen Sie jetzt hin?" fragte er, als sie mit einem kleinen Nicken weiterging.

„Ich gehe nach Hause", erwiderte sie. „Kommen Sie bitte nicht mit, Mr. Beardmore.

„Aber Sie haben doch kein Zuhause."

„Ich habe ein Zimmer", sagte sie, bereits etwas ungeduldig.

„Dann komme ich mit." Beardmore blieb hartnäckig.

Sie erhob keinen Protest, und sie gingen zusammen auf die belebte Straße. Kein Wort wurde gewechselt, bis sie den Eingang zur U-Bahn-Station erreicht hatten.

„Jetzt muß ich aber nach Hause gehen", sagte sie – diesmal etwas liebenswürdiger.

„Aber was gedenken Sie zu tun?" wollte er wissen. „Wie wollen Sie Ihren Lebensunterhalt verdienen, mit dieser fürchterlichen Belastung?"

„Ist es so fürchterlich?" fragte sie kühl. Sie ging auf den Eingang zu, als er sie am Arm packte und mit fast wilder Gewalt herumzog.

„Jetzt hören Sie mir mal zu, Thalia", preßte er zwischen den Zähnen hervor. „Ich liebe Sie, und ich will Sie heiraten. Ich habe es Ihnen noch nicht gesagt, aber Sie haben es erraten. Ich werde es nicht zulassen, daß Sie aus meinem Leben verschwinden. Verstehen Sie? Ich glaube nicht, daß Sie eine Diebin sind, und ..."

Sehr behutsam löste sie sich aus seiner Umklammerung.

„Mr. Beardmore", sagte sie leise. „Ihr Benehmen ist die reinste Donquichotterie! Sie haben mir gesagt, was Sie nicht zulassen werden, und ich werde Ihnen jetzt sagen, daß ich nicht zulassen werde, daß Sie Ihr Leben ruinieren wegen einer Zuneigung zu einer überführten Diebin. Sie wissen nichts von mir, außer daß ich anscheinend ein hübsches

Mädchen bin, das Sie durch Zufall auf dem Land kennengelernt haben, und es ist meine Pflicht, Ihre Mutter und Tante zu sein.“ Mit einer Spur von Belustigung ergriff sie seine dargebotene Hand.

„Wir werden uns vielleicht eines Tages wiedersehen, und dann wird der Glanz des Romantischen verschwunden sein. Auf Wiedersehen.“

Sie war im Schalterraum verschwunden, ehe er seiner Stimme wieder mächtig war.

10

Der Ruf des Feuerroten Kreises

Thalia Drummond ging zu dem Zimmer, das sie bewohnt hatte, bevor sie ihren Dienst als Sekretärin in Froyants Haus antrat. Die Geschichte ihrer Übeltaten schien ihr vorausgeeilt zu sein, denn die beleibte Wirtin bereitete ihr einen sehr kühlen Empfang, und wenn sie nicht während ihrer Zeit bei Froyant die Miete für das eine Zimmer weiter bezahlt hätte, wäre sie wahrscheinlich gar nicht hineingelassen worden.

Ungeachtet des grimmigen Gesichts ihrer Wirtin ging sie in ihr Zimmer und schloß die Tür. Sie hatte eine sehr unangenehme Woche hinter sich, denn sie war in Untersuchungshaft gehalten worden, und ihre Sachen schienen den muffigen Geruch von Holloway Gaol auszudünsten. Holloway hatte allerdings gegenüber der Lexington Street Nummer 14 einen Vorteil: es hatte mehrere Badezimmer, wofür das Mädchen regelrecht dankbar war, als sie anfing sich umzuziehen.

Ihr ging allerlei durch den Kopf. Harvey Froyant ... Jack Beardmore ... Sie verzog ihr Gesicht wie bei einer abscheulichen Erinnerung und versuchte, ihn aus ihrem Gedächtnis zu tilgen. Es war dagegen eine Wohltat, auf Froyant zurückzukommen. Ihn haßte sie beinahe. Auf alle Fälle verachtete sie ihn. Die in seinem Haus verbrachte Zeit war die schlimmste in ihrem Leben. Sie hatte ihre Mahlzeiten mit den Dienstboten eingenommen, und sie wußte, daß jeder Happen, den sie aß, gemessen, gewogen und ordnungsgemäß portioniert worden war von einem Mann, dessen siebenstelliger Scheck ohne weiteres eingelöst worden wäre.

„Wenigstens hat er mir keine Liebe angeboten", sagte sie zu sich selbst und lächelte. Sie konnte sich Harvey Froyant gar nicht liebend vorstellen. Sie erinnerte sich daran, wie sie ihm mit einem Notizbuch in der Hand durch das große Haus gefolgt war, während er auf der Suche nach Beweisen für die Saumseligkeit seiner Dienstboten war und mit den Fingern über die polierten Regale in der Bibliothek fuhr, vergeblich nach Staub suchend, die Teppichecken anhob, das Silber überprüfte oder etwas nachzählte, wie er zum Beispiel regelmäßig jede Woche die Vorräte in der Speisekammer durchging.

Er maß den Wein bei Tisch und zählte die leeren Flaschen, ja sogar die Korken. Er brüstete sich damit, daß er das Fehlen einer einzigen Blume in seinem Garten bemerken würde. Zusammen mit den Blumen wurden das von ihm angebaute Gemüse und die Pfirsiche regelmäßig zum Markt gebracht, und wehe dem unglücklichen Gärtner, der auch nur einen reifen Apfel aus dem Obstgarten entwendete – Harvey hatte einen untrüglichen Instinkt, der ihn zu dem geplünderten Baum führte.

Sie lächelte etwas gezwungen bei dieser Erinnerung. Nachdem sie sich fertig umgezogen hatte, verließ sie das Zimmer und schloß es hinter sich ab. Die Wirtin sah ihr noch eine Weile nach und lächelte böse.

„Ihre Mieterin ist zurückgekommen", sagte eine Nachbarin.

„Ja, sie ist zurückgekommen", antwortete die Frau grimmig. „Eine nette Dame – ich weiß ja nicht! Das erstemal, daß ich eine Gaunerin in meinem Haus hab, und das letztemal! Ich kündige ihr heute abend."

Thalia, die diese kritischen Bemerkungen nicht mehr vernahm, stieg in einen Bus und fuhr ins Zentrum. In der Fleet Street stieg sie aus und ging in das große Büro einer bekannten Zeitung. Sie nahm ein Annoncenformular, betrachtete das weiße Papier einen Augenblick nachdenklich und schrieb dann:

SEKRETÄRIN. – Junge Dame aus den Kolonien sucht eine Stelle als Sekretärin. Haussekretärin bevorzugt. Niedriges Gehalt beansprucht. Stenografie und Maschineschreiben.

Sie ließ noch Platz für die Chiffre, reichte die Anzeige über den Tisch, zahlte die Gebühren.

Sie war wieder in der Lexington Street, als es Zeit für die von ihrer Wirtin auf einem ramponierten Tablett servierte Teemahlzeit war.

„Also, Miß Drummond", sagte die würdige Person, „ich habe mit Ihnen zu reden."

„Sprechen Sie nur", entgegnete das Mädchen ruhig.

„Ich benötige Ihr Zimmer ab übernächste Woche."

Thalia wandte sich langsam um.

„Heißt das, ich muß raus?"

„Genau das. Ich kann keine Leute wie Sie in meinem ehrbaren Hause dulden. Ich wundere mich sehr über Sie, eine junge Dame, wie ich immer dachte."

„Denken Sie nur weiter so", sagte Thalia kühl. „Ich bin sowohl jung als auch eine Dame."

Aber die Wirtin ließ sich in ihrer gut einstudierten Anklage nicht beirren. „Eine feine Dame sind Sie! Verschaffen meinem Haus einen üblen Ruf. Im Gefängnis waren Sie eine Woche. Vielleicht denken Sie, ich weiß das nicht, aber ich lese die Zeitung."

„Ich bin sicher, daß Sie das tun. Ja, das wär's dann. Mrs. Boled. Ich verlasse Ihr Haus nächste Woche."

„Und ich wollte noch sagen ..."

„Sagen Sie es draußen."

Damit schloß Thalia die Tür vor dem cholerischen Gesicht der Wirtin.

Da es dunkel zu werden begann, zündete sie die Öllampe an und befaßte sich mit der Pflege ihrer Fingernägel, wobei sie durch das Eintreffen der Neunuhrpost unterbrochen wurde. Ein Brief, mit Druckbuchstaben adressiert, war für sie gekommen. Sie sah sich erst den Poststempel an, bevor sie den Brief öffnete. Beim Blick auf die feste weiße Karte veränderte sich ihr Gesichtsausdruck. Die Karte war quadratisch, und in der Mitte war ein großer feuerroter Kreis. Im Innern des Kreises stand:

Wir brauchen Sie. Steigen Sie in das Auto, das morgen abend um zehn Uhr an der Ecke des Steyne Square wartet.

Der Feuerrote Kreis hatte Verwendung für sie! Sie hatte den Ruf erwartet, aber er war früher gekommen, als sie angenommen hatte.

11

Das Bekenntnis

Drei Minuten vor zehn des folgenden Abends fuhr ein geschlossener Wagen langsam auf den Steyne Square und hielt an der Ecke zur Claarges Street. Ein paar Minuten später kam Thalia Drummond vom anderen Ende auf den Platz. Sie trug einen langen Mantel, und der kleine Hut auf ihrem Kopf wurde von einem unter dem Kinn geknoteten dicken Schleier festgehalten.

Ohne Zögern öffnete sie die Tür des Autos und stieg ein. Es war völlig dunkel, aber die Gestalt des Fahrers war undeutlich zu erkennen. Er drehte sich nicht um und versuchte auch nicht, das Auto zu starten, obwohl sie das Vibrieren des Motors unter ihren Füßen spürte.

„Sie wurden gestern mittag vor dem Marylebone-Polizeigericht wegen Diebstahls verklagt“, sagte der Fahrer ohne weitere Vorrede. „Gestern nachmittag haben Sie eine Anzeige aufgegeben, in der Sie sich als Neuankömmling aus den Kolonien ausgeben, in der Absicht, eine neue Gelegenheit zu finden, Ihre kleinen Diebereien fortzusetzen.“

„Das ist sehr interessant“, sagte Thalia ohne ein Zittern in der Stimme. „Aber Sie haben mich nicht kommen lassen, um mir meine Vergangenheit zu erzählen. Als ich Ihren Brief bekam, nahm ich an, Sie hielten mich für einen sehr nützlichen Gehilfen. Aber eine Frage möchte ich Ihnen stellen. Angenommen, ich hätte mich mit der Polizei in Verbindung gesetzt und wäre von Mr. Parr und dem schlauen Derrick Yale begleitet worden?“

„Dann würden Sie jetzt tot auf dem Bürgersteig liegen“,

lautete die klare Auskunft. „Miß Drummond, ich verschaffe Ihnen bequem zu verdienendes Geld und einen ausgezeichneten Job. Ich habe auch nichts dagegen, wenn Sie sich in Ihrer Freizeit in Ihren ausgefallenen Beschäftigungen ergehen, aber Ihre Hauptaufgabe wird darin bestehen, mir zu Diensten zu sein. Verstehen Sie? Sie werden für alles gut bezahlt. Ich bin immer zur Stelle, Ihnen zu helfen – oder Sie zu bestrafen, falls Sie versuchen sollten, mich zu hintergehen. Verstehen Sie?"

„Vollkommen", erwiderte sie.

„Ihr Auftrag ist sehr einfach. Sie stellen sich morgen in Brabazons Bank vor. Brabazon braucht eine Sekretärin."

„Aber wird er mich nehmen?" unterbrach sie. „Soll ich einen anderen Namen angeben?"

„Behalten Sie Ihren Namen", sagte der Mann ungeduldig. „Unterbrechen Sie mich nicht. Ich zahle Ihnen zweihundert Pfund für Ihre Dienste. Hier ist das Geld." Er schob zwei Banknoten über seine Schulter, und sie nahm sie. Ihre Hand berührte zufällig seine Schulter, und sie fühlte etwas Hartes unter seinem weichen Mantel.

Eine kugelsichere Weste registrierte sie in Gedanken, dann sagte sie laut: „Was soll ich zu Mr. Brabazon über meine früheren Erfahrungen sagen?"

„Es wird nicht nötig sein, überhaupt etwas zu sagen oder zu tun. Sie werden von Zeit zu Zeit Instruktionen bekommen. Das ist alles."

Ein paar Minuten später saß Thalia Drummond in einem Taxi, das sie zur Lexington Street brachte. Hinter ihr fuhr ein anderes Taxi, das sich in der Geschwindigkeit ganz ihrem Taxi anpaßte und das sie nie überholte, auch nicht, als sie an der Ecke zu ihrer Straße ausstieg. Und als sie den Schlüssel in der Haustür umdrehte, war Inspektor Parr nur ein Dutzend Schritt von ihr entfernt. Wenn sie wußte, daß sie beschattet wurde, ließ sie dieses zumindest nicht erkennen.

Parr beobachtete von der anderen Straßenseite das Haus nur noch ein paar Minuten; als er sah, daß hinter dem oberen Fenster Licht anging, begab er sich gedankenversunken zu dem Taxi, das ihn so weit in Richtung Osten gebracht hatte. Er stieg gerade in den Wagen ein, als jemand an ihm vorbeiging, den Kragen des Mantels hochgeschlagen und flott laufend, aber Parr erkannte ihn."

„Flush", rief er scharf, und der Mann drehte sich auf dem Absatz um.

Es war ein kleiner, dunkler, geschmeidiger Mann mit einem hageren Gesicht. Beim Anblick des Inspektors klappte sein Kiefer herunter.

„Ach, Mr. Parr", sagte er mit schlechtgespielter Freundlichkeit, „wer hätte gedacht, Sie in dieser Gegend zu treffen?"

„Ich möchte mich ein bißchen mit dir unterhalten, Flush. Kommst du ein Stück mit?"

Es war eine unheimliche Einladung, die Flush jedoch nicht das erstemal hörte.

„Sie haben doch nichts gegen mich, Mr. Parr?"

„Gar nicht", gab Parr zu, „außerdem machst du doch keine krummen Touren mehr. Mir ist so, als hättest du mir so etwas gesagt, als du aus dem Gefängnis entlassen wurdest."

„Stimmt, keine krummen Touren, verdiene meinen Lebensunterhalt und will heiraten."

„Was du nicht sagst", entgegnete Mr. Parr mit gutgespielter Überraschung. „Ist es Bella oder Milly?"

„Milly", sagte Flush Barnet, im stillen das ausgezeichnete Gedächtnis des Polizeiinspektors verfluchend. „Sie lebt auch anständig. Sie hat einen Job in einem Laden."

„In Brabazons Bank, genauer gesagt", sagte der Inspektor und wandte sich dann um, als ob ihn ein Gedanke gepackt hätte. „Ich frage mich", murmelte er vor sich hin, „ich frage mich, ob es das ist."

„Sie ist eine richtige junge Dame, die Milly", beeilte sich Flush zu erklären. „Ehrlich wie der junge Tag, sie würde keine Uhr klauen, auch wenn ihr Leben davon abhängen würde. Denken Sie ja nicht, Mr. Parr, daß sie schlecht ist, sie ist es nämlich nicht. Wir führen beide, was man so 'n ehrliches Leben nennt."

Auf Parrs ruhigem Gesicht erschien ein Lächeln.

„Das sind ja großartige Neuigkeiten, die du mir da erzählst, Flush. Wo kann man Milly denn jetzt finden?"

„Sie wohnt drüben, auf der anderen Seite vom Fluß beim Goldbergwerk", sagte Flush zögernd. „Sie wollen doch nicht alte Geschichten ausgraben, Mr. Parr?"

„Um Himmels willen", sagte Inspektor Parr liebenswürdig. „Nein, ich würde gern mal mit ihr sprechen. Vielleicht …", er zögerte, „na ja, es kann auch warten. Es war ein günstiger Umstand, dich mal wieder getroffen zu haben, Flush."

Aber Flush konnte diese Ansicht gar nicht teilen, obwohl er mäßige Zustimmung zum Ausdruck brachte.

„Das ist es also", sagte der Inspektor zu sich, aber er sagte nichts über die Art seines Verdachts, auch nicht, als er eine halbe Stunde später Derrick Yale in seinem Klub traf. Außerdem war es merkwürdig, daß Parr in dem langen Gespräch, das sie dann führten und in dem alle Aspekte des Geheimnisses um den Feuerroten Kreis berührt wurden, kein einziges Mal Thalia Drummonds Interview erwähnte, das er zwar nicht gesehen, aber doch zumindest erraten hatte.

Am nächsten Morgen machten sich die beiden Männer zeitig auf den Weg in das Landstädtchen, in dem ein gewisser Ambrose Sibly, der Vollmatrose sein sollte, wegen Mordverdachts in Haft war. Auf dringliches Ersuchen Jack Beardmores wurde diesem erlaubt, die beiden zu begleiten, obwohl er bei der Unterredung zwischen den beiden Detektiven und dem düsteren Mann, der seinen Vater ermordet hatte, nicht zugegen war.

Ein stämmiger, unrasierter Bursche, halb schottisch, halb schwedisch – das war Sibly. Er konnte weder lesen noch schreiben, und er hatte früher bereits mit der Polizei zu tun gehabt. Soviel hatte Parr den Fingerabdruckunterlagen entnehmen können.

Zuerst wollte er nicht gestehen, und es war wohl eher Yales geschicktem Kreuzverhör als Parrs Bemühungen zugute zu halten, daß es schließlich zu einem Geständnis kam.

„Ja, ich hab's getan", sagte er am Ende.

Sie saßen in der Zelle und hatten einen offiziellen Stenografen, der seine Äußerung notierte.

„Wenn ich nicht betrunken gewesen wäre, hätten Sie mich nicht gekriegt. Und da ich schon mal beim Gestehen bin, könnte ich genausgut zugeben, daß ich Harry Hobbs umgebracht habe. Der war 1912 mit mir zusammen auf der *Oritianga* – einmal können sie mich nur hängen. Hab ihn umgebracht und die Leiche über Bord geschmissen. Hab ich gemacht wegen 'ner Frau, die wir in Newport News – ist in Amerika – kennengelernt haben. Will Ihnen mal erzählen, wie das passiert ist, meine Herren. Hatte mein Schiff vor einem Monat verpaßt und war im Seemannsheim in Wapping gelandet. Dort bin ich rausgeflogen, weil ich betrunken war, und zusätzlich haben sie mich noch sieben Tage eingesperrt. Hätte mich der alte Narr doch einen Monat festgehalten, dann wäre ich heute nicht hier. Eine Nacht nachdem ich aus dem Gefängnis war, ging ich so durch East End auf der Suche nach meinem Glück und gierte nach einem Schluck und fühlte mich einigermaßen elend. Es kam noch übler – ich hatte Zahnschmerzen ..."

Parrs und Yales Blicke trafen sich, und Yale lächelte schwach.

„Ich bummelte so am Straßenrand lang und suchte Zigarettenstummel und dachte nur noch daran, wo ich ein bißchen was zu essen herkriegen könnte und 'n Bett für die Nacht. Es fing auch noch an zu regnen, und es sah so aus, als ob ich noch eine Nacht auf der Straße verbringen müßte, da hörte ich eine Stimme ganz nah an meinem Ohr sagen: ‚Spring rein.' Ich guckte mich um und sah ein Auto auf der Straße stehen. Ich traute meinen Ohren nicht. ‚Spring rein. Dich meine ich!' Und er nannte meinen Namen. Wir fuhren eine Weile, ohne daß der was sagte, und mir war aufgefallen, daß der um alle Straßen, wo große Lampen waren, einen großen Bogen machte. Nach einer Weile hielt er an und erzählte mir, wer ich war. Das kann ich Ihnen sagen, ich war vielleicht überrascht. Der kannte meine ganze Geschichte. Der wußte auch von Harry Hobbs – ich hatte einen Prozeß wegen der Sache gehabt und war freigesprochen worden –, und dann fragte er mich, ob ich mir hundert Pfund verdienen wollte. Ich sagte ihm, ich wollte schon, und er erzählte mir, daß da auf dem Lande ein alter Herr wäre, der ihm 'ne ganze Menge Ärger gemacht hätte und den er ‚weg'haben wollte. Zuerst wollte ich den Job nicht annehmen, aber der hat mich so vollgequatscht, wie er mich für den Mord an Hobbs an den Galgen bringen könnte, wie sicher das alles wäre, daß er mir ein Fahrrad geben würde, damit ich schnell wegkommen könnte, und da hab ich zuletzt ja gesagt. Eine Woche später hat er mich, wie verabredet, auf dem Steyne Square abgeholt und mir die letzten Einzelheiten erklärt. Ich war dann bei Beardmore, bald nachdem es dunkel war, und versteckte mich im Wald. Der hatte mir gesagt, Mr. Beardmore würde jeden Morgen einen Spaziergang im Wald machen und daß ich's mir die Nacht über ruhig bequem machen sollte. Ich war noch keine Stunde da, als ich einen Schreck kriegte. Ich hörte jemanden. Muß wohl ein Wildhüter gewesen sein. Es war ein großer Bursche, und ich konnte ihn nur ganz kurz sehen. Und das ist alles dazu, meine Herren, bloß noch, daß der Alte am nächsten Morgen in den Wald kam und ich ihn erschossen habe. Ich kann mich nicht mehr so genau erinnern, ich war ja betrunken, hatte ja 'ne Flasche Whisky mit in den Wald genommen. Aber so nüchtern war ich doch, daß ich aufs Fahrrad stieg und wegfuhr. Und wenn der Suff nicht gewesen wäre, wäre ich ja ganz weggekommen."

„Und das ist alles?" fragte Parr, nachdem das Geständnis noch einmal verlesen worden war und der Mann sein holpriges Kreuz darunter gesetzt hatte.

„Das ist alles, Chef", sagte der Seemann.

„Und Sie kennen denjenigen, der Ihnen den Auftrag gegeben hatte, nicht?"

„Gar keine Ahnung", gab der andere bereitwillig Auskunft. „Nur eine Sache könnte ich Ihnen von ihm erzählen", sagte er nach einer Pause. „Er sagte immer ein Wort, das ich noch nie gehört hatte. Ich bin ja nicht sehr gebildet, aber ich habe schon mitgekriegt, daß manche Leute ihre Lieblingswörter haben. Wir hatten einen alten Kapitän, der immer das Wort ‚morbid' benutzte."

„Was für ein Wort?" fragte Parr.

Der Mann kratzte sich am Kopf.

„Es wird mir noch einfallen, und dann kriegen Sie es zu erfahren."

Sie überließen ihn seinen Gedanken, die nicht zahlreich, aber wahrscheinlich nicht erfreulich waren.

Vier Stunden später brachte der Wächter Ambrose Sibly Essen. Er lag auf dem Bett, und der Wärter rüttelte ihn an der Schulter.

„Aufwachen", aber Ambrose Sibly wachte nie mehr auf. Er war mausetot.

In dem zur Hälfte gefüllten Blechnapf, der an seinem Bett

stand und aus dem er seinen Durst gestillt hatte, war genügend Blausäure, um fünfzig Männer zu töten.

Inspektor Paar interessierte sich nicht so sehr für das Gift als vielmehr für den kleinen Kreis aus feuerrotem Papier, der auf dem Wasser schwamm.

12

Die spitzen Schuhe

Mr. Felix Marl saß hinter der verschlossenen Tür seines Schlafzimmers und war mit einer Aufgabe befaßt, die ihm in unangenehmer Weise vertraut war.

Vor fünfundzwanzig Jahren hatte er als Insasse des großen französischen Gefängnisses von Toulouse in einer Schusterwerkstatt gearbeitet. Natürlich hatte seine Aufgabe darin bestanden, Schuhe ganz zu machen und nicht zu zerstören. Heute schnitt er mit einem scharfen Messer ein Paar spitze Lackschuhe, die er nur dreimal getragen hatte, in Fetzen. Streifen für Streifen zerschnitt er das Leder und warf es ins Feuer.

Manche Menschen leben intensiv und leiden intensiv. Mr. Felix Marl gehörte zu denen, die die Schrecken von Äonen in einen Tag pressen. Auf irgendeine Weise hatte eine Zeitung die Geschichte von den Fußspuren auf Beardmores Grundstück erfahren und so eine neue Angst zu den vielen, die diesen Mann verwirrten und lähmten, hinzugefügt. Er saß in Hemdsärmeln, und der Schweiß rann ihm über das Gesicht, denn es war ein starkes Feuer und das Zimmer also überheizt.

Im Moment war der letzte Streifen im Feuer, und er sah zu, wie er röstete und in Flammen aufging, bevor er das Messer weglegte, seine Hände wusch und die Fenster öffnete, um den beißenden Geruch brennenden Leders hinauszulassen.

Es wäre besser gewesen, wenn er seinen ersten Entschluß realisiert hätte, und er verfluchte sich wegen seiner Feigheit, die ihn verleitet hatte, den Revolver durch einen Füllfederhalter zu ersetzen. Aber er war in Sicherheit. Niemand hatte ihn gesehen, als er das Grundstück verließ.

Bei Menschen seines Schlages folgten blinde Panik und blindes Vertrauen fast wie etwas Natürliches aufeinander. Als er die Treppe zu seiner kleinen Bibliothek hinabstieg, hatte er schon fast vergessen, in welcher Gefahr er schwebte. Im schwindenden Tageslicht hatte er einen versöhnlichen, ja geradezu unterwürfigen Brief geschrieben und hatte ihn, wie er glaubte, sicher überbracht. Würde er gefunden werden? Ein neuer Anfall von Angst überfiel ihn.

„Pah!" Damit tat er die gefährliche Möglichkeit ab.

Sein Diener brachte ein Teetablett und stellte alles auf dem kleinen Tisch neben dem Schreibtisch ab, an dem Felix Marl saß.

„Werden Sie den Gentleman empfangen, Sir?"

„Wie?" sagte Mr. Marl und drehte sich um. „Welchen Gentleman?"

„Ich sagte Ihnen doch, daß ein Mann Sie sprechen möchte."

Marl erinnerte sich, daß sein zerstörerisches Werk durch ein Klopfen unterbrochen worden war.

„Wer ist es?"

„Ich habe seine Karte auf das Teetablett gelegt, Sir."

„Haben Sie ihm nicht gesagt, daß ich beschäftigt bin?"

„Ja, aber er sagte, er würde warten, bis Sie herunterkämen."

Der Mann reichte ihm die Karte, und Marl, diese lesend, sprang hoch und verfärbte sich krankhaft gelb.

„Inspektor Parr", sagte er unsicher. „Was will der von mir?" Seine zitternde Hand fingerte an seinem Mund herum. „Führ ihn rein", sagte er mit Anstrengung.

Er hatte Inspektor Parr weder dienstlich noch bei einem gesellschaftlichen Ereignis kennengelernt. Sein erster Blick auf den kleinen Mann gab ihm die Sicherheit zurück. Es ging nichts besonders Bedrohliches von diesem Detektiv mit dem roten Gesicht aus.

„Setzen Sie sich, Inspektor. Ich bedaure, daß ich beschäftigt war, als Sie kamen", sagte Mr. Marl, dessen Stimme in Erregung immer dünn wie die eines Vogels war.

Parr setzte sich auf die Kante des nächsten Stuhls und balancierte seinen Derbyhut auf seinem Knie.

„Ich dachte, ich warte, bis Sie herunterkommen, Mr. Marl. Ich wollte Sie wegen des Beardmore-Mordes sprechen."

Mr. Marl sagte nichts. Mit Mühe unterdrückte er das Zittern seiner Lippen und nahm, wie er glaubte, eine Haltung höflichen Interesses an.

„Sie kannten Mr. Beardmore sehr gut?"

„Nicht sehr gut. Ich hatte natürlich geschäftlich mit ihm zu tun."

„Haben Sie ihn kurz zuvor gesehen?"

Marl zögerte. Er war ein Mensch, dem das Lügen leichtfiel, und seine natürliche Veranlagung war, immer das genaue Gegenteil der Wahrheit zu sagen.

„Nein", gab er zu. „Ich habe ihn vor Jahren gesehen, das war noch, bevor er einen Bart hatte."

„Wo war Mr. Beardmore, als Sie ins Haus kamen?" fragte Parr.

„Er stand auf der Terrasse", erwiderte Marl mit unnötig lauter Stimme.

„Und Sie haben ihn gesehen?"

Marl nickte.

„Man sagte mir", fuhr Parr fort, während er auf seinen Hut blickte, „daß Sie aus irgendeinem Grunde erschrocken waren – Mr. Jack Beardmore sagt, er dachte, Sie hätten einen Augenblick lang schreckliche Angst ausgestanden. Was war der Grund dafür?"

Mr. Marl zuckte mit den Schultern und zwang sich zu einem Lächeln.

„Ich habe ja schon erklärt, es war ein kleiner Herzanfall, ich leide darunter."

Parr drehte seinen Hut so, daß er in ihn hineinsah, und er hob seine Augen nicht, als er fragte: „Es war nicht der Anblick von Mr. Beardmore?"

„Natürlich nicht", sagte der andere lebhaft. „Warum sollte ich mich vor Mr. Beardmore erschrecken? Ich habe viel mit ihm korrespondiert, und ich kenne ihn fast so gut ..."

„Aber Sie hatten ihn jahrelang nicht gesehen?"

„Ich war jahrelang nicht bei ihm", korrigierte sich Marl verwirrt.

„Und die Ursache Ihrer Erregung war nur ein Herzanfall,

Mr. Marl?“ fragte der Inspektor, wobei er zum erstenmal die Augen hob und sie auf die des anderen richtete.

„So war es.“ Marls Stimme fehlte es nicht an Festigkeit. „Ich hatte diesen kleinen Anfall schon vergessen.“

„Da ist noch ein anderer Punkt, den ich gern geklärt hätte“, sagte der Detektiv. Seine Aufmerksamkeit war wieder ganz auf seinen faszinierenden Hut gerichtet, den er mechanisch immerfort drehte, bis er einem rotierenden Butterfaß glich. „Als Sie zu Beardmores Haus kamen, trugen Sie spitze Lackschuhe.“

Marl legte die Stirn in Falten.

„Habe ich das? Ich hab's vergessen.“

„Sie sind außer der Strecke, die Sie vom Bahnhof aus zurücklegten, auch noch anderswo auf dem Grundstück herumgelaufen.“

„Nein.“

„Sie sind nicht etwa um das Haus herumgegangen, um – eh – die Architektur zu bewundern?“

„Nein. Ich war nur ein paar Minuten im Haus, und dann bin ich wieder gefahren.“

Mr. Parr blickte zur Decke auf.

„Wäre es zuviel verlangt“, fragte er entschuldigend, „wenn ich Sie aufforderte, mir die spitzen Schuhe zu zeigen, die Sie damals trugen?“

„Keineswegs“, sagte Marl und erhob sich mit Eifer.

Er war ein paar Minuten nicht im Zimmer und kam mit einem Paar langen spitzen Lackschuhen zurück.

Der Detektiv nahm die Schuhe in die Hand und besah sich gründlich die Sohlen.

„Ja, aber das sind natürlich nicht die Schuhe, die Sie trugen, weil ...“, er rieb vorsichtig mit der Hand an der Sohle, „Staub darauf ist, der Boden war aber vergangene Woche feucht.“

Marls Herz setzte fast aus.

„Das sind die Schuhe, die ich anhatte“, sagte er trotzig. „Was Sie ‚Staub‘ nennen, ist in Wirklichkeit getrockneter Schlamm.“

Parr sah seine staubigen Finger an und schüttelte den Kopf.

„Da muß irgendein Irrtum vorliegen, Mr. Marl“, sagte er

freundlich. „Das ist Kreidestaub. Aber es ist auch nicht so wichtig."

Er stand so lange herum und sah auf den Teppich hinunter, daß Mr. Marl trotz seiner Angst ungeduldig wurde.

„Kann ich noch etwas für Sie tun, Herr Inspektor?" fragte er.

„Ja. Geben Sie mir doch bitte Namen und Adresse von Ihrem Schneider. Vielleicht schreiben Sie es mir auf."

„Mein Schneider?" Mr. Marl starrte den Besucher an. „Was, der Teufel, wollen Sie von meinem Schneider?" Und dann mit einem Lachen: „Na ja, Sie sind ein merkwürdiger Mensch, Inspektor; aber es ist mir ein Vergnügen."

Er ging zu seinem Sekretär, schrieb alles auf und reichte dem Inspektor den Zettel. Parr sah sich die Adresse gar nicht an, steckte aber den Zettel in seine Tasche.

„Ich bedaure, daß ich Sie so belästigen muß, aber Sie werden verstehen, daß jeder, der während der letzten vierundzwanzig Stunden vor Beardmores Tod im Haus war, unbedingt befragt werden muß. Der Feuerrote Kreis ..."

„Der Feuerrote Kreis!" keuchte Mr. Marl.

Der Detektiv sah ihm offen ins Gesicht. „Wußten Sie nicht, daß der Feurrote Kreis für den Mord verantwortlich ist?"

Um Mr. Marl Gerechtigkeit widerfahren zu lassen: Er wußte wirklich nichts davon. Er hatte in einem kurzen Bericht gelesen, daß James Beardmore erschossen aufgefunden worden war, aber ein Zusammenhang zwischen dem Mord und dem Feuerroten Kreis war nur vom *Monitor*, einer Zeitung, die Mr. Marl nicht las, enthüllt worden.

Er ließ sich bebend in einen Sessel fallen.

„Der Feuerrote Kreis", murmelte er. „Großer Gott ..., ich habe nie gedacht ..." Er nahm sich zusammen.

„Was haben Sie nicht gedacht?" fragte Parr vorsichtig.

„Der Feuerrote Kreis", murmelte er wieder. „Ich dachte, es wäre nur ..." Er vollendete seinen Satz nicht.

Eine Stunde nachdem der Detektiv gegangen war, saß er immer noch zusammengekauert in seinem Sessel, den Kopf in die Hände gestützt. Der Feuerrote Kreis! Es war das erstemal, daß er auch nur im entferntesten mit dieser Erpresserorganisation in Verbindung gebracht worden war, und jetzt drängte sie sich seinen Gedanken derart auf, daß jede bis jetzt von ihm gefaßte Theorie durcheinandergeriet.

„Das gefällt mir nicht", murmelte er, als er sich mit Schmerzen erhob und in dem dunkel gewordenen Zimmer Licht anmachte. „Ich glaube, jetzt muß ich mich aus dem Saub machen." Er verbrachte den Abend mit der Prüfung seines Kontos, und diese Prüfung fiel sehr tröstlich aus. Er könnte noch etwas mehr herauspressen, dachte er, und dann ...

13

Mr. Marl preßt etwas mehr heraus

Ein anderer Agent, besser Agentin, des Feuerroten Kreises fand, daß sie einen guten Fang gemacht hatte. Sie war von Mr. Brabazon eingestellt worden, ohne befragt zu werden. Offensichtlich war der Mann in jenem Auto außergewöhnlich einflußreich. Noch viel ungewöhnlicher war jedoch, daß Tag für Tag verging, ohne daß ihr mysteriöser Arbeitgeber von sich hören ließ. Sie hatte erwartet, daß er sofort von ihren Diensten Gebrauch machen würde. Sie war jedoch schon fast einen Monat in Brabazons Bank, ehe sie eine Nachricht erhielt. Eines Morgens war es soweit. Sie fand auf ihrem Schreibtisch einen Brief, der in fetten Druckbuchstaben an sie adressiert war. Der Brief, der nicht das Zeichen des Kreises trug, begann ohne Einleitung:

Machen Sie sich mit Marl bekannt. Finden Sie heraus, warum er Brabazon in der Hand hat. Schicken Sie mir die Daten seines Kontos und benachrichtigen Sie mich sofort, wenn sein Konto geschlossen wird. Benachrichtigen Sie mich ebenfalls, wenn Parr oder Derrick Yale zur Bank kommen. Telegrafieren Sie an Johnson, 23, Mildred Street, City.

Sie führte die Anweisungen zuverlässig aus, obwohl sie erst nach ein paar Tagen Gelegenheit hatte, Mr. Marl kennenzulernen. Derrick Yale kam nur einmal in die Bank. Sie hatte ihn vorher schon bei den Beardmores gesehen, und selbst wenn dem nicht so gewesen wäre, hätte sie ihn anhand des Fotos von ihm, das in den Zeitungen erschienen war, erkannt. Was sein Anliegen war, erfuhr sie nicht, aber aus ihrem kleinen Büro, das sie dank ihrer Position als Brabazons Privatsekretärin für sich allein hatte, konnte sie aus den Augenwinkeln sehen, daß er sich mit einem der Kassierer am Schalter unterhielt, und ordnungsgemäß benachrichtigte sie den Feuerroten Kreis. Inspektor Parr erschien jedoch nicht, auch Jack Beardmore sah sie nicht. Sie wollte nicht zuviel an Jack denken. Es war kein angenehmes Thema.

Wenn John Brabazon, der gestrenge und stattliche Präsident der Seller Bank, nervös war, griff er zu einem kleinen charakteristischen Trick. Seine Finger streiften durch sein Haar, das am Hinterkopf lockig und voll war. Dann drehte er kurz eine Locke um den Zeigefinger, um danach mit seinen Fingerspitzen langsam über die kahle Kopfplatte zu streichen, bis diese auf der Stirn ruhten. In solchen Augenblicken, den Kopf gesenkt und die Finger auf den Augenbrauen, sah er aus, als wäre er in ein Gebet vertieft.

Der Herr, der mit ihm in seinem schönen Büro saß, hatte überhaupt nichts Charakteristisches. Er war ein massiger Mann, der geräuschvoll atmete und durch sein faules, in Genüssen schwelgendes Leben aufgedunsen war, aber er spielte nicht nervös herum, sondern hielt seine Hände ruhig über seiner Weste gefaltet.

„Mein lieber Marl“, sagte der Bankier mit sanfter, fast schmeichlerischer Stimme, „Sie stellen zuweilen meine Geduld auf die Probe. Ganz zu schweigen von der Belastung, die Sie meinen Mitteln zumuten.“

Der Mann lachte still vor sich hin. „Ich biete Ihnen Sicherheiten, Brab ..., ausgezeichnete Sicherheiten, Alter. Das können Sie nicht leugnen!“

Mr. Brabazons weiße Finger trommelten auf der Schreibtischkante eine Melodie.

„Sie schlagen mir unmögliche Projekte vor, und bisher war ich dumm genug, sie zu finanzieren. Es muß ein Ende haben mit solchen Torheiten. Sie brauchen keine Hilfe. Ihr Guthaben allein an dieser Bank beträgt fast hunderttausend.“

Marl blickte zur Tür und beugte sich dann nach vorn.

„Ich will Ihnen eine Geschichte erzählen, eine Geschichte über einen mittellosen jungen Angestellten, der die Witwe des Chefs der Seller Bank heiratete. Sie war alt genug, um seine Mutter sein zu können. Sie starb ganz plötzlich – in der Schweiz. Sie stürzte über einen Felsvorsprung. Weiß ich etwa nichts darüber? Habe ich denn nicht Fotos von dieser wunderbaren Berglandschaft gemacht? Hab ich Ihnen das Foto von diesem Unfall gezeigt, Brab? Sie sind drauf! Sie sind drauf, obwohl Sie dem Untersuchungsrichter gesagt hatten, Sie wären meilenweit weg gewesen!"

Mr. Brabazons Augen waren auf den Schreibtisch gerichtet. Nicht ein Muskel in seinem Gesicht bewegte sich.

„Außerdem", sagte Marl in einem normaleren Tonfall, „können Sie es sich doch leisten. Sie sind ja gerade dabei, einen neuen Ehebund einzugehen – so lautet doch wohl der Ausdruck?"

Der Bankier sah auf seinen Besucher und runzelte nun unwillig die Stirn.

„Was meinen Sie?"

Marl schien offensichtlich amüsiert, er klopfte sich aufs Knie und wollte sich ausschütten vor Lachen.

„Was ist mit der Person, die Sie neulich abend auf dem Steyne Square getroffen haben – die in dem geschlossenen Wagen, na? Leugnen Sie nicht. Ich hab Sie gesehen! War ein hübsches kleines Auto."

Jetzt zeigte Brabazon zum erstenmal Anzeichen von Bewegung. Sein Gesicht war grau und verzerrt, und seine Augen schienen noch tiefer in die Höhlen versunken zu sein.

„Ich regele das mit Ihrer Anleihe", sagte er.

Mr. Marls Gefühl der Zufriedenheit wurde durch ein Klopfen an der Tür unterbrochen. Auf Brabazons „Herein!" erschien eine Person, deren Erscheinung alle anderen Gedanken aus dem Kopf des Besuchers verdrängte.

Das Mädchen brachte einen Zettel, den sie ihrem Chef vorlegte – offensichtlich eine mit Bleistift notierte telefonische Nachricht.

Weiß, gold, rot. Mr. Marls Sinne registrierten die Eindrücke, die er wahrnahm. Weiß wie Sahne und zart die Haut, rot wie Mohnblumen die Lippen, gelb wie reifes Korn das

Haar. Er sah sie im Profil und fühlte sich ein klein wenig abgestoßen von der Festigkeit ihres Kinns – Mr. Marl mochte Frauen, die in seinen Händen gefügig, sanft und geschmeidig waren –, aber die Schönheit des Mundes, der Nase und der Brauen, die betörten ihn.

Er atmete etwas lauter und schneller. Als sie nach einem leise geführten Gespräch gegangen war, seufzte er.

„Was für eine Königin!“ sagte er. „Ich habe sie irgendwo schon einmal gesehen. Wie heißt sie?“

„Drummond – Thalia Drummond“, sagte Brabazon, indem er seinen Besucher kalt musterte.

„Thalia Drummond“, wiederholte Felix Marl langsam. „War sie nicht bei Froyant? Sind selber etwas nett zu ihr, was, Brabazon?“

„Es ist nicht meine Gewohnheit ‚nett‘ zu meinen Angestellten zu sein, Mr. Marl. Miß Drummond ist eine sehr gute Kraft. Das ist alles, was ich von meinem Personal verlange.“

Marl erhob sich schwerfällig, vor sich hin feixend.

„Wir sehen uns morgen wegen der anderen Sache“, sagte er. Er lachte asthmatisch, Mr. Brabazon aber blieb ernst.

„Um halb elf morgen“, sagte er und ging mit dem Besucher zur Tür.

„Oder paßt es Ihnen auch um elf?“

„Elf“, stimmte der andere zu.

„Guten Tag“, wünschte der Bankier, ohne ihm die Hand zu reichen.

Kaum hatte sich die Tür hinter dem Besucher geschlossen, als Mr. Brabazon sie abschloß und an seinem Schreibtisch zurückkehrte. Er nahm aus seinem Notizbuch eine einfache weiße Karte, tauchte die Feder in rote Tinte und malte einen roten Kreis. Darunter schrieb er die Worte:

Felix Marl hat uns bei unserer Unterredung auf dem Steyne Square gesehen. Er wohnt Marisburg Place 79.

Er steckte die Karte in einen Briefumschlag und schrieb die Adresse: „Mr. Johnson, 23 Mildred Street, City.“

14

Thalia wird eingeladen

Mr. Marl hatte den ganzen Bankraum zu durchqueren. Er blickte über die zwei Reihen der Schreibtische, ohne jedoch das Gesicht des Mädchens zu entdecken, das er suchte. Am Ende der Reihe war ein kleines Abteil, dessen Inhaber mittels undurchsichtiger Scheiben vor Beobachtung geschützt war. Die Tür war nur angelehnt, und er konnte eine Gestalt wahrnehmen. Er ging zur Tür.

Thalia Drummond sah von ihrem Schreibtisch hoch und blickte in das große lächelnde Gesicht eines Mannes, der zu ihr heruntersah.

„Beschäftigt, Miß Drummond?"

„Sehr", erwiderte sie, schien aber nichts gegen sein Eindringen zu haben.

„Macht nicht viel Spaß hier, was?" fragte er.

„Nicht sehr." Ihre dunklen Augen taxierten ihn.

„Wir wär's mit einem Dinner an einem der nächsten Abende und einer hübschen Show danach?"

Ihre Augen musterten ihn von seinen gefärbten Haaren bis zu seinen mit viel Sorgfalt polierten Schuhen. „Sie sind ein schlimmer alter Mann", sagte sie ruhig, „aber das Dinner ist meine Lieblingsmahlzeit."

Sein Grinsen wurde breiter, und das Feuer der Eroberung flackerte in seinen farblosen Augen.

„Wir wär's mit dem *Moulin Gris?*" Er schlug dieses Restaurant vor, ohne daran zu zweifeln, daß sie zustimmen würde, aber sie schürzte verächtlich die Lippen.

„Dann können wir gleich in Hooligans Fischklause gehen. Nein, nein, für mich kommt nur das Ritz-Carlton in Frage, sonst nichts."

Mr. Marl war verblüfft, aber dennoch erfreut.

„Sie sind eine Prinzessin und sollen königlich essen." Er strahlte.

„Wir wär's mit heute abend?"

Sie nickte.

„Kommen Sie zu mir. Die Adresse ist Marisburg Place,

Bayswater Road. Um halb acht. Sie finden meinen Namen an der Tür."

Er machte eine Pause und erwartete, daß sie einen Einwand erhob. Zu seiner Überraschung nickte sie aber wieder.

„Auf Wiedersehen, Liebling", sagte der siegesgewisse Mr. Marl und küßte die Spitzen seiner dicken Finger.

„Schließen Sie die Tür", sagte das Mädchen und setzte ihre Arbeit fort.

Sie sollte schon wieder unterbrochen werden. Diesmal war der Besucher ein gutaussehendes Mädchen, deren Unterarme in glänzenden Lederstulpen steckten. Es war die Stenotypistin, die Mr. Marl bereits im Bankraum neugierig beobachtet hatte.

Thalia lehnte sich auf ihrem Stuhl zurück, während die Besucherin die Tür sorgfältig hinter sich schloß und sich setzte.

„Na, Macroy, was bringen Sie?" fragte sie grob.

Die Worte paßten nicht recht zu dem fein gezeichneten Gesicht, und nicht zum erstenmal wunderte sich Milly Macroy über das Mädchen.

„Wer ist denn der alte Knopf?" fragte sie.

„Ein Bewunderer", entgegnete Thalia ruhig.

„Sie ziehen Sie an, Kleine", kommentierte Milly Macroy nicht ohne Neid. Dann gab es eine kleine Pause.

„Und?" fragte Thalia. „Sie sind ja wohl nicht gekommen, um mit mir meine Liebesabenteuer zu besprechen, oder?"

Milly lächelte geheimnistuerisch.

„Ich bin gekommen, um offen mit Ihnen zu reden, Drummond."

„Offene Gespräche sind wie Milch und Wein für mich", sagte Thalia Drummond.

„Sie erinnern sich doch an das Geld, das vorigen Freitag als Einschreiben an die Sellinger Corporation ging?"

Thalia nickte.

„Na, und ich nehme an, Sie wissen, daß behauptet wird, in dem Päckchen wäre nichts weiter als Papier gewesen, als es ankam?"

„So? Mr. Brabazon hat mir nichts davon gesagt", und sie erwiderte den prüfenden Blick der anderen, ohne mit der

Wimper zu zucken.

„Ich habe das Geld in den Umschlag gelegt, und Sie hatten es zu überprüfen. Nur Sie und ich sind in diesem Geschäft, Miß Drummond, und einer von uns hat das Geld genommen, ich schwöre, ich war's nicht."

„Dann muß ich es gewesen sein", sagte Thalia mit einem unschuldigen Lächeln. „Wirklich, Macroy, das ist eine ziemlich starke Anschuldigung, die Sie da gegen eine unschuldige Frau aussprechen."

Die Bewunderung in Millys Augen stieg. „Sie sind 'ne ganz Ausgekochte! Jetzt hören Sie zu, Kleine, wir wollen alle Karten auf den Tisch legen. Vor einem Monat, kurz nachdem Sie zur Bank kamen, fehlte eine Hundertpfundnote am Devisenschalter.

„Na und?" fragte Thalia in die Pause hinein.

„Ich weiß nun zufällig, daß Sie sie hatten und bei Billbury umgetauscht haben. Ich kann Ihnen die Nummer der Banknote sagen, wenn sie wollen."

Thalia drehte sich ruckartig um und sah die andere unter zusammengezogenen Augenbrauen an.

„Was haben wir denn da?" fragte sie mit gespielter Verblüffung. „Einen weiblichen Spürhund! Himmel, ich bin wirklich erledigt!"

Dieses überzogene Spiel kam für die Macroy völlig überraschend. „Sie können ja eiskalt sein!" sagte sie. Sie lehnte sich nach vorn und legte ihre Hand auf den Arm des Mädchens. „Es kann Ärger geben wegen der Sellinger-Sache. Sie werden Freunde brauchen können."

„Und Sie erst", sagte Thalia kühl. „Sie hatten mit dem Geld zu tun."

„Und Sie haben es genommen", sagte die andere überzeugt. „Wir wollen uns nicht deswegen streiten, Drummond. Wenn wir zusammenhalten, wird es keinen Ärger geben – ich kann schwören, daß der Brief in meiner Anwesenheit versiegelt wurde und daß das Geld da war."

Thalias Augen funkelten belustigt, und sie lachte leise.

„Gut", sagte sie und zuckte leicht mit der Schulter. „Lassen wir es so laufen. Nun, da Sie mich vor dem Ruin gerettet haben, bitten Sie mich um einen Gefallen, nicht wahr? Ich kann Sie wegen des Geldes beruhigen. Ich habe es genommen, weil ich es gut anlegen konnte. Ich brauche häufig Geld, und in letzter Zeit ist sowieso soviel von Postüberfällen geschrieben worden. Erst neulich war ein langer Artikel darüber in der Zeitung. Nun, reden Sie weiter."

Milly Macroy, die nicht gerade wenige Bekannte unter den Kriminellen hatte, starrte das Mädchen fassungslos an.

„Sie sind tatsächlich abgebrüht", sie nickte, „aber Sie müssen das mit den kleinen Fischen lassen, sonst verderben Sie ein wirklich großes Ding, und das kann ich nicht zulassen. Wenn Sie was vom großen Geld haben wollen, müssen Sie sich mit den Leuten verständigen, die große Sachen starten – verstehen Sie das?"

„Verstehe ich, und wer sind Ihre Mitarbeiter?"

Miß Macroy nahm den Ausdruck nicht zur Kenntnis, sondern antwortete diskret: „Es gibt da einen Gentleman, den ich kenne …"

„Sagen Sie ‚Mann', ‚Gentleman' erinnert mich immer so an die Anzeigen von Herrenschneidern."

„Dann eben ein Mann", sagte die geduldige Miß Macroy. „Er ist ein Freund von mir, er beobachtet Sie schon ein paar Wochen, und er denkt, daß Sie das richtige Mädchen wären, klug genug, ohne Ärger 'ne Menge Geld zu machen. Ich habe ihm von der anderen Affäre erzählt, und er möchte Sie sehen."

„Noch ein Verehrer?" fragte Thalia Drummond, wobei sie ihre vollkommenen Augenbrauen hochzog, während das Gesicht der Macroy sich dunkel färbte.

„Da spielt sich nichts ab, verstehen Sie, Drummond", sagte sie entschieden. „Dieser Bursche und ich sind so was wie … verlobt."

„Der Himmel bewahre mich davor", sagte Thalia Drummond frömmelnd, „daß ich mich zwischen zwei liebende Herzen dränge."

„Sie brauchen gar nicht so sarkastisch zu sein", das Gesicht der Macroy war noch dunkler geworden. „Ich sage Ihnen, da ist nichts mit Liebelei. Es ist ein reines Geschäft, verstehen Sie?"

Thalia spielte mit ihrem Brieföffner. Schließlich fragte sie: „Denken Sie, ich will mir Ihr Komplott entgehen lassen?"

Milly Macroy sah das Mädchen mißtrauisch an. „Kommen Sie nach Bankschluß zu ’nem kleinen Dinner“, sagte sie.

„Nur noch Einladungen zum Dinner“, murmelte Thalia, und die fixe Milly Macroy schnappte nach der Information.

„Der alte Knabe hat Sie zum Dinner eingeladen, was? Na, wenn das kein Glück ist!“ Sie pfiff, und ihre Augen strahlten. Sie wollte gerade eine Vertraulichkeit ausplaudern, änderte aber ihren Sinn. „Der hat ’nen Haufen Geld durchs Verleihen. Meine Liebe, ich sehe Sie schon mit einer Diamantenkette in ein paar Wochen!“

Thalia richtete sich etwas auf und nahm ihren Federhalter.

„Perlen sind eine Schwäche von mir. – Gut, Macroy, ich sehe Sie heute abend“, und damit arbeitete sie weiter.

Milly Macroy ging noch nicht. „Hören Sie, erzählen Sie dem Gentleman nicht, was ich über unsere Verlobung gesagt habe, ja?“

„Brabs Klingel“ sagte Thalia, stand auf und nahm ihr Notizbuch, als ein Summer ertönte. „Nein, ich rede nicht davon – ich kann Märchen sowieso nicht ausstehen.“

Miß Macroy sah dem sich entfernenden Mädchen mit einem nicht sehr freundlichen Ausdruck nach.

Mr. Brabazon saß an seinem Schreibtisch, als das Mädchen eintrat, und überreichte ihr einen versiegelten Brief.

„Schicken Sie das durch einen Boten“, sagte er.

Thalia sah auf die Adresse und nickte, und dann schaute sie Mr. Brabazon mit ganz neuem Interesse an. Der Feuerrote Kreis rekrutierte sich wahrhaftig aus den verschiedensten Klassen.

15

Thalia schließt sich der Gang an

Thalia Drummond verließ an dem Abend fast als letzte die Bank; sie stand auf der Treppe und schaute gelassen von links nach rechts, während sie sich ihre Handschuhe anzog. Wenn sie den Mann, der sie von der gegenüberliegenden Straßenseite beobachtete, sah, so gab sie das durch nichts zu erkennen. Schließlich entdeckte sie Milly, die ein paar Yard weiter wartete, und sie ging zu ihr.

„Sie haben aber lange gebraucht, Drummond", murrte Miß Macroy. „Sie dürfen meinen Freund nicht warten lassen, er will das nicht, wissen Sie."

„Er wird es verkraften", sagte Thalia, „ich halte mich nicht an Pläne, wenn es um Männer geht." Sie trat an Millys Seite, und sie liefen die belebte Hauptstraße hundert Yard entlang, bis sie in die Reeder Street einbogen.

Die Restaurants in der Reeder Street trugen Namen, die die Fröhlichkeit und das Genießerische von Paris vortäuschen sollten. *Moulin Gris* war ein Etablissement, das, schmal und tief, mit Hilfe zahlreicher Spiegel und unter Verwendung von Blattgold eine Atmosphäre üppigen Glanzes zu schaffen vermochte.

Die Tische waren für das Dinner eingedeckt und noch nicht besetzt, denn es waren noch zwei Stunden bis zur rechten Zeit. So etwas wie Nachmittagstee war dem Besitzer des *Moulin Gris* unbekannt. Sie stiegen eine schmale Treppe hinauf in ein weiteres Speisezimmer im ersten Stock. Ein Mann, der an einem der Tische saß, erhob sich flink, um sie zu begrüßen. Es war ein junger Mann, dunkel, von glattem, gepflegtem Äußerem, sein von Pomade glänzendes Haar war aus der Stirn nach hinten gebürstet, und er war – wenngleich nicht nach der allerletzten Mode – ganz im Stil der von ihm bevorzugten Mode gekleidet.

Ein feiner Duft von *l'origan,* eine weiche große Hand und ein Paar heller starrer Augen waren die ersten Eindrücke, die Thalia von ihm hatte.

„Setzen Sie sich, setzen Sie sich, Miß Drummond", sagte er

heiter. „Ober, bringen Sie den Tee."

„Das ist Thalia Drummond", sagte Miß Macroy unnötigerweise.

„Wir brauchen nicht vorgestellt zu werden." Der junge Mann lachte. „Ich hab schon viel von Ihnen gehört, Miß Drummond. Mein Name ist Barnet."

„Flush Barnet", sagte Thalia, die – durchaus nicht unangenehm – überrascht war.

„Sie haben schon von mir gehört?"

„Sie hat von allem schon gehört", sagte Miß Macroy resigniert, „und was viel wichtiger ist", fügte sie bedeutungsvoll hinzu, „sie kennt Marl und ißt heute abend mit ihm."

Barnet blickte scharf von einer Frau zur anderen und dann wieder zu Milly.

„Hast du ihr irgendwas erzählt?" fragte er mit bedrohlicher Stimme.

„Man braucht ihr gar nichts zu erzählen", sagte Miß Macroy unbekümmert. „Sie weiß alles!"

„Hast du ihr was gesagt?" wiederholte er.

„Über Marl? Nein, ich dachte, du wolltest es ihr sagen."

In dem Moment brachte der Ober den Tee, und sie schwiegen, bis er gegangen war.

„Also ich nehme kein Blatt vor den Mund", sagte Flush Barnet. „Und ich will Ihnen sagen, wie ich Sie nenne."

„Das hört sich interessant an", sagte das Mädchen, ohne den Blick von ihm zu wenden.

„Ich nenne Sie Thalia, die Durchtriebene. Wie finden Sie das? Gut, was?" sagte Barnet, sich auf seinem Stuhl zurücklehnend und sie musternd. „Thalia, die Durchtriebene! Sie sind ein ganz schlimmes Mädchen! Ich war damals auf dem Gericht, als Sie der alte Froyant wegen Diebstahls verklagt hatte." Er schüttelte voller Vergnügen seinen Kopf.

„Was Sie nicht alles wissen!" sagte Thalia kühl. „Ich nehme an, Sie haben mich nicht hierherkommen lassen, um mit mir Komplimente auszutauschen?"

„Nein, so ist es nicht", gab Flush Barnet zu, und die eifersüchtige Miß Macroy erkannte an bestimmten Anzeichen, welche Faszination von dem Mädchen auf ihren Liebhaber ausging. „Ich habe Sie herbestellt, weil ich Geschäftliches mit Ihnen besprechen will. Wir sind hier alle Freunde, und wir stecken alle in demselben alten Geschäft. Ich will Ihnen gleich sagen, daß ich nicht so 'n kleiner Gauner bin, der von der Hand in den Mund lebt."

Er sprach sehr korrekt, behauchte aber das H etwas zu stark, bemerkte Thalia sofort.

„Ich habe Leute hinter mir, die beliebig viel Geld machen können, wenn der Job gut genug ist, und Sie verderben uns den großen Wurf, Thalia."

„Oh, tatsächlich, ich? Wie soll ich den großen Wurf verderben, nach allem, was ich in Ihren Augen bin?"

Mr. Barnet wiegte seinen Kopf mit einem Lächeln von einer Seite zur anderen.

„Mein liebes Mädchen", sagte er gutgelaunt. „Was glauben Sie, wie lange das weitergehen kann, so Geld aus dem Umschlag nehmen und dann mit Papierfetzen weiterschicken? Na? Wenn mein Freund Brabazon nicht verrückterweise denken würde, daß der Betrug auf der Post passiert ist, hätten Sie schon die Polizei im Büro. Und wenn ich sage, mein Freund Brabazon, dann spaße ich nicht, ja?"

Hier glaubte er offensichtlich, er habe zuviel gesagt, aber es fiel ihm zu schwer, seine Freundschaft zu Brabazon unerwähnt zu lassen. Herausgefordert, hätte er vielleicht mehr gesagt, aber Thalia äußerte sich nicht dazu.

„Jetzt will ich Ihnen was sagen", er lehnte sich über den Tisch und veränderte seine Stimme. „Milly und ich sind seit zwei Monaten an Brabazons Bank dran. Da ist 'ne Menge Geld zu holen, nicht aus der Bank – Brabazon ist ein Freund von mir –, aber aus einem seiner Kunden, und der Mann mit dem größten Konto ist Marl."

Sie schürzte ihre Lippen zum zweitenmal an diesem Tag.

„Das ist Ihr Fehler", sagte sie ruhig. „Marls Konto ist kein Pfifferling mehr wert."

Er starrte sie ungläubig an und sah dann mit einem Stirnrunzeln zu Milly.

„Du hast mir doch gesagt, daß er fast hunderttausend hat ..."

„Hat er auch", antwortete das Mädchen.

„Hatte er bis heute. Heute nachmittag ging Brabazon weg – ich denke, zur Bank von England, denn er brachte neue

Scheine mit. Er ließ mich kommen, und ich sah sie auf seinem Schreibtisch aufgestapelt. Er sagte mir, er wolle Marls Konto schließen, denn Leute wie ihn mochte er nicht als Kunden haben. Dann nahm er das Geld und ging, glaube ich, zu Marl, denn als er kurz vor Bankschluß zurückkam, übergab er mir Marls Scheck. ‚Ich habe dieses Konto beglichen, Miß Drummond', sagte er. ‚Ich glaube nicht, daß wir uns noch einmal mit diesem Schurken herumärgern müssen.'"

„Wußte er, daß Marl Sie zum Essen eingeladen hat?" fragte Milly, aber das Mädchen schüttelte den Kopf.

Mr. Barnet sagte gar nichts. Er hatte sich auf seinem Stuhl zurückgelehnt, und strich sich das Kinn, den Blick in weite Ferne gerichtet. „War es eine Menge Geld?" fragte er.

„Zweiundsechzigtausend", erwiderte das Mädchen.

„Und das hat er jetzt in seinem Haus?" Barnets Gesicht war rot vor Aufregung. „Zweiundsechzigtausend! Hast du das gehört, Milly? Und Sie essen heute abend mit ihm?" sagte Flush Barnet langsam und bedeutungsvoll. „Na, wie wär's damit?"

Sie begegnete seinem starren Blick, ohne zu zucken. „Womit?" fragte sie.

„Das ist die Chance unseres Lebens", sagte er, heiser vor Erregung. „Sie gehen in sein Haus. Sie sind sich ja wohl nicht zu fein, den alten Mann ein bißchen an der Nase herumzuführen, was, Thalia?"

Sie schwieg.

„Ich kenne die Gegend", sagte Barnet, „eins von den netten kleinen Häusern in Kensington, die ein Vermögen kosten. Marisburg Place, Bayswater Road."

„Ich kenne die Adresse ziemlich gut", sagte das Mädchen.

„Er hält sich drei männliche Bedienstete", fuhr Flush fort, „aber die sind gewöhnlich nicht im Haus, wenn er eine Dame zu Gast hat, verstehen Sie mich?"

„Aber er hat mich nicht in sein Haus eingeladen", sagte das Mädchen.

„Und wenn er nach der Show noch ein kleines Nachtmahl gibt, hm? Nehmen wir an, er schlägt es Ihnen vor und Sie sagen ja. Da sind keine Dienstboten im Haus, wenn Sie zurückkommen, da schwör ich drauf. Ich hab Marl studiert."

„Was soll ich machen? Ihn berauben?“ fragte Thalia. „Ihm die Kanone unter die Nase halten und sagen ‚Los, raus mit den Moneten‘?“

„Seien Sie nicht närrisch“, sagte Barnet, der nun auf die Pose des eleganten Gentlemans verzichtete. „Sie brauchen nichts weiter zu machen, als mit ihm zu essen und dann wegzugehen. Unterhalten Sie ihn, bringen Sie ihn zum Lachen. Sie brauchen keine Angst zu haben, weil ich bald nach Ihnen im Haus sein werde, und sollte es irgendwelchen Ärger geben, bin ich zur Stelle.“

Das Mädchen spielte mit ihrem Teelöffel, die Augen auf die Tischdecke gerichtet.

„Und wenn er seine Diener nicht wegschickt?“

„Da können Sie sich drauf verlassen“, unterbrach Barnet sie.

„Moses! So eine phantastische Gelegenheit hat es auch noch nie gegeben! Machen Sie mit?“

Thalia schüttelte den Kopf.

„Das ist zu groß für mich. Vielleicht haben Sie recht, und ich kriege wirklich Ärger, aber es ist eben so, daß meine Sache die kleinen Mausereien sind.“

„Bah!“ sagte Barnet verächtlich. „Sie sind verrückt! Jetzt ist Ihre Zeit zu ernten, meine Liebe. Sie sind der Polizei nicht bekannt, stehen nicht so im Rampenlicht wie ich. Machen sie es nun?“

Sie senkte ihre Augen wieder auf die Tischdecke und spielte nervös mit dem Teelöffel herum.

„Na gut“, sagte sie schließlich mit einem Achselzucken: „für ein Schaf werd ich genauso gehängt wie für ein Lamm.“

„Oder für einen anständigen Anteil an sechzigtausend wie für ein paar miese Hunderter, was?“ sagte Barnet jovial und winkte dem Kellner.

Thalia verließ das Restaurant und ging nach Hause. Sie mußte an der Bank vorbei und hielt es für taktisch unklug, ein Taxi zu nehmen, solange sie sich in dem Umkreis befand, wo Brabazons ernste Augen ihre Extravaganz beobachten könnten. Sie reihte sich in den Strom der Fußgänger, der sich um diese Stunde durch die Regent Street drängte, ein.

Ein junger Mann lief neben ihr, ein gutaussehender, beflissener junger Mann, der nicht gewinnend lächelte wie die anderen, die in der Regent Street verstohlen an ihren Arm stießen, auch fragte er nicht, ob sie denselben Weg hätte wie er.

„Thalia!"

Sie drehte sich bei dem Klang der Stimme um, und für einen Augenblick versagte ihre Selbstbeherrschung.

„Mr. Beardmore!" brachte sie stockend hervor.

Jacks Gesicht war über und über rot, und er war offensichtlich verlegen.

„Ich wollte Sie nur einen Moment sprechen. Ich habe eine Woche lang auf diese Gelegenheit gewartet", sagte er rasch.

„Sie wußten, daß ich bei Brabazon arbeite – wer hat es Ihnen gesagt?"

Er zögerte. „Inspektor Parr", sagte er, und als er ein kleines Lächeln in ihrem Gesicht sah, fuhr er fort: „Der alte Parr ist gar nicht so schlecht. Er hat nie wieder etwas gegen Sie gesagt, Thalia."

„Nie wieder!" zitierte sie, „aber zählt das noch? Jetzt muß ich aber wirklich gehen, Mr. Beardmore. Ich habe eine sehr wichtige Verabredung."

Aber er hielt ihre Hand fest. „Thalia, wollen Sie mir nicht sagen, warum Sie es getan haben?" fragte er ruhig. „Wer steckt dahinter?"

Sie lachte.

„Es muß doch einen Grund geben, warum Sie sich mit diesen ungewöhnlichen Leuten abgeben", fuhr er fort.

Sie unterbrach ihn. „Was für ungewöhnliche Leute?" wollte sie wissen.

„Sie kommen gerade aus einem Restaurant, und Sie waren dort mit einem Mann names Flush Barnet, einem notorischen Kriminellen, der schon eine Zuchthausstrafe hinter sich hat. Die Frau bei Ihnen war Milly Macroy, eine Komplizin von ihm, sie war auch am Raubüberfall in der Darlington Cooperative beteiligt und hat auch schon im Gefängnis gesessen. Zur Zeit arbeitet sie in der Brabazon Bank."

„Und?" fragte das Mädchen wieder.

„Sicher wissen Sie nicht, was das für Leute sind?" drängte Jack weiter.

„Und woher kennen Sie die?" fragte sie ruhig. „Ich irre doch nicht in der Annahme, daß Sie nicht allein waren bei Ihrer – Wache? Waren Sie in Begleitung des bewundernswerten Mr. Parr? Ich verstehe schon, so war es. Nun, Sie sind ja selber fast ein Polizist, Mr. Beardmore."

Jack war erschüttert.

„Sehen Sie ein, daß es Parrs Pflicht ist, Ihren Arbeitgeber zu informieren über die Art der Gesellschaft, die Sie pflegen? Um Gottes willen, Thalia, betrachten Sie doch Ihre Lage vernünftig!"

Aber sie lachte. „Der Himmel möge mich davor bewahren, daß ich mich in die Pflichten eines verantwortlichen Polizeibeamten einmische, aber es wäre mir doch lieber, Mr. Parr würde es nicht tun. Das wäre wenigstens ein Zeichen von Güte." Sie lächelte. „Ja, es wäre mir viel lieber, er täte es nicht. Ich habe nichts dagegen, daß die Polizei mir gut zuredet, weil es nur recht und billig ist, daß sie die Schwachen von ihren sündigen Wegen wegzuführen versucht. Aber ein Arbeitgeber, der sich in den Kopf setzt, ein irregeleitetes Mädchen zu bessern, könnte zu einer Plage werden, finden Sie nicht auch?" Sie entzog ihm ihre Hand mit einem ungewöhnlichen Lächeln. „Auf Wiedersehen", sagte sie freundlich und ließ ihn in dem Gefühl, genarrt zu sein, zurück.

Das Mädchen lief schnell durch die Burlington Arcade nach Piccadilly und stieg in ein Taxi. Der Häuserblock, vor dem sie ausstieg, lag in der Marylebone Road und war eine deutliche Verbesserung gegenüber der Lexington Street.

Der livrierte Portier brachte sie im Fahrstuhl in den dritten Stock, und sie begab sich in eine Wohnung, die sowohl hübsch als auch teuer ausgestattet war.

Sie betätigte eine Klingel, worauf eine gesetzte Dame im mittleren Alter erschien.

„Martha, ich nehme heute keinen Tee, vielen Dank. Legen Sie mir das blaue Abendkleid heraus und rufen Sie Walthams Garage an und bestellen Sie ein Auto, das fünf Minuten vor halb acht hier sein soll."

Miß Drummonds Gehalt von der Bank betrug genau vier Pfund die Woche.

16

Mr. Marl geht aus

„Sie sind also gekommen, hm?“ sagte Mr. Marl, der sich erhob, um Thalia zu begrüßen. „Wirklich, Sie sehen sehr elegant aus! Ganz entzückend, meine Liebe!“ Er nahm ihre Hände in die seinen und führte sie zu dem in Weiß und Gold gehaltenen Salon.

„Entzückend!“ wiederholte er mit fast lautloser Stimme. „Ich kann es Ihnen ja sagen, mir war ein bißchen bange, Sie ins Ritz-Carlton zu führen. Sie nehmen mir meine Offenheit nicht übel, nicht wahr – ein Zigarette?“ Er griff in die Schoßtasche seines Fracks und holte ein großes goldenes Etui hervor.

„Sie dachten, ich erscheine in Morne & Gillingsworth – Billigmodell von der Stange, was?“ Sie lachte, als sie sich eine Zigarette anzündete.

„Ja, ja, das dachte ich, meine Liebe. Ich habe viele unselige Erfahrungen gemacht“, erklärte Marl, als er sich schwerfällig in einen Sessel niederließ. „In den kuriosesten Kleidern sind sie hier schon aufgetaucht, das kann ich Ihnen sagen!“

Ist es Ihre Gewohnheit, die Jungen und Hübschen einzuladen?“ Thalia hatte sich auf das gutgepolsterte Kamingitter gesetzt und sah unter halbgeschlossenen Lidern auf ihn nieder.

„Nun“, sagte Mr. Marl selbstgefällig, sich dabei die Hände reibend, „ich bin noch nicht so alt, als daß ich kein Vergnügen hätte an der Gesellschaft von Damen. Aber Sie sind überwältigend!“

Er war ein hellhäutiger Typ mit rotem Gesicht und hatte verdächtig braunes Haar und verdächtig ebenmäßige Zähne, und an diesem Abend hatte er eine Taille aufzuweisen, die völlig irreal zu sein schien.

„Wir werden dinieren und anschließend in ‚The Boys and the Girls‘ in den Winterpalast gehen, und dann“, er zögerte, „was halten Sie von einem kleinen Nachtmahl?“ fragte er.

„Ein kleines Nachtmahl? Ich nehme kein Nachtmahl“, sagte das Mädchen.

„Sie können ja ein wenig Obst naschen", schlug Mr. Marl vor.

„Und wo?" fragte das Mädchen ruhig. „Die meisten Restaurants schließen, bevor die Theater aus sind, nicht wahr?"

„Warum sollten wir nicht wieder hierherkommen? Sie sind ja wohl nicht prüde, meine Liebe, oder?"

„Nicht sehr", bekannte sie.

„Ich kann Sie in meinem Auto nach Hause bringen", sagte er.

„Ich habe mein eigenes Auto, danke", sagte das Mädchen, und Mr. Marls Augen wurden groß. Dann fing er an zu lachen, zuerst kraftvoll, dann ging es in einen asthmatischen Lachkrampf über. Schließlich japste er: „Oh, schlimmer kleiner Teufel!"

Der Abend war interessant für Thalia, um so mehr, als sie Mr. Flush Barnet flüchtig wahrnahm, während sie die Hotelhalle durchquerte.

Als die Revue aus war und sie im Vestibül auf ihr Auto warteten, zeigte sich Thalia wieder etwas unschlüssig, doch der redegewandte Mr. Marl überwand alle Bedenken, die sie hatte. Als die Uhr halb zwölf schlug, schritt sie durch die Halle seines Hauses, nicht ohne bemerkt zu haben, daß Mr. Marl nicht nach seinen Dienstboten geläutet, sondern mit seinem eigenen Hausschlüssel geöffnet hatte. Das Nachtmahl war in einem rosenfarbenen Speisezimmer serviert.

„Ich helfe Ihnen, meine Liebe. Wir brauchen die Diener nicht zu bemühen." Aber sie schüttelte den Kopf.

„Ich kann nichts essen, und ich glaube, ich fahre jetzt besser nach Hause."

„Warten Sie doch", bat er. „Ich möchte mich noch ein bißchen mit Ihnen über Ihren Chef unterhalten. Ich kann Ihnen in der Firma ganz nützlich sein, Thalia. Wer hat Ihnen den Namen Thalia gegeben?"

„Meine Paten und Patinnen, M. oder N.", sagte Thalia feierlich, und Mr. Marl kreischte vor Vergnügen über den kleinen Spaß.

Er trat hinter sie, um scheinbar nach einer der Speisen zu langen, die auf dem Tisch standen, hielt aber inne und hätte sie, wäre sie seinem Zugriff nicht entkommen, geküßt.

„Ich muß jetzt gehen“, sagte Thalia.

„Unsinn!“ Mr. Marl war verärgert, und wenn er das war, vergaß er, eine vornehme Herkunft vorzutäuschen. „Kommen Sie und setzen Sie sich.“

Sie sah ihn lange und nachdenklich an, dann drehte sie sich plötzlich um und ging zur Tür; die war jedoch verschlossen.

„Es ist wohl besser, Sie machen die Tür auf, Mr. Marl“, sagte sie beherrscht.

„Ich finde nicht.“ Mr. Marl gluckste. „Nun, Thalia, seien Sie das liebe, gute kleine Mädchen, für das ich Sie gehalten habe.“

„Es tut mir leid, die Illusionen, die Sie sich in bezug auf meinen Charakter gemacht haben, zerstören zu müssen“, sagte Thalia kühl. „Sie werden jetzt bitte diese Tür öffnen.“

„Gewiß.“

Er schlenderte zur Tür, in seine Tasche greifend, dann, ehe sie seine Absicht durchschaute, nahm er sie in seine Arme. Er war einen Kopf größer als sie, und seine großen Hände hielten ihre Arme wie Stahlzwingen.

„Lassen Sie mich gehen“, sagte Thalia unbeirrt. Sie verlor ihre Nerven nicht und zeigte nicht die geringsten Anzeichen von Angst. Plötzlich fühlte er ihre gespannten Muskeln lokker werden. Er hatte sie bezwungen.

Mit einem schnellen Atemzug ließ er das widerspenstige Mädchen los.

„Lassen Sie mich etwas essen“, sagte sie, und er strahlte.

„Jetzt, meine Liebe, sind Sie das kleine Mädchen, das ich ..., was ist denn das?“ Das letzte war ein einziger Schrekkensschrei.

Sie war langsam zum Tisch geschlendert und hatte ihre Brokattasche hochgenommen. Er hatte sie beobachtet und geglaubt, sie suche ein Taschentuch. Statt dessen hatte sie ein kleines, schwarzes, eiförmiges Ding hervorgebracht und mit einem Griff eine kleine Nadel herausgezogen und diese auf den Tisch fallen lassen. Er wußte, was es war – er hatte sich ein bißchen mit Waffenausrüstungen befaßt und kannte Eierhandgranaten sehr gut.

„Legen Sie das weg – nein, nein, stecken Sie die Nadel ein, Sie dummes Ding!“ wimmerte er.

„Machen Sie sich keine Sorgen“, sagte sie kühl. „Ich habe noch eine Ersatznadel in meiner Tasche – machen Sie die Tür auf!“

Die Hand zitterte ihm wie einem Mann mit spastischer Lähmung, als er am Schlüsselloch herumfummelte. Dann drehte er sich um und sah sie mit halb zusammengekniffenen Augen an.

„Eine Eierhandgranate!“ murmelte er und ließ sich – eine fette Masse wabbelnden Fleisches – gegen die zart verkleidete Wand fallen.

Sie nickte bedächtig.

„Eine Eierhandgranate“, sagte sie sanft und ging hinaus. Er folgte ihr bis zur Tür und schlug sie hinter sich zu, dann begab er sich schwankend hinauf in sein Schlafzimmer.

Flush Barnet, der im Schatten einer Wäschemangel stand, hörte das Klicken der Schlösser und dann das Schnappen eines Riegels, als Mr. Marl sein Zimmer betrat.

Das Haus war still. Durch die dicke Tür von Marls Schlafzimmer drang kein Laut. Der einzige Beweis, daß jemand in dem Zimmer war, bestand in einem Lichtgitter an der Decke des Flures, das durch einen Ventilator in der Wand des Schlafzimmers verursacht wurde.

Während des Krieges war dieses Haus als Offiziersgenesungsheim genutzt worden, und man hätte gewisse hygienische Vorkehrungen treffen müssen, die mehr nützlich als schön waren.

Flush schlich leise auf Strümpfen zur Tür und lauschte. Er vermeinte den Mann mit sich selbst sprechen zu hören, und er suchte etwas, mit Hilfe dessen er in das Zimmer blicken könnte. Er fand einen kleinen eichenen Tisch auf dem Korridor, stellte ihn an die Wand und kletterte hinauf. Seine Augen erreichten die Höhe des Ventilators, und er sah auf Mr. Marl hinab, der in Hemdsärmeln den Raum durchschritt, offensichtlich erregt. Dann hörte Flush ein Geräusch. Nur ein schwaches Huschen von Füßen auf einem Teppich, er stieg hinunter, ging schnell den Korridor entlang, am Treppenabsatz vorbei.

Die Halle unten war dunkel, aber er fühlte – mehr als daß er sah –, daß eine Gestalt auf der Treppe war. Ob es ein Mann oder eine Frau war, konnte er nicht sagen, und er hielt auch nicht inne, um das herauszufinden. Es konnte einer von den Dienern sein, der heimlich zurückgekommen war – Diener blieben nicht immer weg, auch wenn man sie darum gebeten hatte. Flush zog sich bis zum hinteren Ende des Flurs zurück, um von einem Vorsprung hinter der Wand aus aufzupassen. Er sah jedoch niemanden am Treppenabsatz vorbeigehen. Nach einer Weile schlich er wieder zurück. Es würde nicht viel bringen, die Tür zu Marls Schlafzimmer mit Gewalt zu öffnen, selbst wenn es möglich wäre. Er hatte Zeit gehabt, das Haus in Muße zu untersuchen, und beschlossen, den kleinen Safe in der Bibliothek einer gründlicheren Durchsicht zu unterziehen, denn Mr. Marls eigenes Zimmer hatte sich als ein Reinfall erwiesen.

Die „Untersuchung", die zwei Stunden gedauert hatte und unter Verwendung der besten Werkzeuge dieser Profession durchgeführt worden war, hatte sich zwar nicht als unprofitabel erwiesen, aber die gewaltige Geldsumme, die ihm vorschwebte, hatte sie nicht erbracht. Er zögerte. Die Nacht war schon zu weit vorgeschritten, um es noch mit dem Schlafzimmer zu versuchen, selbst wenn er es noch nicht von Wand zu Wand durchsucht hätte. Er legte sein Werkzeug zusammen und steckte es in die eine Tasche, seine Beute in die andere. Dann ging er wieder nach oben. Aus Marls Zimmer kam kein Laut, aber das Licht war noch an. Er versuchte, durchs Schlüsselloch zu sehen, aber der Schlüssel steckte noch darin. Das einzige, was ihn noch verlockte, das Zimmer zu betreten, war die Möglichkeit, daß sich das Geld in Marls Kleidern befand. Es bestand jedoch nur eine geringe Wahrscheinlichkeit, Marl hatte es möglicherweise an einer sicheren Stelle hinterlegt – ein Umstand, den Barnet vorhergesehen hatte.

Er ging langsam die Treppe hinunter, durch die Halle und den Anrichteraum des Butlers bis zu der Seitentür, wo er seine Schuhe, seinen Mantel und seinen glänzenden Seidenhut gelassen hatte, denn er war in Abendgarderobe. Dann stahl er sich vorsichtig den überdachten Gang am Haus entlang. Von hier führte eine Tür in den kleinen Vorgarten von Marls Haus. Er erreichte den Garten und war gerade am Tor, als jemand ihn berührte und er sich umdrehte.

„Sie suche ich, Flush", sagte eine wohlbekannte Stimme.

„Inspektor Parr. Sie erinnern sich vielleicht an mich?“

„Parr!“ keuchte der verdutzte Barnet, und fluchend riß er sich los und sprang durch das Tor, aber den drei Polizisten, die auf ihn warteten, konnte er nicht entgehen, und sie führten Flush Barnet, einen Mann voller Angst und Sorge, zum nächsten Polizeirevier.

In der Zwischenzeit ging Parr selbst auf die Suche. Begleitet von einem Detektiv, begab er sich bis zur Halle des Hauses und von dort nach oben.

„Das ist anscheinend der einzige Raum, in dem jemand ist“, sagte er und klopfte an die Tür.

Es gab keine Reaktion.

„Versuchen Sie doch mal, ob Sie einen der Dienstboten wach kriegen.“

Der Detektiv kam mit der überraschenden Nachricht zurück, daß kein Dienstbote im Haus war.

„Da ist jemand“, sagte der alte Inspektor, und als er mit der Taschenlampe den Korridor ableuchtete, sah er den Tisch und mit einer für sein Alter bemerkenswerten Agilität sprang er hinauf und spähte durch den Ventilator.

„Ich kann nur jemanden schlafen sehen. He! Aufwachen!“ rief er, ohne daß er damit etwas erreichte.

Auch das Hämmern an die Tür blieb erfolglos.

„Gehen Sie runter und suchen Sie ein Beil, wir brechen die Tür auf, das gefällt mir nicht.“

Ein Beil gab es nicht, aber sie fanden einen Hammer.

„Können Sie Licht machen, Mr. Parr?“ fragte der Mann, und Parr leuchtete mit der Taschenlampe zur Tür. Es war eine weiße Tür – weiß mit Ausnahme des feuerroten Kreises, der ihr mit einem Gummistempel aufgedrückt worden war.

„Brechen Sie die Tür auf“, sagte Parr, schwer atmend.

Fünf Minuten lang schlugen sie gegen die Türfüllung, bis sie endlich durch waren, aber der Schläfer drinnen gab kein Lebenszeichen von sich. Parr langte mit der Hand durch die Tür, drehte den Schlüssel um, und sich etwas streckend, erreichte er den Riegel oben an der Tür. Er trat ins Zimmer. Das Licht brannte immer noch, es fiel auf den Mann, der ausgestreckt auf dem Bett lag, ein verzerrtes Lächeln im Gesicht, aller Wahrscheinlichkeit tot.

17

Der Blasenmacher

Es war lange nach Mitternacht. Derrick Yale saß in seinem hübschen kleinen Arbeitszimmer – er hatte eine Wohnung, die zum Park hinausging – als an der Tür geklopft wurde und er aufstand, um Inspektor Parr einzulassen.

Parr erzählte das Ereignis des Abends.

„Aber warum haben Sie mir nichts gesagt?" fragte Derrick mit leichtem Tadel, dann lachte er. „Es tut mir leid, es scheint, als mische ich mich immer in Ihre Angelegeheiten. Aber wie konnte der Mörder entkommen. Sie sagten, Sie hatten das Haus zwei Stunden umstellt. Kam das Mädchen raus?"

„Ohne jeden Zweifel; sie kam raus und fuhr nach Hause."

„Und es ging keiner weiter rein?"

„Das würde ich natürlich nicht beschwören", sagte Parr. „Der Betreffende muß jedenfalls schon lange, bevor Marl aus dem Theater kam, im Haus gewesen sein. Ich habe dann festgestellt, daß es einen Ausgang durch die Garage auf der Rückseite des Hauses gibt. Wenn ich sagte, das Haus war umstellt, dann war das etwas übertrieben. Es gab noch einen Weg durch den hinteren Garten, den ich nicht kannte. Ich hatte gar nicht vermutet, daß dort Gärten sind. Zweifellos benutzte er die Garagentür."

„Verdächtigen Sie eigentlich das Mädchen?"

Parr schüttelte den Kopf.

„Und warum haben Sie Marls Haus überhaupt umstellt?" fragte Derrick Yale ernst.

Die Antwort war ebenso unerwartet wie sensationell: „Weil Marl unter Polizeibeobachtung steht, seit er wieder in London ist. Genaugenommen, seitdem ich entdeckt habe, daß er derjenige war, der den Brief an Beardmore geschrieben hat, den Fetzen, den ich gefunden und vorige Woche mit seiner Schrift verglichen habe – ich bat ihn, mir die Adresse seines Schneiders aufzuschreiben."

„Marl?" fragte der andere ungläubig.

Inspektor Parr nickte.

„Ich weiß nicht, was es zwischen dem alten Beardmore und Marl gab oder was Marl veranlaßte, ihn zu besuchen. Ich habe versucht, die Szene zu rekonstruieren. Sie erinnern sich vielleicht, daß Marl plötzlich in Panik geriet."

„Ich erinnere mich." Yale nickte. „Jack Beardmore hat es mir erzählt. Na und?"

„Er wollte absolut nicht mehr in dem Haus bleiben, sagte er, er würde zurück nach London fahren. In Wirklichkeit ist er nur bis nach Kingside gefahren, so etwa acht oder neun Meilen entfernt. Seine Tasche schickte er weiter nach London, und er selbst kam wieder zurück zu Beardmores Haus, benutzte aber die Straße. Wahrscheinlich hat ihn der Mörder in der betreffenden Nacht gesehen. Aber warum kam er zurück, wenn er doch zuerst solche Angst hatte, daß er weglief? Und warum schrieb er diesen Brief, um ihn in der Nacht abzugeben, wo er doch James Beardmore am Tag alles hätte erzählen können, als er bei ihm war?"

Es herrschte ein langes Schweigen.

„Wie wurde Marl getötet?" fragte Yale.

Der andere schüttelte den Kopf.

„Das ist ein Rätsel für mich. Der Mörder kann unmöglich in das Zimmer gelangt sein. Ich hatte eine Unterredung mit Flush Barnet – bis jetzt weiß er nichts von dem Mord –, er gibt zu, daß er in das Haus eingebrochen ist. Er sagt, er habe jemanden im Haus gehört und er habe sich daraufhin versteckt. Er sagt auch, er habe ein merkwürdiges Zischen gehört, wie Luft, die aus einem Rohr entweicht. Ein weiterer bemerkenswerter Hinweis war eine nasse runde Stelle auf dem Kopfkissen, ein paar Zentimeter von der Hand des Toten entfernt. Genau kreisrund. Zuerst dachte ich, es wäre ein Zeichen des Feuerroten Kreises, dann aber habe ich noch einen Fleck auf der Bettdecke entdeckt. Der Arzt hat die Todesursache nicht feststellen können, aber das Motiv ist klar. Seiner Bank zufolge – ich habe gerade mit Brabazon telefoniert – hat er gestern eine große Summe abgehoben. Brabazon hat sein Konto sogar aufgelöst. Sie hatten wegen irgendeiner Sache Streit. Den Safe hatte Flush Barnet natürlich aufgemacht, aber als er im Polizeirevier durchsucht wurde, hat man nichts bei ihm gefunden, nur einigen Krimskrams –

ja, und wer hat das Geld genommen?“

Derrick Yale durchschritt das Zimmer, die Hände auf dem Rücken, das Kinn auf der Brust.

„Wissen Sie etwas über Brabazon?“ fragte er.

Der andere antwortete nicht sofort.

„Nur daß er Bankier ist und viel mit dem Ausland zu tun hat.“

„Ist er zahlungsfähig?“ fragte Derrick Yale gezielt. Der Inspektor hob langsam seine trüben Augen, bis sie auf einer Höhe mit denen Yales waren.

„Nein“, sagte er, „und ich will Ihnen auch nicht verschweigen, daß wir bereits einige Beschwerden über seine Methoden bekommen haben.“

„Waren sie gut befreundet – Marl und Brabazon?“

„Ziemlich gut“, lautete die zögernd gegebene Antwort. „Aus den Berichten habe ich den Eindruck gewonnen, daß Marl Brabazon in der Hand hatte.“

„Und Brabazon war zahlungsunfähig“, sinnierte Derrick Yale. „Und heute nachmittag hat Marl sein Konto aufgelöst. Wie waren die näheren Umstände? Ist er zur Bank gegangen?“

Der Inspektor erklärte kurz, was sich ereignet hatte. Es gab offenbar kaum etwas in Brabazons Bank, worüber er nicht Bescheid wußte.

Derrick Yale bekam langsam Respekt vor diesem Mann, den er zuerst mit gutmütiger Verächtlichkeit für etwas dumm gehalten hatte.

„Ich weiß nicht, ob es möglich wäre, daß ich noch heute nacht in Marls Haus gehe?“

„Ich bin gekommen, um das vorzuschlagen“, sagte der andere. „Ich habe sogar schon einen Wagen vor der Tür warten lassen.“

Derrick Yale sprach während der Fahrt nach Bayswater nicht, erst als er in der Halle des Hauses in Marisburg Place stand, brach er das Schweigen. „Wir müßten eigentlich irgendwo einen kleinen Stahlzylinder finden“, sagte er langsam.

Der Polizist, der in der Halle Wache stand, kam heran und salutierte vor dem Inspektor.

„Wir haben in der Garage eine Flasche aus Eisen gefunden,

Sir", sagte er.

„Ah!" rief Derrick Yale triumphierend. „Das habe ich mir doch gedacht!"

Er rannte fast die Treppen hoch, dem Detektiv bis zum Flur vorauseilend, der jetzt erleuchtet war. Der kleine eichene Tisch stand am Ventilator, und auf den ging er jetzt zu. Dann kniete er sich hin und roch am Teppich. Sofort fing er an zu husten und zu würgen und war ganz rot im Gesicht, als er aufstand.

„Zeigen Sie mir die Stahlflasche", sagte er.

Man brachte sie ihm. Es war eine Flasche aus Eisen, an deren Ende sich ein kleines Rohr mit einer winzigen Drehscheibe befand.

„Und nun müßte noch irgendwo ein Becher sein", sagte er, sich umsehend, „es sei denn, er hat es in einer Flasche gebracht."

„Eine kleine Glasflasche lag in der Garage daneben, Sir", sagte der Polizist, der sie gefunden hatte, „sie ist aber zerbrochen."

„Bringen Sie sie mir schnell", sagte Yale. „Ich kann nur hoffen, daß sie nicht ganz und gar kaputt ist und nichts mehr von ihrem Inhalt übrig."

Der beleibte Mr. Parr beobachtete ihn mit düsterem Blick. „Was soll das alles?" fragte er, und Derrick Yale lachte leise in sich hinein.

„Eine neue Methode, einen Mord zu begehen, mein lieber Mr. Parr", sagte er leichthin. „Jetzt gehen wir mal ins Zimmer."

Die Leiche Marls lag auf dem Bett, mit einem Laken zugedeckt. Der runde feuchte Fleck auf dem Kopfkissen war noch nicht getrocknet. Die Fenster standen offen, und ein böiger Wind ließ die Vorhänge flattern.

„Natürlich ist es hier nichts zu riechen", sagte er zu sich selbst. Wieder ging er auf die Knie und roch am Teppich. Wieder hustete er und erhob sich eilig.

Inzwischen war der Polizist mit dem unteren Teil einer Glasflasche zurückgekommen. Ein paar Tropfen einer Flüssigkeit waren noch enthalten, diese schüttelte Yale in seine Hand.

„Seife und Wasser", sagte er. „Das habe ich mir gedacht.

Und jetzt will ich Ihnen erklären, wie Marl getötet wurde. Ihr Einbrecher, Flush Barnet, hörte ein zischendes Geräusch. Das war das Geräusch von schwerem Gas, das aus diesem zylindrischen Behälter entwich. Ich mag mich irren, aber ich glaube, daß genügend Giftgas in dieser kleinen Flasche ist, um Sie und mich ins Jenseits zu befördern. Es befindet sich übrigens immer noch etwas auf dem Fußboden, es handelt sich um ein schweres Gas, das nach unten fällt."

„Aber wie hat es Marl umgebracht? Hat man es durch das Gitter zu seinem Kopf gepumpt?"

Derrick Yale schüttelte den Kopf.

„Es ist eine ganz einfache und garantiert tödliche Methode, die der Feuerrote Kreis hier angewendet hat", sagte er ruhig. „Man hat Blasen gemacht."

„Blasen!"

Derrick Yale nickte.

„Das Ende dieses Zylinders – man kann immer noch die schmierige Seife fühlen – wurde erst in die Seifenlösung eingetaucht und dann durch das Gitter geschoben. Der Hahn wurde dann nach unten gedreht, und es bildete sich eine Blase, die vom Ventilator abgeschüttelt wurde." Er rannte aus dem Zimmer und sprang auf den Tisch. „Ja, das dachte ich mir", sagte er, „er konnte Marls Kopf sehen. Zwei oder drei Blasen müssen danebengegangen sein. Eine fiel auf das Kopfkissen, aber ich glaube, das war schon nach seinem Tod, eine ging an die Wand, Sie werden die nasse Stelle finden, aber eine, vielleicht auch mehrere, zerplatzten auf seinem Gesicht. Er muß fast auf der Stelle tot gewesen sein."

Parr konnte nur staunen.

„Ich habe mir das alles auf dem Weg hierher überlegt. Der kreisrunde Fleck auf dem Kopfkissen erinnerte mich an meine eigenen Heldentaten, die ich als Junge vollbracht habe, und welche schreckliche Wirkung es hatte, wenn ich im Schlafzimmer Seifenblasen veranstaltete. Und als Sie den Ventilator und das zischende Geräusch erwähnten, war ich absolut sicher, daß meine Theorie stimmt."

„Aber wir haben kein Gas gerochen, als wir ins Zimmer kamen", sagte Parr.

„Der Wind hat die Dünste vielleicht weggeblasen", sagte Derrick Yale. „Aber abgesehen davon, drückt das Gewicht des Gases dieses zur Erde, wo es sich dank seiner Dichte gleichmäßig über den Fußboden verteilt – sehen Sie!“ Er zündete ein Streichholz an und hielt es über den Fußboden. Ein paar Zentimeter über dem Fußboden ging es plötzlich aus.

„Ich sehe“, sagte Inspektor Parr.

„Wie ist es mit einer Durchsuchung? Vielleicht kann ich mich nützlich machen?“ schlug Yale vor, aber sein Hilfsangebot fand keine sehr dankbare Aufnahme.

„Die kleine Gruppe der Polizisten, die voller Ehrfurcht zugehört hatte, als Yale seine Theorie entwickelte, konnte sich in den Inspektor hineinversetzen. Offensichtlich auch Yale, denn mit einem gutmütigen Lachen empfahl er sich und ging nach Hause.

„Es gibt Augenblicke, da sollte man die Vertreter des Polizeihauptquartiers mit ihren Gefühlen allein lassen. Niemand wußte das besser als Yale.

18

Flush Barnets Geschichte

Nach einer weiteren Durchsuchung machte sich Inspektor Parr auf den Weg zur nächsten Polizeistation, um Mr. Flush Barnet zu befragen. Flush, ein niedergeschlagener und müder Mann, konnte keine aufklärenden Informationen geben.

Der Erlös seines Raubzuges lag auf dem Tisch des Polizeiwachtmeisters, eine Sammlung von Ringen und Uhren, eine gänzlich wertlose Banknote – wertlos jedenfalls für Flush – sowie eine Silberflasche. Aber der überraschendste Umstand war, daß man in Barnets Tasche zwei funkelnagelneue Hundertpfundnoten fand, von denen er stur und steif behauptete, es wären seine eigenen.

Nun sind Einbrecher – und besonders der Typ, den Flush Barnet darstellte – von geradezu notorischem Leichtsinn. Sie arbeiten nicht, wenn sie Geld in den Händen haben, und im Besitz von zweihundert Pfund hätte Flush Barnet mit Sicherheit nicht versucht, in Marisburg Place einzubrechen.

„Es sind meine, wie ich Ihnen sage, Mr. Parr", protestierte er, „denken Sie, ich würde lügen?"

„Ja, natürlich", sagte Inspektor Parr ohne Erregung. „Wenn es deine sind, wo hast du sie dann her?"

„Von einem Freund."

„Warum hast du in der Bibliothek Feuer gemacht?" fragte Parr unerwartet, und Flush fuhr zusammen.

„Weil mir kalt war", sagte er nach einer Pause.

„Hm", machte Parr, und dann, als würde er seine Gedanken laut entwickeln, sagte er: „Er hat zweihundert Pfund, er bricht in ein Haus ein, er raubt einen Safe aus und macht sich ein Feuer. Warum das Feuer? Um etwas zu verbrennen, was er im Safe gefunden hat!"

Flush Barnet hörte zu, ohne einen Kommentar zu geben, aber er fühlte sich ganz offensichtlich bedrängt.

„Dafür", sagte Parr, „wurdest du bezahlt – um in das Haus einzubrechen, du hast die zweihundert dafür bekommen, daß du etwas aus dem Safe holst und gleich verbrennst. Hab ich recht?"

„Wenn ich jetzt sterbe …", begann Flush Barnet.

„Geht's ab in die Hölle", sagte der Inspektor ungerührt, „wo alle Lügner hinkommen. Wo ist deine Freundin, Barnet? Es wäre besser, du sagst es mir, ich bin mir nämlich noch nicht schlüssig, ob ich dich wegen Mordes anklagen soll …"

„Mord!" kreischte Flush Barnet nahezu, als er aufsprang. „Was wollen Sie damit sagen? Ich habe keinen Mord begangen!"

„Marl ist tot, und das ist alles; er wurde tot in seinem Bett gefunden."

Er ließ den Gefangenen in einem Zustand geistiger Erschöpfung zurück, und als er am nächsten Morgen in aller Frühe wiederkam, um mit seiner Befragung von neuem zu beginnen, erzählte Flush Barnet ihm alles.

„Ich weiß nichts über feuerrote Kreise, Mr. Parr, das ist die Wahrheit." Er fügte noch einen frommen Wunsch hinzu derart, daß die Vorsehung ihn hart treffen sollte, wenn er von der Wahrheit abirrte.

„Ich verkehre mit einer jungen Dame aus Brabazons Bank.

Eines Abends – sie hatte länger gearbeitet – habe ich auf sie gewartet, als ein Herr aus dem Seiteneingang der Bank trat und mich rief. Ich war überrascht, meinen Namen zu hören, und ich wäre fast tot umgefallen, als ich sein Gesicht sah.

„Es war Mr. Brabazon?" vermutete Parr.

„Stimmt, Sir. Ich sollte in sein Büro kommen. Ich dachte, er hätte was gegen Milly."

„Mach weiter", sagte Parr, als Flush eine Pause machte.

„Ich muß mich ja retten, nicht. Und da ist's wohl besser, wenn ich die ganze Wahrheit erzähle. Er hat mir gesagt, daß Marl ihn erpreßt und daß Marl von ihm ein paar Briefe hätte, die er in seinem privaten Safe aufbewahrt, und dann hat er mir Tausend angeboten, wenn ich sie beschaffen würde. Das ist die Wahrheit. Und dann hat er noch angedeutet, daß Marl eine Menge Geld zu Hause hätte. Er hat es nicht so direkt gesagt, aber angedeutet hat er's. Er wußte, daß ich schon mal wegen Einbruchs gesessen habe – er hatte Nachforschungen über mich angestellt –, und sagte, daß ich genau der richtige Mann wäre. Na ja, Sir, da bin ich mal vorbeigegangen und hab mir die Sache angesehen, und es sah ganz so aus, als würde es ein bißchen schwierig werden. Es waren immer männliche Bedienstete im Haus, außer wenn Mr. Marl Damen zum Abendessen eingeladen hatte." Er grinste. „Ich hätte den Job aufgegeben, aber da ist eine junge Dame im Büro, auf die Marl scharf war."

„Thalia Drummond?"

„Ja, Sir." Flush nickte. „Es war, wie man so sagen könnte, ein Akt der Vorsehung, daß er hinter ihr her war, und als ich mitkriegte, daß er sie zum Dinner eingeladen hatte, dachte ich mir, das wäre doch eine günstige Gelegenheit, um ins Haus zu kommen. Und dann hätte ich noch Geld umsonst gehabt. Ich wußte nämlich, daß er sein ganzes Geld abgehoben hatte. Also, ich mache den Safe auf – das war leicht –, ich finde den Brief, aber keine Papiere, nur 'ne Fotografie drin mit 'nem Mann und 'ner Frau drauf auf 'nem Felsen. Ich glaube, die Fotografie war von irgendwo im Ausland, im Hintergrund waren nämlich 'ne Menge Berge zu sehen, und es sah so aus, als würde er sie runterschubsen und sie sich an 'nem Stückchen Baum festhalten. Vielleicht war es so ein Filmfoto. Jedenfalls habe ich es verbrannt."

„Aha", sagte Inspektor Parr. „Und das ist alles?"

„Das ist alles, Sir. Ich habe nirgends Geld gefunden."

Um sieben Uhr stattete Inspektor Parr mit einem Haftbefehl in der Tasche und begleitet von zwei Detektiven, dem Häuserblock, in dem Brabazon seinen Wohnsitz hatte, einen Besuch ab.

Ein Dienstbote im Nachtgewand öffnete ihnen und führte sie in das Zimmer des Bankiers. Die Tür war verschlossen, aber Parr stieß sie mühelos auf. Das Zimmer war jedoch leer. Ein offenes Fenster und ein erloschenes Feuer ließen vermuten, auf welche Weise sich der bedeutende Bankier aus dem Staub gemacht hatte, und die Tatsache, daß das Bett noch unberührt war und daß es keine Zeichen von Unordnung im Zimmer gab, machte deutlich, daß er schon Stunden vor Eintreffen des Inspektors gegangen war.

Neben dem Bett stand ein Telefon, und Parr rief das Amt an. „Können Sie herausfinden, ob diese Nacht ein Anruf an diese Nummer hier ging? Ich bin Inspektor Parr, Polizeihauptquartier."

„Zwei", war die Antwort. „Ich habe die Verbindung selber hergestellt. Ein Anruf kam von Bayswater ..."

„Das war ich selbst", sagte der Inspektor. „Und der andere?"

„Kam vom Western Exchange ..., um zwei Uhr dreißig."

„Danke", sagte der Inspektor hart und legte auf. Er sah seine Begleiter an und rubbelte sich gereizt seine große Nase.

„Thalia Drummond wird einen anderen Job kriegen", sagte er.

19

Thalia nimmt ein Angebot an

Es dauerte über eine Woche, bis die Untersuchungen zu Brabazons Konkurs erledigt waren, und als diese Zeit vorüber war, verließ Thalia Drummond mit einem Wochengehalt in ihrer kleinen Ledertasche und ohne Aussichten auf eine Anstellung die Bank.

Inspektor Parr hatte sich nicht bemüht, etwas zu beschönigen, als er sich vor einem beeindruckten Publikum an sie wandte: „Nur die Tatsache, daß ich Sie aus Marls Haus habe herauskommen sehen und daß er die Tür hinter Ihnen zumachte, rettet Sie vor einer schweren Anklage."

„Wenn sie mir auch eine Moralpredigt erspart hätte, wär ich sehr erfreut", erwiderte Thalia kühl.

„Was halten Sie von der?" fragte Parr, als das Mädchen durch die Schwingtür des Büros verschwand.

„Sie gibt mir eigentlich Rätsel auf." Es war Derrick Yale, an den er seine Frage gerichtet hatte. „Und je mehr ich über sie nachdenke, desto rätselhafter erscheint sie mir. Die Macroy sagt, sie habe sich, solange sie bei der Bank war, mit kleinen Diebereien abgegeben, aber es gibt keinen Beweis dafür. Wirklich, der einzige, der einen Beweis erbringen könnte, ist unser abwesender Freund Brabazon. Warum ziehen Sie sie nicht als Zeugin im Fall Barnet heran?"

„Das würde auf Aussage gegen Aussage hinauslaufen", sagte der Inspektor, den Kopf schüttelnd, „und die Sache gegen Barnet war so klar, daß ich keinen weiteren Beweis als meine eigenen Augen brauchte."

Yale runzelte nachdenklich die Stirn.

„Ich frage mich ...", sagte er mehr zu sich selbst.

„Was fragen Sie sich?"

„Ich frage mich, ob dieses Mädchen uns mehr Informationen über den Feuerroten Kreis geben kann, als wir im Moment haben. Ich bin fast geneigt, sie anzustellen."

Parr murmelte etwas vor sich hin.

„Ich weiß, Sie halten mich für verrückt, aber in Wirklichkeit liegt Methode in meiner Verrücktheit. Aus meinem Büro kann nichts gestohlen werden. Ich könnte ständig ein Auge auf sie haben, und wenn sie in Verbindung zum Kreis stünde, würde ich sicherlich alles herausbekommen."

„Warum haben Sie ihr die Hand geschüttelt?" fragte Parr neugierig, und der andere lachte.

„Weil sie mich interessiert. Ich wollte einen Eindruck bekommen, und der Eindruck, den ich hatte, war der einer dunklen, unheilvollen Kraft hinter ihrem Leben. Das Mädchen arbeitet nicht aus eigenem Antrieb. Sie hat hinter sich ...“

„Den Feuerroten Kreis?“ meinte Parr, und in seinem Tonfall war ein Anflug von Verächtlichkeit.

„Sehr wahrscheinlich“, sagte der andere ernst. „Ich werde mich jedenfalls mit ihr treffen.“

Er besuchte Thalia an jenem Nachmittag in ihrer Wohnung. Ihr Dienstmädchen führte ihn in das hübsche Wohnzimmer. Eine Minute später kam Thalia herein, in ihren schönen Augen war ein Lächeln wahrzunehmen, als sie ihren Besucher erkannte.

„Nun, Mr. Yale, sind Sie gekommen, um mich zu warnen?“

„Nicht direkt.“ Yale lachte. „Ich will Ihnen einen Job anbieten.“

Sie zog ihre Augenbrauen hoch. „Wollen Sie eine Assistentin“, fragte sie ironisch, „nach dem Motto, einen Dieb fängt man nur mit einem Dieb. Oder haben Sie die Vorstellung, mich umzuerziehen? Verschiedene Leute wollen mich umerziehen“, sagte sie.

Sie setzte sich auf den Klavierhocker, die Hände auf dem Rücken, und er wußte, daß sie sich über ihn lustig machte.

„Warum stehlen Sie, Miß Drummond?“

„Weil es meine Natur ist“, antwortete sie, ohne zu zögern. „Warum sollte Kleptomanie nur auf die herrschende Klasse beschränkt sein?“

„Verschafft es Ihnen irgendeine Befriedigung?“ fragte er. „Ich frage nicht aus purer Neugier, sondern als jemand, der den Menschen studiert.“

Sie wies mit ihrer Hand auf ihre Wohnung. „Ich habe die Befriedigung, ein sehr schönes Heim zu haben. Ich habe ein gutes Dienstmädchen, und ich werde wahrscheinlich nicht Hungers sterben. Das alles befriedigt mich außerordentlich. Jetzt erzählen Sie mir etwas über den Job, Mr. Yale. Wollen Sie mich als Polizistin?“

„Nicht direkt.“ Er lächelte. „Aber ich möchte eine Sekretärin, jemanden, auf den ich mich verlassen kann. Meine Arbeit nimmt enorm zu, und ich habe so viel Korrespondenz, daß ich es nicht mehr schaffen kann. Ich muß noch hinzufügen, daß es in meinem Büro wenig Gelegenheit gibt, Ihr Lieblingslaster auszuüben“, antwortete er gutgelaunt. „Und außerdem würde ich dieses Risiko sowieso auf mich nehmen."

Sie dachte einen Augenblick nach, wobei sie ihn fest ansah.

„Wenn Sie bereit sind, das Risiko auf sich zu nehmen, so bin ich es auch", sagte sie schließlich. „Wo ist Ihr Büro?"

Er gab ihr die Adresse.

„Ich bin morgen früh um zehn Uhr bei Ihnen. Schließen Sie Ihr Scheckheft ein, und räumen Sie alles Kleingeld weg."

Ein bemerkenswertes Mädchen, dachte er, als er zurück in die Stadt ging. Er hatte die reine Wahrheit gesagt, als er Parr gegenüber zugab, daß sie ihn verwirrte, und das, obwohl er bereits mit jeder Art Krimineller zu tun gehabt hatte und von Verbrecherpsychologie wahrscheinlich mehr verstand als Parr mit all seiner Erfahrung. Seine Gedanken wanderten zu Parr, diesem Unglücklichen, der, wie er bereits wußte, in Ungnade gefallen war. Wie lange würde das Polizeihauptquartier ihn noch dulden, nachdem es ihm auch das drittemal mißlungen war, mit dem Feuerroten Kreis fertig zu werden, fragte er sich.

Mr. Parrs Gedanken gingen in dieser Nacht die gleichen Wege. Eine kurze offizielle Notiz hatte ihn bei seiner Ankunft im Hauptquartier erwartet – er las sie mit kummervoller Miene. Schlimmeres würde folgen, vermutete er, und er hatte guten Grund für solche Befürchtungen.

Am nächsten Morgen wurde er in das Haus von Mr. Froyant gerufen. Derrick Yale war bereits dort. Trotz ihrer guten Beziehungen zueinander hatte sich die Jagd nach dem Feuerroten Kreis zu einem Duell zwischen diesen beiden seltsam verschiedenen Menschen entwickelt. Es war ein offenes Geheimnis in der Zeitungswelt, daß der drohende Ruin Parrs weniger die Folge der nicht unter Kontrolle gebrachten Verbrechen des Feuerroten Kreises war als vielmehr des übermenschlichen Glanzes seines inoffiziellen Rivalen. Um Yale Gerechtigkeit widerfahren zu lassen, muß man sagen, daß er sein Bestes tat, um diese Ansicht aufzuweichen, aber sie hielt sich.

Froyant hatte ungeachtet seines Geizes und der hohen Forderungen Yales den Privatdetektiv unmittelbar, nachdem er die Warnung bekommen hatte, in seine Dienste genommen. Sein Vertrauen in die Polizei war geschwunden, und er gab sich keine Mühe, sein Mißtrauen zu verbergen.

„Mr. Froyant hat sich entschieden zu zahlen", waren die Worte, mit denen der Inspektor begrüßt wurde.

„Natürlich werde ich zahlen!" platzte Froyant hervor.

Er war in den letzten Tagen um zehn Jahre gealtert, stellte Parr fest; sein Gesicht war blasser und schmaler, und er schien in sich zusammengesunken zu sein.

„Wenn die Polizei es zuläßt, daß diese heimtückische Organisation ehrbare Bürger bedroht, und nicht einmal ihr Leben schützen kann, was bleibt da anderes übrig, als zu zahlen? Mein Freund Pindle hatte eine ähnliche Drohung erhalten und hat bezahlt. Ich kann diesen Druck nicht länger ertragen." Er lief in der Bibliothek auf und ab wie ein Geistesgestörter.

„Mr. Froyant wird zahlen", sagte Derrick Yale langsam. „Aber dieses Mal war der Feuerrote Kreis ein bißchen zu kühn, glaube ich."

„Was meinen Sie?" fragte Parr.

„Haben Sie mal den Brief da, Sir?" Froyant zog wütend ein Schubfach auf und schleuderte die Karte mit dem vertrauten Zeichen auf die Schreibplatte.

„Wann ist das gekommen?" fragte Parr, während er die Karte mit dem feuerroten Kreis aufnahm.

„Heute mit der Morgenpost."

Parr las die im Kreis geschriebenen Worte:

Wir kommen wegen des Geldes Freitag nachmittag um 15.30 Uhr in das Büro von Mr. Derrick Yale. Die Banknoten dürfen nicht fortlaufend numeriert sein. Wenn das Geld nicht da ist, sterben Sie in derselben Nacht.

Dreimal las der Inspektor die Nachricht, dann seufzte er.

„Das vereinfacht die Sache natürlich. Selbstverständlich werden sie nicht kommen ..."

„Ich glaube doch", sagte Yale leise, „aber ich werde auf sie vorbereitet sein, und ich hätte Sie gern dabei, Mr. Parr."

„Das ist doch ganz klar", sagte der Inspektor phlegmatisch, „daß ich dasein werde. Aber ich glaube nicht, daß sie kommen."

„Ich bin nicht Ihrer Meinung. Wer immer die Hauptfigur des Feuerroten Kreises ist, ihm oder ihr mangelt es jedenfalls nicht an Mut. Und übrigens", er senkte seine Stimme, „werden Sie eine alte Bekannte in meinem Büro finden."

Parr blickte den Detektiv kurz und mißtrauisch an, wobei er bemerkte, daß dieser sich im stillen amüsierte.

„Drummond?"

Yale nickte.

„Sie arbeitet bei Ihnen?"

„Sie interessiert mich wirklich sehr, und vor allem bilde ich mir ein, sie wird mir bei der Lösung dieses Geheimnisses eine echte Hilfe sein."

In dem Augenblick kam Froyant wieder herein, und man wechselte taktvoll das Thema.

20

Der Schlüssel vom Haus am Fluß

Es war vereinbart worden, daß Froyant an dem betreffenden Donnerstagmorgen das erforderliche Geld von seiner Bank abheben sollte, daß Yale es abholen würde und dann gemeinsam mit Parr in seinem Büro die notwendigen Vorbereitungen für den Empfang des Besuches treffen sollte.

Mr. Parrs Weg zur Polizei führte ihn an dem großen Haus vorbei, in dem Jack Beardmore allein lebte.

Die Ereignisse der letzten Wochen hatten eine ungewöhnliche Veränderung in dem jungen Mann hervorgerufen. Aus einem Jungen war plötzlich ein ausgeglichener, vernünftiger Mann geworden. Er hatte enorm viel Geld geerbt, aber gleichzeitig hatte er die bedeutendste Antriebskraft seines Lebens verloren. Er wurde die Erinnerung an Thalia Drummond nicht los; er hatte ihr Gesicht vor sich, ob er schlief oder wachte, und obwohl er sich selbst einen Narren schimpfte und die ganze Sache logisch durchdenken konnte, schwanden alle seine Vernunftgründe vor dem Bild, das er in seinem Herzen trug.

Zwischen Inspektor Parr und ihm hatte sich eine merkwürdige Freundschaft entwickelt. Es hatte eine Zeit gegeben, da er den untersetzten kleinen Mann fast gehaßt hatte, aber sein Verstand hatte ihm gesagt, daß Gefühle, wie stark sie auch sein eigenes Leben und die Richtung seines Handelns beeinflußten, in dem moralischen Rüstzeug eines Polizeibeamten keinen Platz hatten.

Der Inspektor blieb vor der Tür des Hauses stehen, und einem Impuls gehorchend, ging er die Treppe hinauf und klingelte. Der Bediente, der ihn einließ, war nur einer von einem Dutzend Dienstboten, die die Leere des Hauses noch unterstrichen.

Jack war im Eßzimmer und tat so, als hätte er Appetit auf ein spätes Frühstück.

„Kommen Sie rein, Mr. Parr“, sagte er, sich erhebend. „Ich nehme an, Sie haben schon vor Stunden gefrühstückt. Gibt es etwas Neues?“

„Nichts, nur daß Mr. Froyant beschlossen hat zu zahlen.“

„Das war klar“, sagte Jack verächtlich, und dann lachte er, zum erstenmal nach langer Zeit. „Ich möchte nicht der Rote oder Feuerrote Kreis sein, oder wie immer er sich nennt.“

„Warum nicht?“ fragte Mr. Parr leicht belustigt, aber er konnte die Antwort eigentlich erraten.

„Mein armer Vater sagte immer, daß Froyant wegen jeden Hellers in Wut geriet, den man ihm nahm, und nicht eher ruhte, bis er ihn zurück hatte. Wenn Harveys Angst und Schrecken vorüber sind, dann wird er sich den Feuerroten Kreis vorknöpfen und nicht eher von ihm lassen, bis jeder Schein, den er an ihn gezahlt hat, zurückerstattet ist.“

„Durchaus wahrscheinlich“, stimmte der Inspektor zu, „aber noch haben sie das Geld nicht.“

Er erzählte Jack den Inhalt des Briefes, den Froyant am Morgen erhalten hatte, und sein junger Gastgeber schien sichtlich erstaunt.

„Die riskieren eine Menge, finden Sie nicht? Es muß schon ein ganz Cleverer sein, der Derrick Yale schafft.“

„Das denke ich auch“, sagte der Inspektor, während er seine Beine bequem übereinanderschlug. „Ich muß meinen Hut ziehen vor Yale. Es gibt doch Dinge an ihm, die ich mächtig bewundere.“

„Seine psychometrischen Kräfte zum Beispiel." Jack lächelte, aber der Inspektor schüttelte den Kopf.

„Ich weiß darüber nicht genug, um sie bewundern zu können. Sie erscheinen mir unheimlich, aber ich kann sie in einer bestimmten Weise wiederum auch verstehen. Nein, ich denke da an andere Qualitäten von ihm." Er war plötzlich still, und Jack spürte seine Niedergeschlagenheit.

„Sie haben es jetzt ziemlich schwer im Hauptquartier, nicht wahr? Es ist kaum anzunehmen, daß man über die Unantastbarkeit des Kreises besonders erfreut ist."

Parr nickte. „Ich bin im Moment nicht gerade auf Rosen gebettet", gab er zu. „Aber das macht mir keine Sorgen." Er sah Jack fest an. „Übrigens, Ihre junge Freundin hat einen neuen Job." Jack fuhr hoch.

„Meine junge Freundin?" stammelte er. „Sie meinen Miß ..."

„Miß Drummond meine ich. Derrick Yale hat sie eingestellt", sagte er und schmunzelte über Jacks Verblüffung.

„Thalia Drummond eingestellt? Sie scherzen!"

„Ich dachte auch, er macht Spaß, als er so etwas andeutete. Ist schon ein komischer Vogel, dieser Yale."

„Er gehörte ins Hauptquartier, das denken viele Leute", sagte Jack und war sich des Schnitzers bewußt, noch ehe die Worte heraus waren.

Aber wenn Parr sich verletzt fühlte, so zeigte er es zumindest nicht. „Man nimmt keine Leute von außerhalb", sagte er mit einem Lächeln, und der Inspektor lächelte selten. „Sonst hätten wir Sie nehmen sollen, Mr. Beardmore! Nein, unser Freund ist klug. Aber Sie nehmen ja wohl nicht an, ein Mann des Hauptquartiers würde zugeben, daß ein Detektiv aus ‚Liebhaberei', wie wir das nennen, etwas anderes als ein störender Dummkopf sein kann. Dennoch, Yale ist clever."

Sie waren beide zum Fenster geschlendert und sahen auf die ruhige Straße, in der Beardmores Haus stand.

„Ist das nicht Miß Drummond?" fragte Jack plötzlich.

Parr hatte sie schon gesehen. Sie lief langsam die andere Straßenseite entlang und sah auf die Hausnummern. In dem Moment überquerte sie die Straße.

„Sie kommt hierher", brachte Jack hervor. „Ich möchte wissen, was ..." Er nahm sich nicht die Zeit, zu Ende zu sprechen, sondern stürmte aus dem Zimmer und öffnete die Eingangstür, als ihr Finger gerade den Klingelknopf berührte.

„Das ist aber schön, Sie zu sehen, Thalia", sagte er, indem er herzlich ihre Hand ergriff. „Wollen Sie nicht hereinkommen? Ein alter Bekannter von Ihnen sitzt im Eßzimmer."

Sie hob die Augenbrauen.

„Etwa Mr. Parr?"

„Sie können ausgezeichnet raten." Er lachte, als er die Tür hinter ihr schloß. „Wollen Sie mich allein sprechen?" fragte er plötzlich.

„Nein; ich habe nur eine Nachricht für Sie von Mr. Yale. Er möchte gern den Schlüssel zu Ihrem Haus am Fluß haben."

Inzwischen waren sie im Eßzimmer angelangt, und das Mädchen nickte dem ausdruckslos blickenden Mr. Parr knapp zu.

Sie mag meinen Freund Mr. Parr nicht, dachte Jack.

Er erklärte den Grund des Besuchs.

„Mein armer Vater besaß am Flußufer ein vernachlässigtes Anwesen. Es ist jahrelang nicht vermietet worden, und die Gutachter sagen, eine Reparatur wird etwa genausoviel kosten, wie es jetzt an Wert besitzt. Aus irgendeinem Grund glaubt Yale, daß Brabazon es als Versteck benutzt. Es war eine Zeit in seinen Händen, als er versuchte, es zu verkaufen. Er hat sich um einen Teil des Besitzes meines Vaters gekümmert. Aber ist denn überhaupt wahrscheinlich, daß er dort ist?"

Mr. Parr schürzte seine kräftigen Lippen und blinzelte nachdenklich.

„Das einzige, was ich über ihn weiß, ist, daß er noch nicht das Land verlassen hat", sagte er schließlich. „Ich kann mir nicht denken, daß er in ein Haus gehen würde, von dem er weiß, daß es durchsucht werden wird." Er starrte abwesend auf Thalia. „Immerhin könnte es sein", überlegte er. „Ich nehme an, er hat einen Schlüssel? Was ist es eigentlich, ein Haus?"

„Es ist zur Hälfte ein Haus und zur Hälfte ein Lager. Ich habe es nie gesehen, aber ich glaube, es ist so ein Gebäude, wie sie vor zweihundert Jahren von Kaufleuten bevorzugt wurden, als man noch an derselben Stelle wohnte, wo man sein Geschäft hatte.“

Er schloß seinen Schreibtisch auf und zog ein Schubfach voll mit Schlüsseln hervor, jeder einzelne mit einem Anhänger versehen.

„Das ist er, glaube ich, Miß Drummond“, sagte er und händigte ihr den Schlüssel aus. „Wie gefällt Ihnen Ihre neue Arbeit?“ Es erforderte einigen Mut, die Frage zu stellen, denn ihre Gegenwart ließ ihn vor Ehrfurcht erstarren.

Thalia lächelte leicht.

„Sie ist unterhaltsam, ohne in irgendeiner Weise eine Versuchung darzustellen! Ich kann Ihnen noch nicht viel erzählen, weil ich erst heute morgen angefangen habe.“ Sie wandte sich an den Inspektor. „Nein, ich werde Ihnen keinen Ärger mehr machen, Mr. Parr. Das einzige wertvolle Stück in dem Büro ist ein silberner Briefbeschwerer – ich brauche nicht einmal die Briefe abzuschicken“, setzte sie spöttisch hinzu. „Das Büro ist nach amerikanischem Muster gebaut, und da ist eine kleine Rutsche in Mr. Yales Büro, auf der die Briefe direkt in den Kasten unten in der Halle fallen. Das ist sehr enttäuschend!“

Obwohl sie sich ernst gab, tanzten ihre Augen vor Fröhlichkeit.

„Sie sind eine seltsame Frau, Thalia Drummond“, sagte Parr, „und dennoch glaube ich, daß in Ihnen ein guter Kern steckt.“

Die Bemerkung schien sie grenzenlos zu amüsieren. Sie lachte, bis sie Tränen in den Augen hatte, und Jack lächelte aus Sympathie mit.

Parr allerdings zeigte keinerlei Anzeichen von Belustigung.

„Seien Sie vorsichtig“, sagte er, und es klang unheilvoll. Das Lächeln verschwand von ihren Lippen.

„Sie können sicher sein, daß ich sehr vorsichtig bin, Mr. Parr“, sagte sie, „und wenn ich irgendwie in Schwierigkeiten sein sollte, können Sie gewiß sein, daß ich sofort nach Ihnen schicken werde!“

„Das will ich hoffen, dennoch, ich habe meine Zweifel.

21

Das Haus am Fluß

Thalia ging zurück ins Büro und fand Derrick Yale in seinem Zimmer, mit einem Berg unerledigter Korrespondenz beschäftigt.

„Ist das der Schlüssel? – Danke. Legen Sie ihn dorthin. Sie werden wohl die meisten Briefe selber beantworten müssen. Viele sind von einfältigen jungen Leuten, die als Privatdetektive ausgebildet werden möchten. Sie werden schon eine passende Erwiderung finden, Sie können sie auch selber unterzeichnen. Und teilen Sie dieser Dame mit“, dabei reichte er ihr einen Brief herüber, „daß ich im Moment so beschäftigt bin, daß ich keinen Auftrag annehmen kann.“

Er nahm den Schlüssel vom Tisch und hielt ihn eine Sekunde lang in der Hand.

„Sie haben Mr. Parr gesehen?“

Sie lachte.

„Sie können einem wirklich angst machen, Mr. Yale. Ich habe Mr. Parr tatsächlich gesehen. Aber woher wissen Sie das?“

Er schüttelte lächelnd den Kopf.

„Es ist wirklich sehr einfach, und ich dürfte eigentlich für meine Gabe keinen Ruhm beanspruchen, jedenfalls nicht mehr als Sie für Ihr gutes Aussehen und Ihre Veranlagung – nun, wie soll ich sagen –, die Dinge zu nehmen, wie Sie sie finden?“

Sie gab nicht sofort eine Antwort, dann aber: „Ich bin eine Gebesserte.“

„Ich glaube, Sie werden sich zur rechten Zeit bessern. Sie interessieren mich“, sagte Yale, und dann nach einer Pause: „Außerordentlich!“, und mit einer Kopfbewegung entließ er sie.

Sie war mitten in der Arbeit, und die Schreibmaschine klapperte heftig, als er in der Tür seines Zimmers erschien.

„Rufen Sie bitte Mr. Parr an, Sie finden seine Nummer in der Liste.“

Mr. Parr war nicht in seinem Büro, als sie anrief, aber eine halbe Stunde später erreichte sie ihn und stellte zum Nachbarzimmer durch.

„Sind Sie das, Parr?“

Sie hörte seine Stimme durch die Tür, die nur angelehnt war.

„Ich gehe jetzt zu Beardmores Grundstück am Fluß, um es zu durchsuchen. Ich bilde mir ein, Brabazon könnte sich dort verstecken ... Nach dem Mittagessen; in Ordnung. Sind Sie so gegen halb drei hier?“

Thalia Drummond hörte zu und machte sich auf dem Löschpapier Notizen. Um halb drei kam Parr. Sie sah ihn nicht, denn es gab einen direkten Zugang zu Yales Zimmer, aber sie hörte das Grummeln seiner Stimme, und in dem Augenblick gingen sie auch schon aus dem Haus. Sie wartete, bis ihre Schritte nicht mehr zu hören waren, dann nahm sie ein Telegrammformular, das sie an Johnson, Mildred Street 23, City adressierte, und schrieb:

Derrick Yale durchsucht Beardmores Haus am Fluß.

Thalia Drummond war durch und durch Pflichtbewußtsein.

Das Haus stand an einem kleinen Kai und bot ein desolates Bild. Das Fundament des Kais war am Zerbröckeln, das Geländer gebrochen, der Hof eine Unkrautwildnis; nachdem sie es geschafft hatten, die zur schäbigen East-End-Straße gelegene Tür zu öffnen, machten üppiges Gras und Brennesseln ihr Fortkommen fast aussichtslos.

Das Haus selbst mag einmal malerisch gewesen sein, jetzt aber gab es mit seinen zerbrochenen Fenstern, dem verwitterten Holz und der abgeblätterten Farbe an den Wänden ein bedauernswertes Beispiel architektonischen Ruins ab. An einem Ende war ein großes finsteres Steinlager, das mit dem Kai bündig abschloß und offensichtlich Verbindung mit dem Haus hatte. Ein Luftangriff während des Krieges hatte eine Ecke der Wand und die wenigen übriggebliebenen Dachziegel weggerissen, so daß sich das Gerüst verrottender Dachrippen den Augen bloß und nackt darbot.

„Ein fröhlicher Ort“, sagte Yale, als er die Tür öffnete. „Das ist nicht gerade die Szenerie, in der man sich den eleganten

Brabazon vorstellen kann, nicht wahr?"

Der Flur war staubig, Spinnweben hingen von der Decke, und im Haus war alles still und leblos. Sie machten schnell die Runde durch alle Räume, ohne jedoch irgendein Anzeichen des Flüchtigen zu entdecken.

„Dort ist eine Dachkammer", sagte Yale und zeigte auf eine Treppe, die zu einer Falltür führte.

Er rannte die Treppe hinauf, stieß die Klappe auf und verschwand. Parr hörte ihn oben laufen, schließlich kam er zurück.

„Nichts da", sagte er, als er die Falltür zuschlug.

„Ich habe niemals erwartet, daß Sie hier irgend etwas finden würden", sagte Parr, als er voran aus dem Haus ging.

Sie gingen den unkrautbewachsenen Pfad zum äußeren Tor, und hinter einem Dachkammerfenster mit schmutzigen Scheiben beobachtete sie ein Mann mit weißem Gesicht; ein Mann, dessen Bart eine Woche alt war und den selbst seine engsten Freunde niemals als Mr. Brabazon, den bekannten Bankier, erkannt hätten.

22

Der Abgesandte des Kreises

„Sie sind ein Narr, Sir, und ein Idiot. Ich dachte, Sie wären ein schlauer Detektiv, aber Sie sind ein Narr.

Mr. Froyant war übelster Laune. Der säuberliche Stapel Banknoten, der auf seinem Schreibtisch lag, lieferte den Grund dafür. Der Anblick einer solchen Menge Geld, das aus seinen Händen gehen sollte, war für den geizigen Harvey Anlaß für unermeßliche Wut, und wenn seine Augen einmal von dieser Anhäufung von Reichtum wegglitten, so wanderten sie doch augenblicklich wieder dahin zurück.

Derrick Yale war schwer zu beleidigen.

„Vielleicht bin ich das", sagte er, „aber ich muß meine Geschäfte nach meiner Fasson abwickeln, Mr. Froyant, und wenn ich glaube, daß mich das Mädchen zum Feuerroten Kreis führen kann – was ich wirklich glaube –, dann werde ich sie bei mir anstellen."

„Denken Sie an meine Worte", Froyant schwang seinen Finger vor dem Gesicht des Detektivs, „dieses Mädchen gehört zu den Gangstern. Sie werden es sehen, *sie* ist der Bote, der das Geld abholt!"

„In welchem Falle sie sofort verhaftet wird" sagte der andere. „Glauben Sie mir, Mr. Froyant, ich habe nicht die Absicht, diese Scheine aus den Augen zu verlieren, aber wenn sie an den Feuerroten Kreis gehen, liegt die Verantwortung bei mir, nicht bei Ihnen. Es ist mein Job, Ihr Leben zu retten und die Rache des Kreises von Ihnen auf mich zu lenken."

„Ganz recht, ganz recht", bestätigte Mr. Froyant hastig, „es ist schon richtig, die Sache so zu betrachten, Yale. Ich sehe, Sie sind doch nicht so unintelligent, wie ich dachte. Machen Sie es so, wie Sie es für richtig halten", sagte er. Er berührte die Scheine liebevoll, tat sie dann in einen länglichen Umschlag und reichte diesen zögernd dem Detektiv, der das Päckchen in seine Tasche gleiten ließ.

„Es gibt wohl nichts Neues von Brabazon? Der Schuft hat mir zweitausend Pfund gestohlen, die ich dummerweise in einen von Marls heruntergewirtschafteten Konzernen investiert habe."

„Wußten Sie etwas über Marl?" fragte der Detektiv, während er die Tür öffnete.

„Ich weiß nur, daß er ein Erpresser war."

„Wissen Sie etwas, was nicht schon allgemein bekannt ist?" fragte Yale geduldig. „Wie er anfing, wo er herkam?"

„Er kam aus Frankreich, glaube ich", sagte Froyant. „Ich weiß sehr wenig über ihn. Es war übrigens James Beardmore, der uns miteinander bekannt gemacht hat. Es wurde erzählt, er wäre in Frankreich in Bodenspekulationen verwickelt gewesen und hätte dafür gesessen, aber ich kümmere mich nie um Geschwätz. Er war für mich nützlich, ich habe durch meine Investitionen bei ihm ganz schöne Gewinne gemacht."

Der andere lächelte. Unter diesen Umständen, dachte er, könnte der Geizkragen Marl die erlittenen Verluste schon verzeihen.

Als er in sein Büro zurückkam, warteten Parr und Jack

Beardmore bereits auf ihn.

Er hatte einen Besuch des jungen Mannes nicht erwartet, und er nahm an, daß der wahre Grund Thalia Drummond war, deren Abwesenheit er auf taktvolle Weise entschuldigte.

„Ich habe Miß Drummond nach Hause geschickt, Parr. Ich möchte nicht, daß ein Mädchen in das Geschäft, das wir heute nachmittag zu erledigen haben, hineingezogen wird. Es kann ein wildes Durcheinander geben."

Er sah Jack Beardmore intensiv an.

„Worauf Sie, hoffe ich, vorbereitet sind."

„Ich bin enttäuscht, wenn es nicht dazu kommt", sagte Jack fröhlich.

„Wie ist Ihr Plan?" fragte Parr.

„Ein paar Minuten bevor der Bote erscheinen soll, gehe ich in mein Zimmer. Beide Türen sollen verschlossen sein, die zum Flur und die zu diesem Büroraum. Was diese Tür betrifft, so lasse ich den Schlüssel bei Ihnen und bitte Sie, mich einzuschließen. Mein Ziel ist es natürlich, eine Überraschung zu vermeiden. Sobald Sie ein Klopfen hören und merken, daß ich aufstehe, zur Tür gehe und sie aufschließe, wissen Sie, daß der Besucher eingetroffen ist, und wenn die Tür wieder geschlossen wird, sollen Sie sich draußen im Flur postieren."

Parr nickte.

„Es scheint ganz einfach", sagte er. Er ging zum Fenster, sah hinaus und winkte mit einem Taschentuch. Yale lächelte zustimmend.

„Ich sehe, Sie haben die erforderlichen Vorsichtsmaßnahmen getroffen. Wie viele Männer haben Sie?"

„Ich glaube, es sind achtzig", sagte Parr ruhig, „die werden das Haus praktisch umzingeln."

Yale nickte.

„Wir müssen bedenken, daß der Feuerrote Kreis vielleicht einen ganz gewöhnlichen zweitrangigen Boten schickt, der dann natürlich verfolgt werden muß. Ich will, daß das Geld in die Hände des Chefs des Feuerroten Kreises gelangt – das ist ein wesentlicher Punkt."

„Ich bin vollkommen Ihrer Meinung", sagte Parr, „aber ich habe so eine Ahnung, daß der Gentleman, oder wer immer es sein mag, nicht selbst kommen wird. Darf ich mir Ihr Büro ansehen?“

Er ging hinein und besichtigte es. Durch ein Fenster fiel Licht in den Raum. In einer Ecke stand ein Schrank, den er öffnete. Außer einem Mantel war nichts darin.

„Wenn Sie nichts dagegen haben“, Mr. Parr benahm sich fast unterwürfig, „dann möchte ich, daß Sie im Vorzimmer bleiben. Ich werde die Tür hinter Ihnen schließen. Ich bin immer nervös, wenn mir jemand zusieht.“

Lachend ging Yale aus dem Büro, und Parr schloß die Tür hinter ihm. Er öffnete die zweite Tür und sah auf den Korridor. Gleich danach hörte man ihn auch die zumachen.

„Sie können hereinkommen, ich habe alles gesehen, was ich wollte.“ Das Zimmer war einfach, aber bequem ausgestattet. Es hatte einen großen Kamin, in dem jedoch trotz des kühlen Tages kein Feuer brannte.

„Ich nehme nicht an, daß er durch den Schornstein kommen wird“, sagte Yale humorvoll, als er den Inspektor bei dessen Besichtigung beobachtete. „Ich habe in diesem Büro noch nie Feuer gemacht. Ich gehöre zu den heißblütigen Sterblichen, die nie richtig frieren.“

Jack, der die Durchsuchung fasziniert beobachtete, nahm die kleine todbringende Pistole, die auf dem Schreibtisch des Detektivs lag, in die Hand und untersuchte sie vorsichtig.

„Achtung, der Auslöser ist empfindlich“, sagte Yale.

Er nahm den Umschlag mit den Geldscheinen aus seiner Tasche und legte ihn neben die Waffe. Dann blickte er auf seine Uhr.

„Um ganz sicherzugehen, sollten wir jetzt wohl besser ins Vorzimmer gehen und die Tür verschließen“, schlug er vor.

„Es ist ganz schön aufregend“, flüsterte Jack. Er meinte, Flüstern wäre in diesem Moment genau der richtige Ton.

„Ich hoffe, es wird nicht zu spannend“, sagte Yale. Sie gingen ins Vorzimmer, schlossen ihn ein und setzten sich – Jack auf Thalia Drummonds Stuhl, was er unbewußt tat, dann jedoch plötzlich erkannte.

War sie vom Feuerroten Kreis, fragte er sich. Parr hatte so etwas angedeutet. Jack biß die Zähne zusammen; er könnte und würde es nicht glauben, niemandem, nicht einmal seinen eigenen Augen und seinem gesunden Menschenverstand. Ihr Einfluß schwand nicht, sondern nahm im Gegenteil an Stärke zu. Sie war unabhängig, und wenn sie schuldig war ...

Er blickte auf und sah Parrs Augen auf sich gerichtet.

„Ich will ja nicht psychometrisch sein, aber ich habe den Eindruck, Sie denken an Thalia Drummond."

„Ja", gab der junge Mann zu. „Mr. Parr, meinen Sie, sie ist wirklich so schlecht, wie sie scheint?"

„Wollen Sie wissen, ob ich glaube, daß sie Froyants Buddha gestohlen hat? Wenn Sie das meinen, das ist keine Frage von Glauben, ich weiß es."

Jack schwieg. Er konnte nicht darauf hoffen, diesen sturen Mann von der Unschuld des Mädchens zu überzeugen, und es war ja sowieso Wahnsinn, zu glauben, sie sei unschuldig, da sie doch ihr Vergehen eingestanden hatte.

„Sie sollten da drüben lieber still sein." Es war Yales Stimme, und Parr brummte eine Erwiderung.

Danach saßen sie in tiefem Schweigen. Sie hörten, wie Yale sich im Zimmer bewegte, und dann war auch er ruhig, denn der vereinbarte Zeitpunkt rückte näher. Inspektor Parr zog seine Uhr aus der Tasche und legte sie auf den Tisch; die Zeiger standen auf halb vier. Jetzt war es Zeit für den Boten, und er saß, den Kopf gespannt vorgeneigt, und lauschte, aber es war kein Geräusch einer Auseinandersetzung zu vernehmen. In dem Augenblick war ein Geräusch in Yales Zimmer zu hören, ein seltsames Geräusch wie bei einem Aufprall, so als hätte sich Yale fallen lassen.

Parr sprang hoch.

„Was war das?"

„Es ist alles in Ordnung", sagte Yales Stimme, „ich bin nur über etwas gestolpert. Seien Sie still."

Sie setzten sich wieder, nach weiteren fünf Minuten rief Parr:

„Ist alles in Ordnung, Yale?"

Keine Antwort.

„Yale!" er rief lauter. „Hören Sie mich?"

Es kam keine Antwort. Er sprang zur Tür, schloß auf und stürzte in das Zimmer, dicht gefolgt von Jack.

Was sie sahen, hätte auch einen erfahreneren Beamten als Parr erstarren lassen. Auf dem Fußboden ausgestreckt, die Gelenke in Handschellen, die Fußgelenke gefesselt, ein Handtuch über seinem Gesicht, so lag die überwältigte Gestalt Derrick Yales. Das Fenster war offen, und es roch stark nach Äther und Chloroform. Das Geldbündel, das auf dem Tisch gelegen hatte, war verschwunden.

Drei Sekunden später verließ ein älterer Postbote das Gebäude, auf dem Rücken trug er einen Briefsack, und die Polizei, die das Haus beobachtete, ließ ihn, ohne ihn zu befragen, passieren.

23

Die Frau im Schrank

Parr beugte sich hinunter und nahm das durchtränkte Handtuch von dem Gesicht des Detektivs. Dieser öffnete die Augen und blickte um sich.

„Was ist los?" fragte er mit belegter Stimme, aber der Inspektor war damit beschäftigt, die Handschellen zu lösen. Schließlich warf er sie klirrend auf den Fußboden und richtete den Mann wieder auf, während Jack mit zitternden Fingern die Fesseln um Yales Beine löste.

Sie führten ihn zu seinem Stuhl. Er ließ sich darauf niederfallen und strich sich mit der Hand über die Stirn.

„Was ist passiert?" fragte er.

„Das möchte ich gern wissen", sagte Parr. „Wie sind sie hereingekommen?" Der andere schüttelte den Kopf.

„Ich weiß nicht, ich kann mich nicht erinnern, ist die Tür verschlossen?"

Jack lief zur Tür. Der Schlüssel war von innen herumgedreht. Durch die Tür konnte also niemand gekommen sein, aber das Fenster stand offen. Das war das erste, was Parr gesehen hatte, als er das Zimmer betrat.

Er lief zum Fenster und blickte hinaus. Es ging achtzig Fuß tief – und keine Spur von einer Leiter oder einem anderen Gegenstand, mit Hilfe dessen Yales Angreifer hätte entkommen können.

„Ich weiß nicht, was geschehen ist“, sagte Yale, als er sich etwas erholt hatte. „Ich saß hier auf diesem Stuhl, als plötzlich ein Tuch über mein Gesicht gezogen wurde und zwei mächtige Hände mich mit solcher Kraft griffen, die ich einem menschlichen Wesen nie zugetraut hätte. Bevor ich mich wehren oder schreien konnte, muß ich das Bewußtsein verloren haben.“

„Haben Sie mich rufen hören?“ fragte Parr.

Yale schüttelte den Kopf.

„Aber, Mr. Yale, wir haben ein Geräusch gehört, und Mr. Parr fragte, ob mit Ihnen alles in Ordnung sei. Sie antworteten, daß Sie nur gestolpert seien.“

„Das war ich nicht“, sagte Yale. „Ich erinnere mich von dem Augenblick an an nichts mehr, bis Sie mich hier gefunden haben.“

Inspektor Parr stand am Fenster. Er zog das Schiebefenster herunter, dann schob er es wieder hinauf, daraufhin betrachtete er das Fensterbrett, und als er sich umdrehte, stand ein breites Lächeln auf seinem Gesicht.

„Das ist das Genialste, was ich je gesehen habe“, sagte er. Jack empfand wieder etwas von seiner alten Antipathie gegenüber dem kräftigen Inspektor.

„Ich finde nicht, daß das genial ist. Die haben Yale fast umgebracht und sind entkommen“, sagte er.

„Ich habe gesagt, es ist genial, und dabei bleibt es“, sagte Mr. Parr stur, „und jetzt gehe ich mal runter zu den Leuten, die ich unten in der Halle auf Posten gelassen habe.“

Aber die Posten hatten nichts zu berichten. Keiner hatte das Haus betreten oder verlassen, mit Ausnahme des Postboten.

„Mit Ausnahme des Postboten, sagen Sie?“ Parr wurde nachdenklich.

„Hm, natürlich, der Postbote! In Ordnung, Sergeant, Sie können Ihre Männer wegschicken.“

Er fuhr mit dem Fahrstuhl hoch und ging wieder zu Yale.

„Das Geld ist weg“, sagte er. „Wir können wohl nichts anderes machen, als die Angelegenheit an das Hauptquartier zu melden.“

Yale war jetzt wieder fast der alte, er saß an seinem Schreibtisch, den Kopf in die Hände gestützt.

„Diesmal bin ich der Schuldige, das können sie Ihnen nicht anlasten, Parr. Ich bin immer noch dabei, herauszukriegen, wie die durchs Fenster gekommen sind und mich gefaßt haben, ohne ein Geräusch von sich zu geben."

„Saßen Sie mit dem Rücken zum Fenster?"

Yale nickte.

„Ich habe nie im Traum an das Fenster gedacht. Ich habe so gesessen, daß ich beide Türen im Auge hatte."

„Ihr Rücken war also dem Kamin zugewandt?"

„Da können sie nicht reingekommen sein", sagte Yale, den Kopf schüttelnd. „Nein, also das ist das größte Rätsel in meiner ganzen bisherigen Laufbahn; noch verblüffender als der Feuerrote Kreis." Er stand langsam auf. „Ich muß es dem alten Froyant melden, und es wäre besser, Sie kämen mit und unterstützten mich moralisch. Der Alte wird toben vor Wut."

Yale schloß beide Türen ab, steckte den Schlüssel in seine Tasche, und dann verließen sie gemeinsam das Büro.

Froyants Reaktion als wütend zu bezeichnen hieße einen sehr milden Ausdruck verwenden zur Beschreibung seiner dem Wahnsinn nahekommenden Raserei.

„Sie haben gesagt – Sie haben es mir ausdrücklich versprochen, daß ich das Geld zurückbekommen würde, und jetzt kommen Sie mir mit einem Lügenmärchen von wegen Betäubung. Das ist ungeheuerlich! Und wo waren Sie, Parr?"

„Ich war im Haus, und die Geschichte, die Yale erzählt hat, ist wahr."

Plötzlich verebbte Froyants Raserei, so plötzlich, daß die Gefaßtheit seiner Stimme einen fast in Schrecken versetzte nach diesem Ausbruch.

„In Ordnung, es ist nichts zu machen. Der Feuerrote Kreis hat sein Geld, damit wäre die Sache erledigt. Ich danke Ihnen, Yale. Bitte schicken Sie mir Ihre Rechnung."

Mit diesen schroffen Worten entließ er sie.

„Na, das übertrifft ja alles", sagte Parr. „Ich dachte einen Augenblick, er kriegt einen Schlaganfall! Haben Sie bemerkt, wie er sich plötzlich veränderte?"

Yale nickte langsam.

Froyant war in dem Augenblick, als diese plötzliche Veränderung mit ihm vor sich ging, ein großer Gedanke, ein ungeheuerlicher und erschreckender Zweifel gekommen, der ihn nahezu lähmte.

„Und jetzt", sagte Parr gutgelaunt, „da ich Ihnen moralische Unterstützung geboten habe, wollen Sie mir vielleicht den gleichen Dienst erweisen? Im Polizeihauptquartier bin ich nicht so sehr Persona grata wie Sie. Kommen Sie mit und erzählen Sie dem Kommissar, was passiert ist." –

Derrick Yales Büro war still und verlassen. Zehn Minuten waren vergangen, seit das Summen des Fahrstuhls signalisiert hatte, daß die drei Männer gegangen waren. Die Stille wurde durch ein Klicken unterbrochen, und langsam wurden die Türen des großen Schranks in der Ecke von Derrick Yales Büro aufgestoßen, heraus kam Thalia Drummond. Sie schloß die Türen hinter sich und stand eine Weile tief in Gedanken versunken im Zimmer. Aus ihrer Tasche nahm sie einen Schlüssel, öffnete die Tür, ging in den Korridor und schloß die Tür hinter sich ab.

Sie nahm nicht den Fahrstuhl. Weiter hinten auf dem Korridor befand sich eine kleine Treppe, die zum Zimmer des Hausmeisters im obersten Stockwerk führte und nur von ihm benutzt wurde. Diese ging sie hinunter. Unten führte eine Tür auf den Hof des Hauses. Diese schloß sie ebenfalls auf, und bald hatte sie sich unter die nach Hause drängenden Angestellten gemischt, die um diese Zeit die Straßen füllten.

24

10000 Pfund Belohnung

Die Vereinigte Handelsbank ist befugt, eine Belohnung von 10000 Pfund auszusetzen für Informationen, die zur Verhaftung und Überführung des Kopfes der als Feuerroter Kreis bekannten Bande führen. In Verbindung mit dieser Belohnung verspricht der Innenminister Straferlaß für jedes Bandenmitglied mit Ausnahme derer, die des vorsätzlichen Mordes schuldig sind, wenn besagtes

Mitglied Informationen und Beweise erbringt, die der Überführung des Mannes oder der Frau, die als Feuerroter Kreis bekannt sind, dienen.

An jedem Zaun, an jedem Postfenster, auf jeder Polizeistation leuchtete diese Bekanntmachung in blutroter Farbe.

Derrick Yale sah die Anzeige auf dem Weg ins Büro, las sie und ging weiter, wobei er sich fragte, welche Wirkung das auf die zweitrangigen Mitglieder der Bande haben würde, die zur Strecke zu bringen seine Beschäftigung war.

Thalia Drummond las es vom Oberdeck des Busses aus. Sie lächelte vor sich hin. Aber die nachhaltigste Wirkung hatte das Plakat auf Harvey Froyant. Es brachte etwas Farbe in sein Gesicht und ein Leuchten in seine Augen, was ihn nahezu jugendlich erscheinen ließ. Er war auch auf dem Weg ins Büro, als er die Anzeige las, eilte aber zurück nach Hause und nahm aus einem Fach in seinem Arbeitszimmer eine lange Liste. Sie enthielt die Nummern der Banknoten, die der Kreis bekommen hatte und die er sorgfältig und fast liebevoll zusammengestellt hatte.

Mit eigener Hand machte er jetzt eine weitere Abschrift, eine Arbeit, die ihn fast den ganzen Vormittag beschäftigte. Als er damit fertig war, schrieb er einen Brief, legte die neue Liste bei, adressierte den Brief und schickte ihn persönlich an eine Rechtsanwaltsfirma ab, von der er wußte, daß sie auf die Verfolgung verlorenen und gestohlenen Eigentums spezialisiert war.

Heggitts Firma hatte ihm schon einmal gute Dienste erwiesen. Am folgenden Morgen erschien ein Vertreter der Firma, Mr. Samuel Heggitt, der Seniorpartner, ein verhutzeltes Männchen mit einem chronischen Schnupfen.

Der Name Heggitt war keiner von den allgemein geachteten, auch sprachen Anwälte nicht gerade mit Sympathie und Respekt von ihm. Und dennoch stand er für eine der blühendsten Anwaltsfirmen der Stadt. Die meisten ihrer Klienten befanden sich an oder jenseits der Grenze, die Gesetzliches von Ungesetzlichem schied, aber auch den Gesetzestreuen war sie nützlich und wurde oft von bedeutenderen Unternehmen konsultiert, deren Klienten wertvolle Gegenstände, die ihnen von Langfingern gestohlen worden waren, zurückbekommen wollten. Auf geheimnisvolle Weise konnte Heggitts Firma immer einen „Gentleman“ ausfindig machen, der von dem verlorengegangenen Besitz „gehört“ hatte, und in den meisten Fällen wurde der vermißte Gegenstand zurückgegeben.

„Ich habe Ihre Nachricht erhalten, Mr. Froyant“, sagte der kleine Anwalt, „und ich kann Ihnen heute sagen, daß keine dieser Banknoten durch die üblichen Kanäle gehen wird.“ Er machte eine Pause und leckte sich die Lippen, wobei er an Froyant vorbeisah. „Der größte Hehler von allen ist weg, so kann ich ihm nicht schaden, wenn ich das jetzt sage.“

„Wer war das?“

„Brabazon“, war die überraschende Erwiderung, worauf Froyant ihn verblüfft anstarrte.

„Sie meinen doch nicht Brabazon von der Brabazon Bank?“

„Ja, genau den“, sagte Heggitt nickend. „Ich möchte meinen, der hat mehr als jeder andere in Londen große Geschäfte mit gestohlenem Geld gemacht. Sehen Sie mal, es konnte durch seine Bank gehen, ohne daß es jemand bemerkt hätte, und da er eine Menge Geschäfte im Ausland machte und im Rahmen von Exportgeschäften ständig Geld tauschte und zurücktauschte, blieb er unentdeckt. Wir wußten, wer es deckte. Zumindest hatten wir“, verbesserte er sich, „einen starken Verdacht. Als Beamte des Gerichts hätten wir die Behörden natürlich benachrichtigen müssen, wenn wir sicher gewesen wären. Ich dachte, es wäre besser, ich käme, um Ihnen zu erklären, daß es eine sehr schwierige Sache sein wird, dieses Geld zu verfolgen. Die meisten Scheine gehen bei Wettrennen weiter, und eine ganze Menge geht ins Ausland, wo die Scheine viel leichter einzutauschen, aber äußerst schwer zu verfolgen sind. Sie sagten, der Feuerrote Kreis hat sie?“

„Kennen Sie den?“ fragte Froyant schnell.

Der Anwalt schüttelte den Kopf.

„Ich hatte noch nie mit denen zu tun, aber natürlich wußte ich von ihnen, und zwar soviel, daß mir klar ist, wie gerissen diese Leute sind. Wahrscheinlich hat dieser Brabazon bewußt oder unbewußt für sie gearbeitet. In diesem Fall dürfte es schwierig sein, das Zeug loszuwerden. Es ist außerordentlich schwierig, Deckung für gestohlene Banknoten zu finden. Was soll ich machen, wenn ich einem dieser Scheine auf die Spur komme und denjenigen entdeckt habe, der sie hatte?"

„Sie sollen mich sofort benachrichtigen, sonst aber niemanden. Sie verstehen, daß das eine Frage von Leben und Tod sein kann, denn wenn der Feuerrote Kreis zufällig herauskriegt, daß ich versuche, mein Geld zurückzubekommen, könnte es sehr ernste Folgen für mich haben."

Der Anwalt gab ihm recht.

Der Kreis interessierte ihn anscheinend, denn er blieb noch eine Weile bei diesem Thema und stellte seinem Auftraggeber geschickt Fragen, ohne daß dieser merkte, daß er ausgefragt wurde.

„Das ist etwas Neuartiges in der Welt des Verbrechens. In Italien, wo die Schwarze Hand ihr Unwesen treibt, ist es ganz normal, daß eine Geldforderung zusammen mit einer Morddrohung gestellt wird. Aber ich hätte nicht gedacht, daß das in diesem Land möglich wäre. Das erstaunlichste ist, daß der Kreis zusammenhält. Ich könnte mir vorstellen", sagte er nachdenklich, „daß es nur ein Mann ist und daß der eine ganze Menge Leute beschäftigt, die sich untereinander nicht kennen und jeweils eine besondere Aufgabe haben. Sonst wäre er schon lange verraten worden. Nur wenn die für ihn arbeitenden Leute ihn nicht kennen, ist es möglich, daß er immer weitermachen kann." Er nahm seinen Hut.

„Übrigens, haben Sie Felix Marl gekannt? Ein Klient von uns steht unter der Anklage, in sein Haus eingebrochen zu sein, Mr. Barnet. Sie haben vielleicht noch nichts von ihm gehört."

Mr. Froyant hatte noch nichts von Flush Barnet gehört, aber er kannte Marl, und er interessierte sich fast so sehr für ihn wie der Anwalt für den Kreis.

„Ich habe Marl gekannt. Warum fragen Sie?"

Der Anwalt lächelte.

„Ein seltsamer Mensch, ein bemerkenswerter Mensch in vielerlei Hinsicht. Er war damals in die Betrugsmanöver in einer Reihe französischer Banken verwickelt. Ich nehme an, Sie wußten das nicht? Sein Anwalt war heute bei mir. Anscheinend ist eine Mrs. Marl aufgetaucht, die Anspruch auf seinen Besitz erhebt, und die hat die ganze Geschichte erzählt. Er und ein Mann namens Lightman hatten ein Vermögen gemacht, bevor man sie faßte. Marl wäre auf die Guillotine gekommen, aber er trat schließlich als Kronzeuge auf. Lightman, glaube ich, kam unters Messer.“

„Muß ja ein reizender Mann gewesen sein, dieser Marl!“ sagte Mr. Froyant ironisch.

Der kleine Anwalt lächelte.

„Was für reizende Menschen wir doch alle sind, wenn unser Leben bloßgelegt wird!“ sagte er, aber Froyant hatte etwas gegen die implizierte Kritik, denn er hielt sich etwas darauf zugute, daß sein Leben wie ein Buch war, er hätte ruhig hinzufügen können: ein Spar-Buch.

Brabazon hatte also mit gestohlenem Geld gehandelt und Marl war ein überführter Mörder! Froyant fragte sich, wie Marl seiner Strafe entkommen war – es mußte eine sehr hohe gewesen sein –, im Innern war er glücklich, daß seine Geschäftsbeziehungen mit dem Verstorbenen nicht noch schlimmer geendet hatten.

Er zog sich an und fuhr in den Klub zum Dinner. Sein Wagen bog in die Pall Mall ein, als im Schein einer Lampe ein Plakat zu sehen war und ihn daran erinnerte, daß er jetzt am Abend um 50000 Pfund ärmer als am Morgen war.

„Zehntausend Pfund Belohnung!“ murmelte er. „Pah! Wer will schon Kronzeuge werden? Ich glaube, nicht mal Brabazon würde es wagen.“

Aber er kannte Brabazon nicht.

25

Der Bewohner des Hauses am Fluß

Mr. Brabazon saß in einem kühlen Zimmer im oberen Stockwerk des Flußhauses und aß langsam eine große Portion Brot und Käse. Er trug noch immer den Frack, den er anhatte, als er die Warnung erhielt. Er gab eine lächerliche Figur ab in dem feinen, nun aber völlig verschmutzten Aufzug. Sein weißes Hemd war ganz grau geworden, er trug keinen Kragen, und der allgemeine Eindruck von Liederlichkeit wurde durch den Stoppelbart, der sein Gesicht zierte, noch verstärkt.

Er beendete seine Mahlzeit, öffnete vorsichtig das Fenster und warf die Brotreste hinaus. Dann verschwand er durch die Falltür, stieg die Leiter hinunter und ging in die große Küche auf der Hinterseite des Hauses. Er hatte weder Seife noch Handtuch, versuchte sich aber trotzdem zu waschen, indem er die zwei Taschentücher benutzte, die er auf seine Flucht mitgenommen hatte. Alles in allem war er völlig unangemessen ausgerüstet für dieses ungewollte Abenteuer.

Die Nahrungsmittel, die ihm der geheimnisvolle Mann gebracht hatte, nachdem er sein Versteck erreicht hatte, waren nahezu verzehrt. Er hatte vierundzwanzig Stunden ohne Nahrung zugebracht, aber in seiner Aufregung war er sich dessen gar nicht bewußt geworden, bis der Fremde mit einem Netz voll Lebensmitteln gekommen war. Mit seinen Nerven war er fast am Ende. Eine Woche in diesem Loch, ohne Kontakt zu Menschen, mit dem Wissen, daß die Polizei hinter ihm her war und daß eine lange Haft folgen würde, wenn man ihn faßte, all das hatte Spuren der Zerstörung in seinen sanften Zügen hinterlassen; zu der Einsamkeit war der Schreck einer Durchsuchung gekommen.

Er hatte in einer Ecke hinter der Tür zu einem Zimmer gekauert, das zur Dachkammer führte, während der Detektiv das Zimmer durchsuchte. Die Erinnerung an Derrick Yales Besuch war ein Alptraum.

Er setzte sich auf den alten Stuhl, den er in dem Haus gefunden hatte, um eine weitere Nacht dort zu verbringen. Der Mann, dessen Warnung ihn zur Flucht bewegt hatte, mußte bald kommen und etwas zu essen bringen. Brabazon döste, als er unten einen Schlüssel im Schloß hörte. Er sprang auf. Auf Zehenspitzen ging er vorsichtig zur Falltür, nahm sie hoch und hörte die dröhnende Stimme des Fremden.

„Kommen Sie runter“, sagte sie, und er gehorchte.

Das letzte Gespräch hatte im Flur stattgefunden, wo es noch dunkler war als anderswo im Haus. Er hatte sich an die Dunkelheit gewöhnt und stieg die brüchige Treppe, ohne fehlzutreten, hinunter.

„Bleiben Sie, wo Sie sind. Ich habe Essen und Kleidung

mitgebracht. Sie werden alles finden, was Sie brauchen. Sie müßten sich rasieren und anständig anziehen."

„Wohin soll ich gehen?"

„Ich habe einen Platz auf einem Schiff für Sie, das morgen vom Victoria Dock nach Neuseeland ausläuft. Sie finden Paß und Ticket im Griff der Tasche. Hören Sie. Sie lassen Ihren Schnauzbart, oder was davon noch übrig ist, unrasiert, rasieren aber dafür Ihre Augenbrauen. Die sind am auffälligsten."

Brabazon fragte sich, wann dieser Mann ihn gesehen hatte. Mechanisch griff seine Hand nach seinen struppigen Augenbrauen, und er mußte dem geheimnisvollen Besucher recht geben.

„Ich habe Ihnen kein Geld mitgebracht. Sie haben sechzigtausend, die Sie von Marl gestohlen haben – Sie haben sein Konto aufgelöst und seinen Namen auf einem Scheck gefälscht, in der Annahme, daß ich mit Marl abrechnen würde – was ich auch gemacht habe."

„Wer sind Sie?"

„Ich bin der Feuerrote Kreis. Warum stellen Sie diese Frage? Sie haben mich bereits kennengelernt."

„Ja, natürlich. Ich glaube, dieser Ort macht mich noch wahnsinnig. Wann darf ich das Haus verlassen?"

„Sie dürfen morgen gehen. Warten Sie, bis es dunkel wird. Ihr Schiff läuft am folgenden Morgen aus, aber Sie können schon morgen abend an Bord gehen."

„Aber man wird das Schiff beobachten", gab Brabazon zu bedenken. „Meinen Sie nicht, daß das zu gefährlich ist?"

„Es besteht keine Gefahr für Sie. Geben Sie mir Ihr Geld."

„Mein Geld?" stieß der Bankier hervor und wurde blaß.

„Geben Sie mir das Geld." Es lag etwas Bedrohliches in der Stimme, die in der Dunkelheit sprach, und der zitternde Brabazon gehorchte. Zwei große Päckchen Geld wanderten in die behandschuhte Hand des Besuchers.

„Hier, nehmen Sie das."

„Das" war ein dünneres Päckchen Geldscheine, und die erfahrenen Finger des Bankiers sagten ihm, das es nur neue waren.

„Sie können Sie im Ausland umtauschen."

„Kann ich nicht schon heute gehen?“ Brabazons Zähne klapperten jetzt. „Dieser Ort hier treibt mich zum Entsetzen.“

Der Kreis dachte offensichtlich nach, denn es verging etwas Zeit, bevor er sprach.

„Wenn Sie wollen“, sagte er, „aber denken Sie daran, es ist riskant. Gehen Sie jetzt nach oben.“

Der Befehl kam scharf und entschieden, und der kleinlaute Brabazon gehorchte.

Er hörte die Tür schließen. Durch die schmutzigen Fenster sah er den dunklen Schatten den Weg entlanggehen und in der Dunkelheit verschwinden. Dann hörte er das Tor zuschlagen. Der Mann war fort. Brabazon langte nach der Tasche, die der andere dort gelassen hatte, und trug sie in die Küche. Hier konnte er Licht machen ohne Angst, entdeckt zu werden, und er zündete einen von den Kerzenstummeln an, die er im Lauf der Woche im Haus gefunden hatte.

Der Fremde hatte nicht übertrieben, als er sagte, die Tasche würde alles enthalten, was Brabazon brauchte. Aber sein erster Gedanke war, das Geld zu untersuchen, das ihm der andere gegeben hatte. Die Scheine stammten von verschiedenen Serien und trugen die unterschiedlichsten Nummern. Seine eigenen waren nur von einer Serie gewesen; dennoch waren sie alle neu. Er betrachtete sie neugierig. Er wußte, daß neue Banknoten gewöhnlich nicht kunterbunt durcheinander herausgegeben wurden, und dann erriet er den Grund. Der Kreis hatte jemanden erpreßt und hatte verlangt, daß die Scheine nicht fortlaufend numeriert waren. Er legte das Geld weg und zog sich um.

Es war ein fein herausgeputzter Brabazon, der eine Stunde später vorsichtig durch das Tor schritt, seine Tasche unterm Arm. Die durch die rasierten Augenbrauen bewirkte Veränderung war derart gravierend, daß er unerkannt blieb, als er gegen dreiundzwanzig Uhr einen der vielen Polizisten passierte, die nach ihm suchten.

Er hatte ein Zimmer in einem kleinen Hotel in der Nähe des Euston-Bahnhofs genommen und ging zu Bett. Es war die erste Nacht sorgenfreien Schlafes nach über einer Woche.

Den folgenden Tag verbrachte er in seinem Zimmer, denn

er wagte nicht, sich bei Tageslicht zu zeigen, erst am Abend ging er hinaus an die Luft. Er gewann immer mehr Vertrauen und war schießlich sicher, daß er die Kontrolle des Schiffdetektivs erfolgreich überstehen würde. Er nahm die stilleren Straßen und ging am Museum vorbei, als er an der Anschlagwand eine frisch angeklebte Bekanntmachung entdeckte. Er hielt an, um sie zu lesen.

Während er las, kam ihm eine Idee. Zehntausend Pfund und Straferlaß! Es war überhaupt nicht sicher, daß er am Morgen davonkommen würde; wahrscheinlicher war es sogar, daß man ihn entdeckte, und wie würde sein Leben im besten Fall aussehen? Das Leben eines gejagten Hundes, wofür ihn selbst das Geld nicht entschädigen könnte. Zehntausend Pfund und Freiheit! Und niemand wußte von dem Geld, das er von Felix Marl ergaunert hatte. Er würde es am nächsten Morgen sicher unterbringen und dann dem Polizeihauptquartier Informationen zukommen lassen, die seiner Meinung nach mit Sicherheit zur Vernichtung des Kreises führen mußten.

„Das werde ich machen", sagte er laut.

„Ich glaube, das ist sehr klug."

Die Stimme war in Höhe seines Ellbogens, und er schnellte herum.

Ein kleiner, untersetzter Mann war leise hinter ihm hergegangen, auf gummibesohlten Schuhen; Brabazon erkannte ihn sofort.

„Inspektor Parr", keuchte er.

„Richtig", sagte der Inspektor. „Nun, Mr. Brabazon, kommen Sie ein Stückchen mit mir, oder werden Sie Ärger machen?"

Als sie in die Polizeistation gingen, kam eine Frau heraus; der blasse Brabazon erkannte seine frühere Angestellte nicht. Er stand in dem stählernen Verschlag, während die Geschichte seiner Schandtaten in der kalten offiziellen Polizeisprache wiedergegeben wurde.

„Sie können sich eine Menge Ärger ersparen, wenn Sie mir die Wahrheit sagen. Ich weiß, wo Sie sich aufhalten – im Bright Hotel in der Euston Road. Sie sind dort spät am Abend angekommen, und Ihre Schiffspassage ist auf den Namen Thomson gebucht, der mit der *Itinga* morgen früh vom

Victoria Dock nach Neuseeland ausläuft."

„Schon gut, schon gut!" sagte der erschrockene Brabazon. „Woher wissen Sie das alles?"

Aber das sagte Inspektor Parr nicht.

Brabazon wollte gar nicht lügen. Er erzählte alles, was er wußte. Alles, was von dem Augenblick an passiert war, da er telefonisch die Anweisung erhalten hatte zu fliehen, bis zu seiner Verhaftung.

„Sie waren also die ganze Zeit in dem Haus?" sagte der Inspektor nachdenklich. „Wie konnten Sie denn der Durchsuchung Yales entgehen?"

„Oh, war das Yale? Ich dachte, Sie wären es gewesen. Da war ein Innenraum – früher wohl eine Art kleiner Lagerraum –, ich habe mich hinter der Tür versteckt. Er war fast bis an die Tür gekommen. Ich bin vor Angst bald gestorben."

„Dann hatte Yale also recht. Sie waren da!" sagte der Inspektor, mehr zu sich selbst sprechend. „Und was wollen Sie nun in der Angelegenheit tun, Brabazon?"

„Ich werde alles, was ich über den Feuerroten Kreis weiß, erzählen, ich glaube, meine Informationen werden zu seiner Verhaftung führen. Aber Sie werden es sehr gescheit anstellen müssen."

Er verfällt wieder in seine alte Wichtigtuerei, stellte Parr fest.

„Ich habe Ihnen erzählt, daß er seine Geldscheine gegen meine austauschte. Ich bin sicher, das hat er gemacht, weil er wegen der Nummern Angst hatte, aber meine Scheine waren alle von einer Serie – Serie E neunzehn –, und ich kann ihnen die Nummer jedes einzelnen Scheines geben", fuhr er leichthin fort. „Er wollte das Zeug nicht wechseln."

„Das war Froyants Geld, denke ich. Ja, machen Sie weiter."

„Er hat nicht gewagt, das einzutauschen, aber er wird meins eintauschen. Sehen Sie nicht, welche Chance das ist?"

Der Inspektor war etwas skeptisch. Trotzdem rief er, nachdem Brabazon in die Zelle gesperrt worden war, Froyant an und erzählte ihm so viel von dem, was geschehen war, wie er wissen mußte.

„Sie haben das Geld?" sagte Froyant eifrig. „Kommen Sie

sofort zu mir."

„Ich würde es Ihnen mit Vergnügen bringen, aber ich fürchte, ich muß Sie enttäuschen, denn dieses ist nicht Ihr Geld, obwohl es die Scheine sind, die von Ihnen an den Kreis gegangen sind."

Später erklärte er Froyant die Zusammenhänge. Der hagere Mann versuchte nicht, seine Enttäuschung zu verbergen, denn er meinte wohl, er habe in jedem Fall ein Recht auf das wiedergefundene Geld, unter welchen Umständen auch immer es gefunden worden war. Nach einer Weile hatte Parr ihn von einer vernünftigeren Denkweise überzeugt. Und er stellte schließlich die Frage:

„Haben Sie die Nummern der Banknoten, die Brabazon ihm übergeben hat?"

„Die sind leicht zu merken, sie gehören zu einer Serie", und Parr zählte die Nummern auf, während Froyant eilig mitschrieb.

26

Die Flasche mit dem Chloroform

Thalia Drummond schrieb gerade einen Brief, als sie Besuch bekam. Von allen möglichen Leuten, die als Besucher in Frage kamen, war Milly Macroy allerdings die letzte, die sie erwartet hatte. Das Mädchen sah mitgenommen und müde aus, aber sie war nicht so weit von allem Menschlichen entfernt, daß sie nicht den feinen Salon hätte bewundern können, in den Thalia sie führte – das Dienstmädchen war bereits nach Hause gegangen.

„Hm, das ist ja ein Palast, Kleine", sagte sie und betrachtete Thalia mit widerstrebender Bewunderung. „Du weißt eben, wie man es richtig macht, besser als der arme Flush."

„Und wie geht es dem feinen Flush?" fragte Thalia kühl.

Milly Macroys Gesicht verfinsterte sich.

„Hör mal", sagte sie grob, „ich will nicht, daß in dem Ton über Flush geredet wird, verstehst du? Er ist da, wo du eigentlich sein müßtest. Du steckst genauso drin wie er."

„Spiel nicht verrückt. Nimm deinen Hut ab und setz dich. Dich zu sehen, Macroy, ist ja wie in alten Zeiten."

Das Mädchen murmelte etwas vor sich hin, nahm aber die Einladung an.

„Wegen Flush bin ich gekommen. Es wird geredet, daß eine Mordanklage gegen ihn aufgebaut werden soll, aber du weißt, er hat keinen Mord begangen."

„Ich weiß? Woher sollte ich? Ich wußte ja nicht einmal, daß er in dem Haus war, bis ich es am nächsten Morgen in der Zeitung las – wie fix die bei der Zeitung sind, daß sie Neuigkeiten so heiß kriegen."

Milly Macroy war nicht gekommen, um über das Zeitungsgeschäft zu reden. Sie steuerte also direkt auf ihr Thema zu, das, wie Thalia erwartet hatte, Flush Barnet und seine Zukunftsaussichten betraf.

„Drummond, ich bin nicht gekommen, um mich mit Ihnen zu streiten."

„Das freut mich. Ich könnte auch gar nicht sagen, worüber wir uns streiten sollten."

„Das sei dahingestellt", bemerkte Macroy ironisch. „Die Frage ist, was gedenkst du für Flush zu tun? Du kennst doch alle diese feinen Pinkel, und du arbeitest für das Schwein Yale", zischte sie fast heraus. „Yale hat Parr auf Marisburg Place gehetzt, von alleine wäre Parr da gar nicht draufgekommen, hat der gar nicht Köpfchen genug. Hast du die ganze Zeit bei Yale gearbeitet?"

„Daß ich nicht lache", sagte Thalia verächtlich. „Ich arbeite tatsächlich für Yale, wenn Briefe schreiben und seinen Schreibtisch aufräumen Arbeit ist. Aber von welchen feinen Pinkeln redest du? Und was kann ich für Flush tun?"

„Du kannst zu Inspektor Parr gehen und ihm die alte Geschichte erzählen. Ich hab's mir alles schon ausgedacht, du kannst sagen, daß Flush scharf auf dich war und dich in das Haus reingehen sah und dir hinterherging und dann nicht mehr rauskonnte."

„Und was ist mit meinem Ruf?" fragte das Mädchen kühl. „Nein, Milly Macroy, du mußt dir etwas Netteres ausdenken, und überhaupt, ich glaube nicht, daß sie ihn wegen Mordes anklagen, nach dem, was Derrick Yale heute morgen sagte.“

Sie stand auf und ging langsam durch das Zimmer, die Hände auf dem Rücken verschränkt.

„Was geht mich dieser Mann überhaupt an? Warum sollte ich mir die Mühe machen und für ihn aussagen?“

„Das werd ich dir sagen.“

Miß Macroy erhob sich, die Hände in die Hüften gestützt, den Blick auf das Mädchen fixiert.

„Weil ich nämlich, wenn Brabazons Fall rankommt, hingehen und erzählen werde, wie du auf schnelle Weise zu Geld gekommen bist, als du Brabs Sekretärin warst. Ha! Das bringt dich auf Trab, was?“

„Wenn Brabazons Fall rankommt!“ sagte das Mädchen langsam. „Wie? Haben sie Brabazon denn gefaßt?“

„Heute abend“, antwortete das Mädchen triumphierend. „Parr. – Ich war gerade auf der Polizei, mich erkundigen wegen dem Geld, das Flush für mich hinterlassen hat, als sie ihn brachten.“

„Brabazon ein Gefangener“, sagte Thalia langsam. „Armer alter Brab!“

Die Macroy beobachtete sie durch halbgeschlossene Augenlider. Sie hatte Thalia Drummond nie leiden können, jetzt haßte sie sie sogar. Sie hatte auch Angst vor ihr, denn es lag etwas Bedrohliches in ihrer absoluten Kühle.

„Ich werde für Flush Barnet tun, was ich kann. Nicht weil ich vor deiner Aussage Angst habe – im Zeugenstand wirst du dich nicht gerade sehr überzeugend ausnehmen, Macroy –, sondern weil der arme kleine Gauner an dem Mord unschuldig ist.“

Miß Macroy schluckte etwas angesichts dieser Beschreibung ihres Liebhabers.

„Ich werde morgen früh mit Yale sprechen. Ich weiß nicht, ob es etwas nutzen wird. Aber ich versuche, von Mensch zu Mensch mit ihm zu reden, wenn er mir Gelegenheit dazu gibt.“

„Danke“, sagte Miß Macroy etwas freundlicher, dann fuhr sie fort, die Wohnung in ihren abgenutzten Wendungen zu rühmen.

Thalia führte sie von Zimmer zu Zimmer.

„Was ist das da?“

„Die Küche", sagte Thalia, ohne Anstalten zu machen, die Tür zu öffnen. Die Macroy sah sie mißtrauisch an.

„Hast du einen Freund?" Bevor Thalia sie davon abhalten konnte, hatte sie die Tür geöffnet und war hineingegangen.

Die Küche war klein und leer. Das Licht brannte, so daß das Mädchen vermutete, Thalia war aus der Küche gekommen, als sie sie hereingelassen hatte.

Thalia hätte angesichts der offenkundigen Enttäuschung auf dem Gesicht der Macroy lachen mögen, die Lust dazu verging ihr jedoch, als diese zum Ausguß ging und eine Flasche in die Hand nahm.

„Was ist denn das?" Sie las das Etikett. Die Flasche war zur Hälfte mit farbloser Flüssigkeit gefüllt. Miß Macroy brauchte den Stopfen gar nicht herauszunehmen; das Etikett sagte ihr, was sie wissen wollte.

„Chloroform und Äther", las sie und sah dabei das Mädchen an.

„Wozu hast du Chloroform gebraucht?"

Nur einen kurzen Augenblick war Thalia befangen, dann lachte sie.

„Weißt du, Milly Macroy, wenn ich an den armen Flush Barnet im Brixton-Gefängnis denke, muß ich etwas schnüffeln, um ihn aus meinen Gedanken zu vertreiben."

Die Macroy knallte die Flasche wutschnaubend auf den Tisch.

„Du bist eine von der ganz schlimmen Sorte, Thalia Drummond. Irgendwann in der nächsten Zeit wird jemand um acht Uhr kommen, um dich wach zu rütteln und dich zu fragen, ob du noch irgendeine Nachricht für deine Freunde hast."

„Und ich werde antworten", sagte Thalia süßlich, „beerdigt mich gleich neben Flush Barnet, dem großen Gauner."

Miß Milly Macroy fiel erst eine schlagfertige Antwort ein, als sie in der Marylebone Road war, und da wurde ihr ärgerlicherweise bewußt, daß Thalia Drummond ihr in dem ganzen Gespräch nichts zugesichert hatte.

27

Mr. Parrs Mutter

Jack Beardmore hatte von Brabazons Verhaftung gehört und begab sich unverzüglich zum Polizeihauptquartier, um Parr zu sprechen.

Er stellte fest, daß der Gentleman nach Hause gegangen war.

„Wenn es wichtig ist, Mr. Beardmore“, sagte der diensthabende Polizeibeamte, „können Sie ihn zu Hause in der Stamford Avenue antreffen.“

Außer seinem natürlichen Interesse an dem Kreis und allem, was damit zusammenhing, hatte Jack kein weiteres Bedürfnis, den Inspektor zu besuchen, und außerdem hatte Derrick Yale ihm alles, was bekannt war, telefonisch mitgeteilt: „Parr glaubt, daß diese Verhaftung wichtige Folgen haben könnte. Nein, ich habe Brabazon nicht gesehen, aber ich begleite Parr morgen, wenn er ihn besucht.“

Yale war anscheinend auch unerreichbar; er hatte so etwas angedeutet wie eine Theaterparty an diesem Abend, und so lenkte Jack seine Schritte nach Hause. Er hatte den Wagen weggeschickt, denn er brauchte etwas Bewegung, um seine Energien zu verbrauchen, und als er durch den dunklen Park ging, fragte er sich, was für ein Familienleben ein Mann wie Parr wohl führen mochte. Er hatte nie über seine Familie gesprochen, und sein Leben außerhalb des Polizeihauptquartiers war fast ein ebenso großes Geheimnis wie das, das er momentan aufzudecken versuchte.

Wo war die Stamford Avenue? Er hatte eine verlassene Stelle im Park erreicht, als er Schritte hinter sich zu hören vermeinte und sich umdrehte. Er war kein nervöser Typ, und normalerweise hätte ihn das Geräusch von jemandem, der hinter ihm ging, nicht dazu veranlaßt, sich umzudrehen. Der Weg zog sich an dichtem Rhododendrongesträuch entlang. Niemand war zu sehen. Jack ging weiter, seine Schritte beschleunigend.

Dann vernahm er keine Schritte mehr, doch als er sich umsah, glaubte er, einen Mann auf dem Rasen neben dem

Weg bemerkt zu haben. Als Jack stehenblieb, hielt dieser auch an. Er wußte nicht, was er tun sollte. Den Mann zur Rede zu stellen würde ihn in eine absurde Lage bringen; warum sollte ein anständiger Bürger am Abend nicht einen Spaziergang im Park machen und in respektablem Abstand hinter ihm her gehen?

Schließlich entdeckte er vor sich eine langsam laufende Gestalt – unverkennbar ein Polizist auf seinem Rundgang. Zu seiner Überraschung fühlte er sich erleichtert. Als er sich umsah, war die Gestalt, die ihm gefolgt war, verschwunden. Er versuchte, seinen Eindruck zu rekonstruieren: Wer immer ihn verfolgt hatte, es war eine kleine Gestalt gewesen. Zuerst meinte Jack, es könnte ein Junge gewesen sein, vielleicht ein armer Parkbettler, der sich erst Mut machen mußte, bevor er sich zu nähern wagte, um Geld für eine Übernachtung zu erbetteln. Es kam ihm dumm vor, daß er froh war, als er den Park hinter sich gelassen hatte, und dennoch war es so.

Er fragte einen Polizisten nach der Stamford Avenue.

„Der Bus dort drüben fährt hin, Sir, oder Sie nehmen ein Taxi und sind in zehn Minuten da."

Jack stand eine ganze Weile unschlüssig herum, ehe er ein Taxi rief. Mr. Parr würde dieses Eindringen in seine Privatsphäre zu Recht als Störung empfinden, und es gab auch wirklich keine Entschuldigung. Aber dann entschied er sich ganz plötzlich, rief ein Taxi und hatte kurze Zeit später vor der Tür zu Inspektor Parrs Häuschen dieselben Zweifel und Befürchtungen.

Parr selbst öffnete die Tür. Sein Gesicht war wie immer ausdruckslos, es zeigte weder Überraschung noch Verärgerung über die Ankunft des späten Besuchers.

„Kommen Sie herein, Mr. Beardmore. Ich bin gerade gekommen und esse Abendbrot. Ich nehme an, Sie haben schon vor längerer Zeit zu Abend gegessen."

„Ich will Sie nicht stören, Mr. Parr, es war nur sehr interessant für mich, zu hören, daß Sie Brabazon gefaßt haben, da dachte ich, ich käme mal vorbei."

Der Inspektor führte ihn ins Eßzimmer und blieb plötzlich stehen.

„Großer Gott!"

Jack wunderte sich, was ihn wohl so überrascht haben

mochte.

„Würden Sie bitte hier warten?"

Zum erstenmal sah Jack den Polizeibeamten Parr verwirrt.

„Ich muß erst meiner alten Tante sagen, wer Sie sind. Sie ist Besucher nicht gewohnt. Ich bin Witwer, wissen Sie, und sie führt mir das Haus."

Er ging eilends ins Eßzimmer, die Tür hinter sich schließend. Jack spürte die Nervosität seines Gastgebers.

Ein paar Minuten vergingen. Er hörte, wie sich etwas rasch bewegte, dann öffnete Parr die Tür.

„Kommen Sie rein, Sir." Sein rotes Gesicht war noch dunkler geworden. „Setzen Sie sich, und entschuldigen Sie, daß ich Sie warten ließ."

Das Zimmer, in dem er sich befand, war gut und geschmackvoll eingerichtet. Jack ärgerte sich, daß er etwas anderes erwartet hatte.

Mr. Parrs Tante war eine ältliche Dame, die sich reichlich geistesabwesend benahm. Sie schien Parr ziemlich zu verunsichern. Er wandte kaum ein Auge von ihr, wenn sie sich im Zimmer bewegte, und sobald sie zu sprechen begann, unterbrach er sie auch schon, stets sehr höflich, aber immer sehr entschieden.

„Ich hoffe, Sie entschuldigen die Unordnung bei uns, Mr. – eh ..."

„Beardmore", sagte Jack.

„Sie behält das nie", murmelte der Inspektor.

„Ich kann das Haus nicht so unterhalten, wie Mutter es tat", sagte sie.

„Natürlich nicht, natürlich nicht, Tantchen", sagte Parr schnell. „Ein bißchen abwesend", murmelte er. „Nun, was wollten Sie wissen, Mr. Beardmore?"

Jack entschuldigte sich lachend für seinen Besuch.

„Der Kreis ist eine so komplizierte Angelegenheit, daß ich jeden Neuen im Verdacht habe, die Hauptfigur zu sein. Meinen Sie, daß die Verhaftung Brabazons uns helfen wird?"

„Ich weiß nicht", erwiderte Parr langsam. „Es könnte sein, daß Brabazon tatsächlich eine große Hilfe ist. Übrigens habe ich einen von meinen Männern damit beauftragt, auf ihn aufzupassen. Und ich habe Anweisung gegeben, daß der

Wächter unter keinen Umständen die Zelle betritt."

„Sie denken an Sibly, den Seemann, der vergiftet wurde?"

Parr nickte.

„Finden Sie nicht, Mr. Beardmore, daß das das größte Rätsel von allen rätselhaften Morden des Kreises war?" Er stellte diese Frage sehr nüchtern, aber in seinen Augen war ein schwaches Leuchten, das Jack nicht entgangen war.

„Sie lachen? Warum? Ich finde, es war wirklich sehr rätselhaft, oder?"

„Ja, sehr", sagte der Inspektor. „In verschiedener Hinsicht, und die Vergiftung von Sibly wird meiner Meinung nach ein wichtigerer Faktor bei der Verhaftung des Kreises sein, als es die Festnahme unseres Freundes Brabazon ist."

„Mir wäre es lieber, du würdest nicht soviel von Verbrechen und Verbrechern reden", sagte seine Tante mürrisch: „wirklich John, du kannst einem sehr auf die Nerven gehen. Es mag Mutter gepaßt haben ..."

„Ja, natürlich Tantchen; es tut mir leid", beeilte sich Parr zu sagen. Als sie das Zimmer verlassen hatte, siegte Jacks Neugier über seine Diskretion.

„Mutter scheint ja ein Muster an Tugend gewesen zu sein", bemerkte er lächelnd und fragte sich im selben Augenblick, ob er einen Fauxpas begangen hatte.

Das Lachen Parrs gab ihm die Sicherheit zurück.

„Ja, wirklich ein Muster an Tugend; sie weilt zur Zeit nicht bei uns."

„Ist es Ihre Mutter, Mr. Parr?"

„Nein, meine Großmutter", sagte Parr, und Jack sah ihn erstaunt an.

28

Ein Schuß in der Nacht

Der Inspektor mußte fast fünfzig sein, und er rechnete schnell, wie alt seine Großmutter sein konnte, die sich für Verbrechen interessierte und das Haus in Ordnung hielt.

„Sie muß eine wunderbare alte Dame sein, und ich nehme an, sie würde sich sogar für den Kreis interessieren."

„Interessieren!" Mr. Parr lachte. „Wenn Mutter der Bande mit der Autorität, die ich habe, auf der Spur wäre, dann würden die noch heute nacht in der Cannon-Street-Polizeistation hinter Schloß und Riegel sitzen."

Während der ganzen Zeit, in der sie sich unterhielten, beschäftigte Jack die Frage, warum das Zimmer trotz seiner Ordnung den Eindruck von Unaufgeräumtheit gemacht hatte. Aber er konnte nicht lange bei seinen Gedanken verweilen, denn Mr. Parr war in ungewöhnlich mitteilsamer Stimmung. Er ging sogar so weit, Jack einige der unangenehmen Dinge zu erzählen, die ihm der Chef gesagt hatte.

„Natürlich ist das Hauptquartier ziemlich nervös wegen der Fortdauer dieser Verbrechen. So etwas hatten wir seit fünfzig Jahren nicht. Ich glaube wirklich, seit den Ripper-Morden hat es nicht mehr solche Mordorgie gegeben. Es mag für Sie auch interessant sein, daß der Kreis, wer immer es ist, seit fast fünfzig Jahren der erste Verbrecher ist, der die Taten wirklich organisiert. Kriminelle Organisationen sind lockere Verbindungen, sie hängen, was ihre Sicherheit betrifft, davon ab, daß jeder Gauner ein Gefühl für Ehre hat, was mir jedoch noch nie begegnet ist, und so halten sie sich nicht lange. Der Kreis allerdings ist ein Mann, der niemandem traut. Er kann nicht verraten werden, weil niemand in der Lage ist, ihn zu verraten. Selbst die unteren Chargen können einander nicht verraten, weil es ganz klar ist, daß sie sich weder dem Namen nach noch von Angesicht kennen."

Er diskutierte mit großem Engagement weiter über Fälle, mit denen er zu tun hatte. Es war fast halb zwölf, als Jack sich – wiederum mit einer Entschuldigung – erhob.

„Ich bringe Sie zur Haustür. Sie haben Ihr Auto hier, nicht?"

„Nein, ich bin mit dem Taxi gekommen."

„Hm, ich dachte, ich hätte ein Auto vorfahren sehen. Das ist hier keine Gegend, in der man Autos besitzt; wahrscheinlich ist es ein Arztauto."

Er öffnete die Tür, und wie er gesagt hatte, stand ein schwarzes Auto an der Bordsteinkante.

„Es scheint mir so, als hätte ich das vorhin schon gesehen", sagte der Inspektor und machte einen Schritt nach vorn. Während er das tat, schoß ein Feuerstrahl aus dem Innern des dunklen Autos heraus, es gab einen ohrenbetäubenden Lärm, und Inspektor Parr fiel in Jacks Arme und sank dann auf die Erde. Eine Sekunde später jagte das Auto die Straße hinauf; es war ohne Licht und verschwand gerade um die Ecke, als die aufgeschreckten Bewohner in ihren Türen erschienen.

Ein Polizist kam auf dem Bürgersteig entlang gelaufen; gemeinsam hoben sie Parr auf und trugen ihn ins Eßzimmer. Glücklicherweise war die Tante bereits schlafen gegangen und hatte offensichtlich nichts gehört und gesehen.

Inspektor Parr öffnete die Augen und blinzelte.

„Das war böse", sagte er, vor Schmerzen zusammenzuckend. Er griff vorsichtig in seine Weste und holte ein flaches Bleistück heraus. „Ich kann froh sein, daß er keine Automatik benutzt hat", sagte er grinsend, als er Jacks Erstaunen sah. „Der Kreis ist nur einer von dreien, die eine kugelsichere Weste tragen. Ich bin der zweite, und", er machte eine Pause, „Thalia Drummond ist die dritte, wie ich zufällig weiß."

Er sprach eine Weile nicht, dann sagte er zu Jack: „Rufen Sie bitte Derrick Yale an. Ich glaube, er wird sehr überrascht sein."

Seine Vorhersage war eine starke Untertreibung des tatsächlichen Sachverhalts.

Derrick Yale erschien eine halbe Stunde nach dem Zwischenfall in solcher Eile, daß man annehmen mußte, er hatte nur etwas über seinen Pyjama geworfen. Er hörte sich Parrs Geschichte an, und dann sagte er: „Ich möchte Sie ja nicht beleidigen, Inspektor, aber Sie sind der letzte auf der Welt, von dem ich angenommen hätte, daß man ihn erschießen wollte."

„Danke", sagte Parr, der sich vorsichtig ein Mullkissen auf seine verletzte Brust legte.

„Das sollte nicht unhöflich sein. Ich meine nur, daß ich eine so deutliche Herausforderung der Polizei wirklich nicht von denen erwartet hätte." Er runzelte die Stirn. „Ich versteh es nicht", sagte er wie zu sich selbst. „Ich frage mich, warum sie Ihre Adresse wissen wollte, ich rede von Thalia Drummond. Sie hat mich heute morgen danach gefragt. Soviel ich weiß, steht Ihr Name weder im Telefonbuch noch im Adreßbuch."

„Was haben Sie gesagt?"

„Ich habe ihr eine ausweichende Antwort gegeben, aber mir fällt gerade ein, daß ihr mein privates Adreßbuch zugänglich ist und daß sie sie dort gefunden haben kann. Ich weiß nicht, ob sie es vielleicht getan hat."

Jack seufzte heftig.

„Also wirklich, Yale, Sie wollen doch damit nicht sagen, daß Miß Drummond den Schuß abgefeuert hat, oder? Wenn nämlich, dann ist das einfach lächerlich. Ja, ich weiß, was Sie sagen wollen: Sie hat es ganz dick hinter den Ohren und hat sich schon allerlei kleiner Vergehen schuldig gemacht, aber das macht sie nicht zu einer Mörderin!"

„Sie haben ganz recht. Ich bin ungerecht zu dem Mädchen, und es sieht nicht so aus, als würde ich ihr ernsthaft eine Chance geben. Übrigens wollte ich heute sowieso zu Ihnen kommen, Parr." Dabei zog er aus seiner Tasche eine Karte und legte sie auf den Tisch. „Wie wirkt das auf Ihre Nerven?"

„Wann haben Sie die erhalten?"

„Sie wartete im Briefkasten auf mich, aber ich habe sie merkwürdigerweise erst gesehen, als ich rauseilte, um ein Taxi hierher zu finden. Ist das nicht stark?"

Die Karte trug das den beiden Männern nur allzu vertraute Zeichen, dessen bloßer Anblick Jack zum Schaudern brachte. Im Kreis stand geschrieben:

Sie arbeiten für die Verlierer. Arbeiten Sie statt dessen für uns, und Sie bekommen das Zehnfache dafür. Machen Sie mit Ihrer gegenwärtigen Arbeit weiter, werden Sie am Vierten des kommenden Monats sterben.

„Da haben Sie noch zehn Tage", sagte Parr ernst, und war es nun wegen der Schmerzen oder wegen der Aufregung, er wurde jedenfalls ganz bleich. „Zehn Tage", murmelte er.

„Natürlich nehme ich nicht die geringste Notiz von dieser Drohung", sagte Derrick Yale fröhlich. „Ich muß gestehen, nach meiner unerfreulichen Erfahrung im Büro schreibe ich denen übernatürliche Gaben zu."

„Zehn Tage. Haben Sie schon irgendwelche Pläne gemacht? Wo würden Sie normalerweise am Vierten des nächsten Monats sein?"

„Es ist komisch, daß Sie danach fragen. Aber ich hatte tatsächlich schon geplant, nach Deal zum Angeln zu fahren. Ein Freund von mir hat mir ein Motorboot geliehen, und ich wollte die Nacht auf dem Kanal verbringen, ich hatte tatsächlich alles für diesen Tag so eingerichtet."

„Sie können planen, was Sie wollen, aber Sie werden auf keinen Fall allein fahren", sagte Parr nachdrücklich. „Und nun können Sie sich alle davonmachen. Danken Sie Ihren guten Sternen, daß meine Tante nicht wach geworden und Mutter nicht hier ist."

Das letzte war für Jack bestimmt, der auch verständnisinnig lächelte.

29

Der Rote Kreis

Harvey Froyant tat sich etwas darauf zugute, daß er zu niemandem Vertrauen hatte. Er vertraute dem Anwalt bis zu einem gewissen Punkt, aber dessen Verbindung zu fragwürdigen Leuten hätte Harveys Vertrauen schon gedämpft.

Zwei Abende nach dem Schuß auf Parr besuchte der kleine Anwalt seinen Auftraggeber, und er zitterte von Kopf bis Fuß vor Aufregung. Er war einer der neuen Banknotenserien, die der Kreis Brabazon abgenommen hatte, auf der Spur.

„Wir haben jetzt eine heiße Spur, Mr. Froyant, und wenn wir in der Richtung weitermachen, finden wir den ursprünglichen Einwechsler bestimmt."

Aber hier blieb Froyant hart. Er konnte und wollte den Fall nicht vollständig in die Hände dieses Mannes legen. Bis hierher mochte die Anwaltsfirma Heggitt gehen, aber den Rest würde er von einer anderen Firma erledigen lassen. Das sagte er auch ausdrücklich.

„Ich bedaure, daß Sie mich nicht weitermachen lassen", sagte der enttäuschte Heggitt. „Ich habe diese Suche persönlich durchgeführt, und ich kann Ihnen versichern, daß nur noch ein paar Schritte fehlen von dem Mann, den wir mit dem Geld entdeckt haben, zu dem Mann, den Sie suchen."

Das wußte Harvey Froyant sehr gut.

Jack Beardmore hatte eine tiefe Wahrheit ausgesprochen, als er sagte, daß dieser Mann nicht ruhen würde, bis er das verlorene Geld wiederhätte. Es war Anreiz zum Nachdenken und ein Stachel, der ihn nachts wach hielt und morgens weckte in dem Gefühl purer Verzweiflung.

Harvey war jetzt, da der Boden für ihn geebnet war, gut gerüstet, um die Nachforschungen bis zum Ende selbst durchzuführen. Er hatte durch Kauf und Verkauf von Boden in jedem Land der Erde ein Vermögen gemacht. Ohnc Kapital hatte er durch persönlichen Einsatz eine siebenstellige Summe zusammengetragen. Und so etwas war nicht zu erreichen, indem man im Büro saß und auf die Untergebenen vertraute. Es hatte ständiges Reisen, endlose Nachforschungen und rücksichtsloses Erkunden der persönlichen Umstände seiner Verhandlungspartner bedeutet, letzteres eine Besonderheit, die er, ohne es zu wissen, mit James Beardmore teilte. Er nahm sich seiner eigenen Sache mit Eifer an und informierte weder Yale noch Parr über seine Absichten.

Wie Heggitt gesagt hatte, war es ziemlich einfach, das Geld weiter zu verfolgen, zumindest drei Stufen weiter. Seine Nachforschungen führten ihn zu einer Wechselstube auf dem „Strand", zu einem Touristenbüro und schließlich zu einer äußerst respektablen Bank. Das war für ihn besonders günstig, denn es handelte sich um eine Filiale der Bank, die seine Geschäfte führte.

Drei Tage lang steckte er seine Nase überall hinein, stellte Fragen, durchsuchte Bücher – wozu er gar nicht berechtigt war –, und langsam, aber sicher kam er zu einer Schlußfolgerung. Er war allerdings nicht damit zufrieden, die Sache bei der Entdeckung des ursprünglichen Überbringers der Banknoten zu belassen. Nicht einmal der Leiter der Filiale, der ihm die Möglichkeit eingeräumt hatte, Privatkonten einzusehen, und danach von seinem Vorgesetzten dafür getadelt wurde, wußte genau, was sein Ziel war oder gegen wen seine Nachforschungen gerichtet waren.

Am Morgen des ersten Tages begab sich Froyant eilends nach Frankreich. Er hielt sich nur zwei Stunden lang in Paris auf, in der Nacht war er bereits unterwegs nach dem Süden. In Toulouse kam er um neun Uhr morgens an; auch hier war wieder das Glück auf seiner Seite, denn ein bedeutender Beamter der Stadt war vor ein paar Jahren einer seiner Agenten in einer geschäftlichen Angelegenheit gewesen.

Monsieur Brassard begrüßte seinen Gast freudig, was Froyant jedoch dessen Hoffnung auf ein neues Geschäft und einen Auftrag zuschrieb. Das schien in der Tat so zu sein, denn er war schon weniger begeistert, als er den Grund des Besuches erfuhr.

„Ich kümmere mich nicht um diese Angelegenheiten, denn obwohl ich Anwalt bin, hat meine Arbeit nichts mit dem Kriminalgericht zu tun, mein lieber Mr. Froyant.“ Er strich sich gedankenvoll über seinen langen Bart. „Ich erinnere mich sehr gut an Marl – Marl und noch ein anderer, ein Engländer, glaube ich.“

„Ein Mann namens Lightman?“

„Ja, so hieß der Kerl. Großer Gott, ja!“ Sein Gesicht drückte Abscheu aus. „Natürlich, das ist schon allgemeine Geschichte. Das waren zwei Schurken! Einer erschoß den Kassierer und den Wächter der Nimes Bank, und es gab zwei weitere Morde hier in Toulouse, mit denen ihre Namen in Verbindung gebracht wurden. Ich erinnere mich sehr gut an ihre Namen – und diesen schrecklichen Zwischenfall!“ Er schüttelte den Kopf.

„Was für ein schrecklicher Zwischenfall?“ fragte Mr. Froyant neugierig.

„Das passierte, als Lightman zur Exekution geführt wurde. Ich glaube, unsere Henker müssen betrunken gewesen sein, denn das Messer funktionierte nicht; zweimal, dreimal fiel es, berührte aber nur seinen Hals. Und als die entsetzten Zuschauer dazwischengingen – Sie wissen, unsere Franzosen sind sehr emotional –, hätte es einen Aufruhr gegeben, wenn man den Gefangenen nicht ins Gefängnis zurückgeführt hätte. Ja, der Rote Kreis ist davongekommen.“

Mr. Froyant, der an einer Tasse Kaffee nippte, sprang auf, wobei er die Tasse umriß und ihren Inhalt verschüttete.

„Der was?" schrie er geradezu.

Mr. Brassard sah ihn mit offenem Mund an.

„Was ist los, Monsieur?" fragte er, mit einem Auge zu dem befleckten Teppich schielend.

„Der Rote Kreis! Was meinen Sie damit?" fragte Froyant, vor Aufregung zitternd.

„Das war Lightman", erklärte Brassard, erstaunt über die Wirkung seiner Worte. „Das war sein üblicher Name. Aber mein Angestellter wird mehr wissen, denn er hat sich damals sehr für die Sache interessiert, im Gegensatz zu mir."

Er läutete, und ein älterer Franzose kam herein.

„Erinnern Sie sich an den Roten Kreis, Jules?"

„Sehr gut, Monsieur. Ich war bei der Exekution. Entsetzlich!" Er hob beide Hände in einer ausdrucksstarken Geste.

„Warum wurde er der Rote Kreis genannt?"

„Wegen eines Zeichens." Der Mann fuhr mit seinem langen Finger um seinen Hals herum. „Um seinen Hals, Monsieur, zog sich ein roter Kreis; daher der Name. Lange vor der Exekution erzählte man sich, daß ihn niemals ein Messer berühren würde, denn solche Zeichen sollen Zauberkraft besitzen. Ich glaube, es war ein Muttermal. Auf dem Weg zur Exekution traf ich viele Leute – meinen Freund Thiep zum Beispiel –, die sicher waren, daß die Exekution nicht stattfinden würde. – Wenn Sie genauso sicher gewußt hätten, daß der Henker und seine Gehilfen betrunken waren und die Guillotine so schlecht aufgebaut hatten, daß das Messer nicht funktionieren konnte, dann wären sie wohl schlauer gewesen."

Mr. Froyant atmete jetzt sehr schnell.

Stück für Stück wurde die ganze Wahrheit enthüllt, so daß er die Sache jetzt klar und deutlich vor sich sah.

„Was ist mit dem Roten Kreis passiert?"

„Ich weiß nicht", antwortete Jules und zuckte mit der Schulter. „Er wurde auf eine Insel gebracht, und Marl, der Kronzeuge wurde, hat man entlassen. Vor einiger Zeit habe ich gehört, Lightman sei entkommen. Aber ich weiß nicht, ob das stimmt."

Lightman war tatsächlich entkommen, wie Froyant schon vermutet hatte. Froyant verbrachte den weiteren Tag in fieberhafter Suche nach allen verfügbaren Dokumenten beim Staatsanwalt. Er beendete zwölf anstrengende Arbeitsstunden mit der Prüfung von Fotos im Büro des Gefängnisdirektors.

Man kann sagen, daß Mr. Froyant an jenem Abend mit dem Gefühl völliger Zufriedenheit in sein Bett im Hotel Anglaise ging und darüber hinaus das Vergnügen genoß, da erfolgreich zu sein, wo die gescheitesten Polizisten versagt hatten. Das Geheimnis des Feuerroten Kreises war kein Geheimnis mehr.

30

Froyant wird zum Schweigen gebracht

Froyants Besuch in Frankreich war nicht unbemerkt geblieben, sowohl Yale als auch Inspektor Parr wußten, daß er gefahren war, also wußte es auch der Kreis, wenn Thalia Drummonds Telegramm sein Ziel erreicht hatte.

Seltsamerweise boten gerade diese von Thalia abgeschickten Telegramme und Nachrichten Yale einen Vorwand für seinen Besuch im Hauptquartier – genau an dem Abend, an dem Mr. Froyant im Triumph aus Frankreich kam.

Bei seiner Rückkehr ins Büro fand Parr Yale am Inspektortisch sitzen, eine kleine, aber erlesene Zuhörerschaft von Polizisten mit einer Darstellung seiner ungewöhnlichen Kräfte unterhaltend. Seine Fähigkeiten in dieser Richtung waren verblüffend. Anhand eines Ringes, den ihm ein Polizeiinspektor gereicht hatte, erzählte er dem verwirrten Zuhörer nicht nur dessen ganze Lebensgeschichte, sondern zu dessen Verwunderung auch eine kleine, bislang geheimgehaltene Geschichte.

Als Parr hereinkam, gab ihm sein Assistent einen versiegelten Umschlag. Nachdem er die mit Maschine geschriebene Adresse gelesen hatte, legte er denselben in Yales ausgestreckte Hand.

„Sagen Sie mir, wer ihn geschickt hat."

Yale lachte.

„Ein sehr kleiner Mann mit einem irrsinnig gelben Bart; er spricht durch die Nase, und er unterhält einen Laden."

Ein feines Lächeln erschien auf Parrs Gesicht.

„Aber das ist keine Psychometrie, ich weiß nämlich zufällig, daß er von Mr. Johnson aus der Mildred Street kommt."

Er grinste angesichts der Sprachlosigkeit von Mr. Parr. Als sie allein waren, gab er eine Erklärung."

„Ich weiß zufällig, daß Sie entdeckt haben, wo alle Nachrichten des Kreises hingeschickt werden. Ich allerdings weiß schon sehr lange davon, und jede an den Kreis geschickte Nachricht ist auch von mir gelesen worden. Mr. Johnson hat mir erzählt, daß Sie Nachforschungen anstellen. Ich sagte ihm, er solle Ihnen alles brieflich erklären."

„Sie haben es also die ganze Zeit gewußt?" fragte Parr zögernd. Derrick Yale nickte.

„Ich wußte, daß für den Kreis bestimmte Nachrichten an diesen Zeitungshändler adressiert werden und daß jeden Nachmittag und Abend ein kleiner Junge kommt, um sie abzuholen. Ich muß allerdings zu meiner eigenen Schande bekennen, daß ich es bisher noch nicht vermocht habe, die Person auszumachen, die die Briefe aus der Tasche des Jungen stibitzt."

„Aus der Tasche stibitzt?" wiederholte Parr, und Yale hatte seinen Spaß an der Rätselhaftigkeit der Sache.

„Der Junge hat die Instruktion, die Briefe in der Jackentasche zu tragen und die belebte High Street entlangzulaufen. Während er das tut, nimmt jemand die Briefe aus seiner Tasche, ohne daß er es merkt."

Inspektor Parr setzte sich auf den Stuhl, den Yale frei gemacht hatte, und rieb sich das Kinn.

„Sie sind ein erstaunlicher Geselle", sagte er, „und was haben Sie entdeckt?"

„Was ich schon immer vermutet hatte, daß Thalia Drummond in Verbindung mit dem Kreis steht und ihm alle Informationen weitergereicht hat, deren sie habhaft werden konnte."

„Was wollen Sie da machen?"

„Ich habe Ihnen doch gesagt, daß sie uns zu dem Kreis führen würde“, erwiderte Yale leise, „und früher oder später werden sich meine Vorhersagen als richtig erweisen. Es ist jetzt zwei Monate her, daß ich unseren Freund, der einen kleinen Zeitungsladen führt, dazu überredete, mich alle Briefe, die an Johnson adressiert sind, zuerst lesen zu lassen. Es bedurfte einiger Überredungskunst, denn unser Zeitungshändler ist ein ehrlicher und aufrechter Mann, aber es ist meine Erfahrung und vielleicht auch Ihre, daß die bloße Andeutung, daß es sich um einen Dienst an der Gerechtigkeit handelt, einen Menschen dazu veranlassen kann, den schändlichsten Treuebruch zu begehen. Ich hatte mir erlaubt anzudeuten, ohne es zu behaupten, daß ich ein regulärer Polizeibeamter wäre; ich hoffe, Sie haben nichts dagegen.“

„Manchmal denke ich, Sie sollten ein regulärer Polizeibeamter sein. – Thalia Drummond steht also in Verbindung mit dem Kreis?“

„Ich werde sie natürlich weiterhin beschäftigen. Je näher sie mir ist, desto ungefährlicher wird sie sein.“

„Was will Froyant im Ausland?“

Derrick Yale zuckte mit den Schultern.

„Er hat viele geschäftliche Verbindungen zum Ausland, und wahrscheinlich hat er Geschäfte zu erledigen. Er besitzt etwa ein Drittel der Weingärten in der Champagne. Ich nehme an, Sie wissen das?“

Der Inspektor nickte. Dann schwiegen beide. Jeder war mit seinen Gedanken beschäftigt, Parr dachte in erster Linie an Froyant und warum er nach Toulouse gefahren war.

„Woher wußten Sie, daß er nach Toulouse gefahren war?“ fagte Yale.

Die Frage kam so unerwartet und war eine so überraschende Fortsetzung seiner eigenen Gedanken, daß Parr aufsprang. „Du lieber Himmel! Sie können wirklich Gedanken lesen.“

„Manchmal“, sagte Yale, ohne zu lächeln. „Ich hatte gedacht, er wäre nach Paris gefahren.“

„Er war in Toulouse“, sagte der Inspektor knapp, ohne zu erklären, woher er das wußte.

Nichts von dem, was Derrick Yale bisher getan hatte, keine Demonstration seiner Talente hatte den gelassenen

Polizeiinspektor so aus dem Konzept gebracht wie diese Erfahrung von Gedankenübertragung. Das alarmierte, ja ängstigte ihn sogar, und er war immer noch erschüttert, als Harvey Froyant anrief.

„Sind Sie das, Parr? Ich möchte, daß Sie zu mir kommen. Bringen Sie Yale mit. Ich habe eine sehr wichtige Mitteilung zu machen.“ Parr legte nachdenklich den Hörer auf.

„Was, zum Teufel, weiß er?“ sagte er, zu sich selbst redend.

Yales Augen, die die ganze Zeit auf das Gesicht des Inspektors gerichtet waren, leuchteten für einen kurzen Augenblick in einem seltsamen Licht auf.

Thalia Drummond hatte ihr einfaches Mahl beendet und war mit häuslichen Dingen wie Strümpfestopfen beschäftigt. Eine gar nicht häusliche Aufgabe, von weitaus größerer Bedeutung, bestand darin, nicht an Jack Beardmore zu denken. Es gab Augenblicke, in denen der Gedanke an ihn ein scharfer Schmerz war, und da Augenblicke der Ruhe und Einsamkeit wie dieser das Grübeln förderten, hatte sie ihre Arbeit gerade beiseite gelegt und suchte nach einer neuen Ablenkung, als die Glocke läutete.

Es war ein Eilbote, in seiner Hand trug er ein quadratisches Paket, das wie ein Schuhkarton aussah.

Es war mit handgeschriebenen Druckbuchstaben an sie adressiert. Das Herz klopfte ihr, als sie erkannte, wo es herkam. Zuoberst fand sie einen Brief vom Kreis, er lautete:

Sie kennen den Eingang in Froyants Haus. Es gibt einen Eingang vom Garten zum Luftschutzkeller unter seinem Arbeitszimmer. Verschaffen Sie sich Zugang und nehmen Sie den Inhalt des Paketes mit. Warten Sie in dem Kellerraum, bis ich Ihnen weitere Instruktionen gebe.

Sie nahm den Inhalt aus dem Karton. Der erste Gegenstand war ein großer Stulpenhandschuh, der ihr fast bis zum Ellbogen ging. Es war ein Männerhandschuh, und zwar von der linken Hand. Ansonsten befand sich lediglich noch ein langes spitzes Messer, das einen gewölbten Handschutz hatte, in dem Karton. Sie faßte es vorsichtig an und fühlte die Schneide, sie war scharf wie eine Rasierklinge. Lange Zeit saß sie da und blickte auf die Waffe und den Handschuh, dann stand sie auf und ging zum Telefon. Sie wartete sehr lange, bis ihr die Telefonistin mitteilte, daß niemand an den Apparat ging.

Um neun Uhr.

Sie sah auf ihre Uhr. Es war schon nach acht, und sie hatte keine Zeit zu verlieren. Sie packte den Handschuh und das Messer in eine große Lederhandtasche, warf sich selbst einen Mantel über und ging hinaus.

Eine halbe Stunde später schritten Yale und Mr. Parr die Stufen zu Froyants Wohnsitz hinauf. Das erste, was Yale auffiel, war die strahlende Beleuchtung des Flurs; alle Lichter in der Halle und auch auf dem Absatz oben waren an, ein merkwürdiger Umstand angesichts der Sparsamkeit von Froyant. Gewöhnlich begnügte er sich mit einem trüben Licht in der Halle, und die Zimmer, in denen niemand war, blieben dunkel.

In die Bibliothek kam man von der Haupthalle; die Tür war weit geöffnet, und die Besucher sahen, daß dieser Raum genauso strahlend erleuchtet war wie die Halle.

Froyant saß an seinem Schreibtisch, mit einem Lächeln auf seinem müden Gesicht, und trotz der Erschöpfung lag in jeder Geste, in jedem Ton seiner Stimme Selbstzufriedenheit.

„Nun, meine Herren", sagte er fast jovial, „ich werde Ihnen etwas mitteilen, was Sie sowohl überraschen als auch amüsieren wird."

Er lachte in sich hinein und rieb sich die Hände. „Ich habe gerade den Polizeichef angerufen, Parr. In einem solchen Fall möchte man ganz sichergehen. Ihnen beiden könnte alles mögliche zustoßen, wenn Sie das Haus verlassen, und wir können nicht zu viele in unser Geheimnis einweihen. Legen Sie doch Ihre Mäntel ab. Die Geschichte, die ich Ihnen erzählen möchte, wird etwas dauern."

In dem Augenblick ertönte das Telefon.

„Ja, ja, Colonel. Ich habe eine sehr wichtige Mitteilung zu machen. Darf ich Sie in ein paar Sekunden anrufen? Sie sind dann da? Gut." Er legte den Hörer zurück. Sie sahen, wie er unentschlossen die Stirn krauste und dann sagte: „Ich spreche doch besser gleich mit dem Colonel, wenn es Ihnen nichts ausmacht, nach nebenan zu gehen und die Tür zu schließen. Ich möchte nämlich nichts von meiner kleinen Sensation vorwegnehmen."

„Natürlich", sagte Parr und ging aus dem Zimmer.

Yale zögerte.

„Ist diese Mitteilung über den Kreis?"

„Ich werde es Ihnen erzählen. Geben Sie mir nur noch fünf Minuten, und dann sollen Sie Ihre Sensation haben."

Yale lachte, und Parr, der schon in der Halle war, lächelte wohlwollend mit.

„Es gehört aber viel dazu, mich zu erschrecken", sagte Yale. Er kam aus dem Zimmer und blieb einen Augenblick, die Tür in der Hand, stehen. „Und nachher werde ich Ihnen etwas über unsere Freundin Drummond erzählen. Oh, ich weiß, Sie sind nicht interessiert, aber diese kleine Sache wird Sie vielleicht genauso interessieren wie die Geschichte, die Sie uns erzählen wollen."

Parr sah ihn lächeln und nahm an, daß Froyant etwas wenig Schmeichelhaftes über Thalia Drummond gemurmelt hatte.

Yale schloß sanft die Tür. „Ich möchte nur wissen, was das für eine Sensation ist, und was, zum Teufel, hat er Ihrem Colonel zu sagen?"

Sie gingen in den vorderen Salon, der gleichermaßen erleuchtet war.

„Das ist ungewöhnlich, nicht wahr, Steere?" sagte Yale, der den Butler kannte.

„Ja, Sir. Mr. Froyant ist gewöhnlich nicht unmäßig in Fragen des Stroms. Aber er sagte mir, er wolle heute abend alle Lichter anhaben und er wolle kein Risiko eingehen, was immer das bedeuten mag. Ich habe ihn noch nie so erlebt. Er hat zwei geladene Revolver in seiner Tasche – das finde ich seltsam. Er haßt diese Feuerwaffen, ja, das tut er wirklich, unser Mr. Froyant."

„Woher wissen Sie, daß er Revolver hat?" fragte Parr scharf.

„Weil ich sie für ihn geladen habe. Ich war bei der berittenen Polizei, und ich weiß mit Waffen umzugehen. Eine davon ist meine."

Yale pfiff und blickte zum Inspektor. „Es sieht so aus, als kenne er nicht nur den Kreis, sondern erwarte auch noch Besuch. Übrigens, haben Sie ein paar Männer zur Verfügung?“

„Auf der Straße sind ein paar Detektive; sie sollen sich dort aufhalten, für den Fall, daß sie gebraucht werden.“

Sie konnten Froyants Stimme am Telefon nicht hören, denn die Wände des Hauses waren dick.

Eine halbe Stunde verging, und Yale wurde ungeduldig.

„Fragen Sie ihn doch, Steere, ob er uns braucht.“ Aber der Butler schüttelte den Kopf.

„Ich kann ihn nicht stören. Vielleicht kann einer von den Herren hineingehen. Wir gehen niemals hinein, wenn nicht nach uns geläutet wurde.“

Parr war kaum aus dem Zimmer, als er auch schon die Tür zu Froyants Arbeitszimmer aufriß. Die Lichter strahlten, und er hatte nicht die geringsten Zweifel über das, was geschehen war, als er die Gestalt Froyants zusammengesunken im Sessel sah. Harvey Froyant war tot. Der Griff eines Messers stak aus der linken Brust heraus, eines Messers mit einem stählernen schalenförmigen Handschutz. Auf dem Schreibtisch lag ein blutbefleckter lederner Stulpenhandschuh.

Der überraschte Aufschrei Parrs ließ Yale in das Zimmer eilen. Parrs Gesicht war weiß wie der Tod, als er auf die tragische Gestalt im Sessel starrte, keiner der beiden Männer sprach ein Wort.

Dann ordnete Parr an: „Rufen Sie meine Männer herein. Niemand verläßt das Haus. Sagen Sie dem Butler, er soll die Dienstboten versammeln und sie in der Küche festhalten.“

Er nahm jedes Detail im Zimmer auf. Vor den Fenstern, die auf ein grünes Karee auf der Hinterseite des Hauses gingen, waren schwere Samtvorhänge. Er zog sie zur Seite. Dahinter kamen Rolläden zum Vorschein, die sicher befestigt waren.

Wie war Harvey Froyant getötet worden?

Sein Schreibtisch stand gegenüber dem Kamin, es war ein schmaler Tisch, dessen geringe Ausmaße jeden normalen Menschen irritiert hätten, aber dem toten Geldgeber war er ein Lieblingsstück gewesen.

Von wo war der Mörder gekommen? Das Messer war von oben nach unten geworfen worden, und die Theorie, daß der Angreifer für ihn völlig überraschend kam, war zumindest plausibel. Aber warum dann der Handschuh? Inspektor Parr behandelte ihn mit Vorsicht. Es war ein lederner Stulpenhandschuh, so wie Chauffeure sie benutzen, und er war sehr abgenutzt.

Der nächste Schritt war, den Chef anzurufen, und wie er bereits vermutet hatte, wartete der Colonel auf eine Nachricht von Froyant.

„Dann hat er gar nicht mit Ihnen telefoniert?“

„Nein. Was ist passiert?“

Parr gab einen kurzen Bericht und hörte sich ungerührt den stammelnden Wutausbruch seines Chefs am anderen Ende der Leitung an. Gleich danach legte er den Hörer auf und ging in die Halle, wo er seine Leute schon postiert fand.

„Ich durchsuche jeden Raum in dem Haus.“

Er war eine halbe Stunde weg und kam dann zu Yale zurück.

„Und?“ fragte dieser eifrig.

Parr schüttelte den Kopf.

„Nichts, es ist niemand hier, der nicht das Recht hätte, hier zu sein.

Wie ist er in das Zimmer gekommen? Der Weg durch die Halle war niemals frei, nur als Steere im Salon war.“

„Vielleicht gibt es eine Falltür im Fußboden“, meinte Yale.

„Es gibt keine Falltüren in den Salons der Häuser im West End von London“, stieß Parr aus, eine weitere Durchsuchung ergab jedoch ein überraschendes Ergebnis.

Als sie eine Ecke des Teppichs anhoben, kam eine kleine Falltür zum Vorschein, und der Butler erklärte dazu, daß Mr. Froyant im Krieg, als es jede Nacht Bombenangriffe gab, in einem der unteren Weinkeller einen Luftschutzraum aus Beton hatte bauen lassen, zu welchem man über eine Treppenflucht von seinem Arbeitszimmer aus Zugang hatte.

Parr ging die Treppe hinunter, mit einem Kerzenlicht ausgestattet. Er fand sich in einem kleinen, quadratischen Raum, einer Zelle ähnlich, wieder. Es gab dort eine Tür, die jedoch verschlossen war. Bei einer Durchsuchung Froyants fand man den Hauptschlüssel. Hinter der ersten Tür befand sich eine zweite aus Stahl, die ins Freie führte. Die Häuser in der Straße hatten ein Stück Rasen und Sträucher gemeinsam.

„Es ist sehr gut möglich, durch das Tor am Ende des Gartens hier hereinzukommen", sagte Yale, „und ich würde meinen, daß der Mörder hier entlanggekommen ist." Er leuchtete mit seiner Taschenlampe den Fußboden ab. Plötzlich bückte er sich hinunter und spähte. „Hier ist eine frische Fußspur, und zwar von einer Frau!"

Parr sah über seine Schulter.

„Es gibt wohl keinen Zweifel, die ist frisch", sagte er, und dann trat er plötzlich einen Schritt zurück.

„Mein Gott!" stieß er hervor, mit von Schrecken belegter Stimme. „Was für eine teuflische Intrige!" Denn es schoß ihm durch den Kopf, daß das die Fußspuren von Thalia Drummond waren.

31

Thalia beantwortet einige Fragen

Derrick Yale las, den Kopf in die Hände gestützt, eine Zeitung. Er hatte schon ein Dutzend an diesem Morgen gelesen und sie alle beiseite geschoben, um wieder eine andere durchzusehen.

„Unter den Augen der Polizei", zitierte er. „Inkompetenz im Polizeihauptquartier." Er schüttelte seinen Kopf. „Sie spielen unserem armen Freund Parr in der Zeitung heute übel mit. Dabei hätte er sowenig wie Sie oder ich den Mord verhindern können." Thalia Drummond sah an diesem Morgen ein wenig mitgenommen aus. Sie hatte dunkle Ringe unter den Augen, und sie war im Gegensatz zu ihrer sonstigen Heiterkeit lustlos.

„Wer in diesem Spiel mitmacht, weiß, daß er Tritte kriegen kann, oder etwa nicht?" fragte sie kühl. „Die Polizei kann nicht alles nach ihrer Fasson haben."

Er sah sie mit Interesse an.

„Sie scheinen die Polizeimethoden nicht gerade zu bewundern, Miß Drummond?“

„Nicht übermäßig“, erwiderte sie, während sie ihm einen Stapel Briefe vorlegte. „Sie erwarten doch nicht von mir, daß ich die Leistungsfähigkeit des Hauptquartiers bezeuge, oder?“

Er lachte still vor sich hin. „Sie sind ein merkwürdiges Mädchen, manchmal glaube ich, daß Sie ganz ohne Leidenschaften sind. Sie haben doch auch für Froyant gearbeitet.“

„Ja“, gab sie kurz zur Antwort.

„Sie haben einige Zeit in seinem Haus gelebt?“

Sie antwortete nicht, aber ihre grauen Augen hielten den seinen stand.

„Ich habe tatsächlich in dem Haus gelebt. Warum fragen Sie?“

„Ich frage mich, ob Sie von der Existenz des Luftschutzraumes wußten“, sagte Yale wie nebenbei.

„Natürlich wußte ich davon. Der arme Mr. Froyant hat kein Geheimnis aus seiner Schlauheit gemacht. Er hatte mir ein dutzendmal erzählt, wie teuer es war“, fügte sie hinzu, ein Lächeln andeutend.

Er dachte einen Moment nach. „Wo wurden die Schlüssel zu diesem bombengeschützten Raum gewöhnlich aufbewahrt?“

„In Mr. Froyants Schreibtisch. Wollen Sie damit andeuten, daß ich Zugang zu ihnen hatte oder daß ich mit dem Mord gestern abend zu tun habe?“

Er lachte.

„Ich deute gar nichts an, ich frage nur, und da Sie viel mehr über das Haus zu wissen scheinen als die meisten Leute, die darin wohnen, ist meine Neugier nur natürlich. Glauben Sie, daß es möglich wäre, die Falltür ohne jedes Geräusch aufzustoßen?“

„Zweifellos. Die Tür funktioniert mit Gegengewichten. Wollen sie einen von diesen Briefen hier beantworten?“

Er schob den Stapel Briefe beiseite.

„Was haben Sie gestern abend gemacht, Miß Drummond?“

Dieses Mal war seine Methode direkter.

„Ich habe den Abend zu Hause verbracht“, sagte sie. Ihre Hände wanderten auf den Rücken, und die merkwürdige Starre, die er schon zuvor beobachtet hatte, erfaßte ihren ganzen Körper.

„Waren Sie den ganzen Abend zu Hause?“

Sie antwortete nicht.

„Stimmt es nicht, daß Sie um halb neun mit einem kleinen Paket weggingen?“

Wieder erwiderte sie nichts.

„Einer von meinen Leuten hat Sie zufällig gesehen“, sagte Yale ohne besonderen Nachdruck, „hat Sie dann aber aus den Augen verloren. Wo haben Sie den Abend verbracht? Sie sind erst gegen elf Uhr nach Hause gekommen.“

„Ich war spazieren. Wenn Sie mir eine Karte von London geben, mache ich mir die Mühe und verfolge meine Spuren.“

„Einige sind wahrscheinlich schon verfolgt worden.“

Sie kniff die Augen zusammen.

„In dem Fall kann ich mir die Mühe ersparen, Ihnen zu sagen, wohin ich gegangen war.“

„Nun sehen Sie mal, Miß Drummond, ich bin vollkommen davon überzeugt, daß Sie im Grunde Ihres Herzens keine Mörderin sind. Bei diesem Wort zucken Sie zusammen, und es ist auch ein häßliches Wort. Aber es gibt doch verdächtige Umstände, was Ihre Aktivitäten gestern abend betrifft, die ich Inspektor Parr noch gar nicht entdeckt habe.“

„Unter Verdacht zu stehen ist für mich etwas ganz Normales, und da Sie schon soviel wissen, ist es wohl unnötig, daß ich Ihnen noch mehr erzähle.“

Er sah sie an, und sie erwiderte seinen Blick, ohne mit der Wimper zu zucken. Schließlich sagte er mit einem Achselzucken:

„Eigentlich ist es auch ganz egal, wo Sie waren.“

„Ich bin fast geneigt, Ihnen zuzustimmen“, sagte sie spöttisch und ging zurück an die Schreibmaschine in ihrem Zimmer.

Eine eigenartige Person, dachte Derrick Yale. Frauen interessierten ihn im allgemeinen nicht, aber Thalia Drummond war jenseits des Allgemeinen. Es war nicht ihre Schönheit, die ihn ansprach; er wußte, sie war schön, genauso wie er wußte, daß seine Bürotür braun und die Farbe der Pfennigbriefmarke rot war. Er nahm sich wieder die Zeitung vor und las einige Kommentare über die Unfähigkeit des Hauptquartiers noch einmal. Bald kam, wie er erwartet hatte, Parr, mit einer gewissen Forschheit ließ er sich auf einen Stuhl fallen.

„Der Chef hat meinen Rücktritt gefordert“, sagte er mit einer überraschend fröhlichen Stimme. „Ich mache mir deshalb keine Sorgen. Ich wollte schon vor drei Jahren aufhören, als mir mein Bruder sein Geld hinterließ.“

Zum erstenmal hörte Yale eine Andeutung, daß Inspektor Parr ein relativ reicher Mann war.

„Was wollen Sie tun?“

„In Regierungsämtern tritt man zurück, wenn man dazu aufgefordert wird. Aber mein Rücktritt wird ja erst Ende nächsten Monats erfolgen. Ich muß warten und sehen, was mit Ihnen geschieht, mein Freund.“

„Mir mir? Ach, Sie meinen die Warnung, daß ich am Vierten beseitigt werde? Warten Sie mal, da bleiben mir nur noch zwei oder drei Tage.“ Er lachte ironisch und blickte auf den Kalender. „Darauf brauchen Sie nicht zu warten. Aber Scherz beiseite, warum überhaupt zurücktreten? Glauben Sie, ich sollte mal mit dem Chef ...“

„Hat keinen Zweck, er würde Sie kaum zur Kenntnis nehmen“, sagte Parr, „bis zu meinem Rücktritt muß ich den Fall weiterbearbeiten, und das habe ich Ihnen zu verdanken.“

„Mir?!“

Der untersetzte Inspektor lachte still in sich hinein. „Ich habe ihm gesagt, daß Ihr Leben für das Land so wertvoll ist, daß ich so lange im Amt bleiben müßte, bis ich Sie über das tödliche Datum gerettet habe.“

In dem Augenblick kam Thalia herein mit einem weiteren Stoß Briefe. Der Inspektor blickte zu dem Mädchen auf.

„Ich habe über Sie heute in der Zeitung gelesen. Sie werden ja eine öffentliche Persönlichkeit, Mr. Parr.“

„Alles um der Werbung willen“, murmelte der Inspektor ohne jeden Groll. „Es ist ja schon eine Weile her, daß ich Ihren Namen in der Zeitung las, Miß Drummond.“

Die Erwähnung ihrer Affäre mit der Polizei schien Thalia

kolossal zu amüsieren.

„Ich werde mein Teil schon noch kriegen. Was gibt es Neues über den Kreis?"

„Das neueste", sagte Parr langsam, „ist, daß alle Briefe, die an den Kreis in der Mildred Street adressiert sind, in Zukunft woanders hingeschickt werden müssen."

Er sah, wie sich in ihrem Gesicht etwas veränderte; es war nur ein kurzes Aufleuchten, aber es war dennoch befriedigend für Inspektor Parr.

„Eröffnen sie jetzt Büros in der Stadt?" fragte sie und hatte sich schon wieder gefangen. „Warum sollten sie nicht? Sie scheinen ja sowieso zu machen, was sie wollen. Warum sollten sie nicht in einem hübschen Haus mit Fahrstuhl und elektrisch beleuchteten Aushängeschildern wohnen – nein, lieber keine beleuchteten Aushängeschilder, die würde ja sogar die Polizei sehen!"

„Sarkasmus bei einer jungen Frau", entgegnete Parr scharf, „ist nicht nur unpassend, sondern auch unanständig!"

Yale lauschte diesem Abtausch mit genüßlichem Lächeln. War das Mädchen eine Überraschung für ihn, so gab es Augenblicke, in denen Inspektor Parr ihn genauso überraschte. Dieser schwerfällige Mann konnte boshaft sein, wenn er wollte.

„Und wo waren Sie gestern abend, Miß Drummond?" fragte Parr, die Augen nach unten gerichtet.

„Im Bett und habe geträumt", sagte sie.

„Dann müssen Sie im Schlaf gelaufen sein, als Sie sich gegen halb zehn hinter Froyants Haus herumtrieben."

„Ach, das ist es. Sie haben meine zierlichen Fußspuren im Garten gefunden? Yale hat schon so etwas angedeutet. Nein, Inspektor, ich war am Abend nur im Park spazieren. Die Einsamkeit ist sehr anregend."

Immer noch blickte Parr aufmerksam auf den Teppich.

„Jedenfalls, wenn Sie im Park spazierengehen, junge Frau, dann halten Sie etwas Abstand von Jack Beardmore. Das letztemal, als Sie ihm folgten, haben Sie ihn jedenfalls sehr erschreckt!" Diesmal hatte er ins Schwarze getroffen. Ihr Gesicht lief feuerrot an, und ihre feinen Augenbrauen verzogen sich.

„Mr. Beardmore läßt sich nicht so leicht erschrecken, und

außerdem – außerdem ...“

Sie drehte sich plötzlich um und verließ das Zimmer. Als Parr nach einem kurzem Gespräch auch in das Nebenbüro ging, blickte sie ihn finster an.

„Manchmal, Inspektor, hasse ich Sie richtig!“

„Das überrascht mich“, sagte Inspektor Parr.

32

Ein Ausflug aufs Land

Das Polizeihauptquartier machte eine Kraftprobe durch. Die unbequemen Artikel, die die Presse den jüngsten mit dem Feuerroten Kreis zusammenhängenden Tragödien widmete, die Liste der Parlamentsanfragen und nicht weniger die hinter den verschlossenen Türen des Hauptquartiers abgehaltenen Konferenzen sowie die Zurückhaltung derer, die normalerweise mit Inspektor Parr in seiner Arbeit zu tun hatten, waren unheilvolle Anzeichen, die Parr durchaus nicht übersah. Es gab kaum eine Zeitung, die nicht eine nahezu vollständige Liste der Untaten des Kreises veröffentlichte, und nicht eine, die nicht voller Anzüglichkeit die vernichtende Wahrheit erwähnte, daß seit Beginn der Aktivitäten des Kreises Inspektor Parr mit dem Fall beauftragt war.

Er beantragte, Nachforschungen in Frankreich anstellen zu dürfen, was ihm auch gewährt wurde. Während seiner Abwesenheit von ein paar Tagen sorgten seine Vorgesetzten für einen Nachfolger. Er hatte nur einen Freund im Hauptquartier, und das war seltsamerweise Colonel Morton, Chef von Parrs Abteilung. Morton setzte sich für ihn ein, wußte aber von Anfang an, daß es hoffnungslos war. Er wurde von Yale unterstützt. Der sprach beizeiten im Hauptquartier vor und legte alle Einzelheiten dar, in der Absicht, seinen offiziellen Kollegen zu entlasten.

„Die bloße Tatsache, daß ich auch zugegen und sogar speziell mit Froyants Schutz beauftragt war, muß einen großen Teil der Verantwortung von Parrs Schultern nehmen.“

Der Colonel lehnte sich in seinem Sessel zurück und verschränkte die Arme.

„Ich will Ihre Gefühle nicht verletzen, Mr. Yale“, sagte er schonungslos, „aber offiziell existieren Sie gar nicht, und leider wird nichts, was Sie sagen, Mr. Parr helfen. Er hatte seine Chance – er hatte sogar mehrere, aber er hat sie vertan.“

Als Yale gehen wollte, forderte ihn der Colonel auf, noch zu bleiben.

„Sie können vielleicht Klarheit in eine Sache bringen, Mr. Yale. Es hat mit dem Mord an dem Mann zu tun, der James Beardmore erschossen hatte. Sie erinnern sich, Sibly, der Matrose.“

Yale nickte und nahm wieder Platz.

„Wer war in der Zelle, als Sie ihn verhört haben?“

„Ich, Mr. Parr und ein amtlicher Stenograf.“

„Mann oder Frau?“

„Ein Mann. Ich glaube, er gehörte zu Ihrem Personal. Und das waren alle. Der Wärter kam ein- oder zweimal herein; ja, richtig, er kam herein, als wir gerade da waren. Er brachte das Wasser, in dem später das Gift gefunden wurde.“

Der Colonel öffnete eine Akte und nahm aus den zahlreichen Dokumenten ein Formblatt heraus.

„Hier ist die Aussage des Wärters. Ich erspare Ihnen die Einleitung, hören Sie, was er gesagt hat“, sagte der Colonel, setzte die Brille auf und las langsam:

„Der Gefangene saß auf seinem Bett, Mr. Parr saß ihm gegenüber, und Mr. Yale stand mit dem Rücken zur Zellentür, die offen war, als ich hineinging. Ich hatte einen Blechnapf halbvoll mit Wasser. Das Wasser hatte ich von einem Hahn, der für Trinkwasser angebracht worden war. Ich erinnere mich, daß ich den Blechnapf abgestellt habe, als aus einer anderen Zelle ein Klingeln kam. Soviel ich weiß, war es unmöglich, daß jemand an dem Napf rumpfuschen konnte, obwohl es stimmt, daß die Tür zum Hof offen war. Als ich in die Zelle kam, nahm mir Mr. Parr den Napf ab und stellte ihn auf einen Mauervorsprung neben der Tür. Zu mir sagte er, ich sollte sie nicht unterbrechen.“

„Sie sehen, ein Stenograf ist nicht erwähnt worden. War der vielleicht von dort?“

„Ich bin mir ziemlich sicher, daß er aus Ihrem Büro kam.“

„Ich muß Parr danach fragen."

Als Mr. Parr (der aus Frankreich zurückgekehrt war) telefonisch befragt wurde, gab er zu, daß der Stenograf aus der Stadt war. Er habe sich durch Nachforschungen seiner Zuverlässigkeit versichert. In dem Durcheinander, das der Entdeckung des Todes Siblys folgte, habe er nicht daran gedacht, die Identität des Mannes zu überprüfen. Eine maschinengeschriebene Durchschrift von Siblys Aussage sei ihm überreicht worden, und er erinnere sich undeutlich, den Schreiber für seine Mühen bezahlt zu haben. Soweit könne er dem Colonel nur helfen, dessen Kenntnis von der Materie sich dadurch nicht bedeutend erweitert hatte.

Yale wartete, während das Telefongespräch im Gange war, und als der Colonel geendet hatte, konnte er dessen unzufriedenem Ausdruck entnehmen, daß Parrs Informationen nicht besonders aufschlußreich waren.

„Sie erinnern sich nicht an den Mann?"

Yale schüttelte den Kopf.

„Er hatte mir die meiste Zeit den Rücken zugewandt, er saß neben Parr."

Der Colonel murmelte etwas über grobe Nachlässigkeit und sagte dann: „Ich würde mich nicht wundern, wenn Ihr Stenograf ein Abgesandter des Kreises gewesen ist. Es war ein Akt krimineller Nachlässigkeit, für eine so wichtige Arbeit einen Mann genommen zu haben, dessen Identität nicht bestätigt werden konnte. Ja, Parr hat versagt."

Er seufzte. „Ich bedaure es in vielerlei Hinsicht. Ich mag Parr. Natürlich, er ist ein altmodischer Polizeibeamter, den Ihr brillanten Leute von draußen gern geringschätzig abtut, und er hat auch keine außergewöhnlichen Gaben, obwohl – früher war er ein auffallend guter Beamter. Aber er muß gehen. Das ist entschieden. Ich kann Ihnen das so sagen, weil ich Parr gegenüber auch diese Andeutung gemacht habe. Es ist mehr als schade."

Es war keine Neuigkeit für Yale, und auch für den jüngsten Beamten des Polizeihauptquartiers war das keine Neuigkeit mehr.

Am wenigstens schien es Inspektor Parr selbst auszumachen. Er setzte seine Routinearbeit fort, als wüßte er nicht, welche außerordentlicheVeränderung seiner Position erwogen wurde. Und selbst als er mit seinem Nachfolger zusammentraf, der sich das Büro ansehen wollte, störte ihn das kaum, er war die Freundlichkeit in Person. Eines Nachmittags traf er zufällig Jack Beardmore im Park, dem die gute Laune des untersetzten kleinen Mannes auffiel.

„Nun, Inspektor, sind wir dem Ende etwas näher gerückt?“

„Ich glaube schon, meinem Ende jedenfalls.“

Das war die erste eindeutige Nachricht, die Jack über den Rücktritt des Inspektors erfahren hatte.

„Aber Sie werden doch nicht gehen? Sie haben alle Fäden in der Hand, Mr. Parr. Die können doch nicht so dumm sein und Sie jetzt in diesem kritischen Augenblick weglassen, es sei denn, die haben jede Hoffnung aufgegeben, den Schurken zu fassen.“

Mr. Parr dachte, „die“ haben schon lange alle Hoffnung aufgegeben, aber das Hauptquartier interessierte ihn nicht.

Jack wollte zu seinem Landhaus. Er hatte diesen Ort seit dem Tod seines Vater nicht wieder besucht, und er wäre auch nicht hingefahren, wenn es nicht erforderlich gewesen wäre, sich um einige der Pachtverträge zu kümmern, und da diese Angelegenheit nicht in der Stadt erledigt werden konnte und noch andere Dinge seine Anwesenheit erforderten, hatte er sich entschlossen, eine Nacht an jenem Ort zu verbringen, mit dem ihn neben der Erinnerung an die Tragödie noch anderes Unangenehme verband.

„Sie fahren also aufs Land“, sagte Parr nachdenklich. „Allein?“

„Ja, würden Sie wohl als mein Gast mit hinauskommen, Mr. Parr? Ich würde mich freuen, aber ich vermute, die Untersuchungen zum Kreis halten Sie in der Stadt fest.“

„Ich denke, die werden auch ohne mich auskommen“, sagte Parr grimmig. „Ja, ich würde gern mitkommen. Ich bin seit dem Tod Ihres Vaters nicht dort gewesen, und ich würde gern wieder einmal über das Grundstück gehen.“

Er bat um zwei weitere freie Tage, und das Hauptquartier, das ihn bereitwillig für den Rest seines Lebens freigestellt hätte, stimmte zu. Da Jack an dem Abend fuhr, ging der Inspektor nach Hause, packte eine kleine Reisetasche und traf sich mit ihm auf dem Bahnhof. Weder das Wetter noch die Straßen verlockten zu einer langen Autofahrt, und überhaupt war der Inspektor der Meinung, daß Reisen mit dem Zug bequemer war. Er hatte eine kurze Nachricht für Yale hinterlassen, in der er ihm mitteilte, wohin er fuhr, und folgendes beifügte:

Es ist möglich, daß sich Umstände ergeben, die meine Anwesenheit in der Stadt erfordern. Schicken Sie unbedingt nach mir, wenn dies der Fall sein sollte.

Angesichts dieser Anmerkung erschien Parrs späteres Verhalten reichlich merkwürdig."

33

Die Anschlagzettel

Jack hatte an dem Inspektor keinen angenehmen Reisegefährten. Parr hatte ein Bündel Zeitungen mitgebracht, in denen er mit peinlicher Genauigkeit alle Kommentare über den Kreis las. Sein Gastgeber war erstaunt, daß dieser phlegmatische Mann ein Vergnügen an den wenig schmeichelhaften Äußerungen über sich, von denen die Gazetten voll waren, haben konnte. Er sprach ihn daraufhin an.

Der Inspektor legte die Zeitungen aufs Knie und nahm den stahlgeränderten Kneifer ab. „Ich weiß nicht, aber Kritik hat noch nie jemandem geschadet. Nur jemand, der weiß, daß er im Unrecht ist, kann durch dieses Zeug irritiert werden. Da ich aber weiß, daß ich im Recht bin, macht es mir nichts, was sie sagen."

„Sie glauben wirklich, daß Sie recht haben? In welcher Hinsicht?" fragte Jack neugierig, aber hierzu äußerte sich Parr nicht weiter.

Sie waren an dem kleinen Bahnhof angekommen und fuhren die drei Meilen von der Bahnlinie bis zu dem großen finsteren Haus, das James Beardmores Freude gewesen war.

Jacks Butler, der bereits da war, um die Vorbereitungen für die Bequemlichkeit seines Herrn zu überwachen, überreichte Inspektor Parr, kaum daß er einen Fuß über die

Schwelle gesetzt hatte, ein Telegramm.

„Wie lange ist das schon hier?“

„Es ist vor fünf Minuten angekommen; ein Radfahrer hat es aus dem Dorf gebracht.“

Das mit „Derrick Yale“ unterzeichnete Telegramm lautete:

Sofort nach London kommen; äußerst wichtige Entwicklung.

Ohne ein Wort reichte er die Nachricht an den jungen Mann.

„Natürlich werden Sie fahren. Es ist allerdings ärgerlich, vor neun fährt kein Zug.“ Jack war enttäuscht, daß er so schnell auf die Gesellschaft Parrs verzichten sollte.

„Ich fahre nicht“, sagte Parr ruhig. „Nichts auf der weiten Welt kann mich dazu bringen, heute abend noch eine Zugreise auf mich zu nehmen. Ich muß warten.“

Diese Einstellung zu der Aufforderung schien nicht zu Jacks Vorstellung vom Charakter des Inspektors zu passen. Er war, um die Wahrheit zu sagen, insgeheim enttäuscht, obwohl er wiederum froh war, daß Parr mit ihm die erste Nacht in diesem Haus verbringen würde, in dem jede Ecke, jedes Zimmer seinen eigenen Geist zu beherbergen schien.

Parr sah noch einmal auf das Telegramm. „Er muß es, eine halbe Stunde nachdem wir den Bahnhof verlassen haben, abgeschickt haben. Sie haben doch ein Telefon.“

Es dauerte eine viertel Stunde, bis sein Ferngespräch zustande kam.

„Wie ich es mir schon dachte, das Telegramm war eine Finte. Ich habe gerade mit unserem Freund Yale gesprochen.“

„Hatten Sie vermutet, daß es eine Finte war?“

Mr. Parr nickte.

„Ich kann schon fast so gut raten wie Yale“, sagte er gutgelaunt.

Sie verbrachten den Abend mit Piquet, in dessen Geheimnisse Parr den jungen Mann einführte. Es gibt kaum ein faszinierenderes Kartenspiel für zwei Leute als dieses. Der Abend war so vergnüglich vergangen, daß Jack, als er auf die Uhr blickte, mit Schrecken feststellte, daß es schon

Mitternacht war.

Das dem Inspektor zugeteilte Zimmer war das des seligen James Beardmore, es war geräumig, hoch und ausladend. Es hatte drei Fenster, und nachts war es wie die anderen Zimmer des Hauses durch Karbidlampen erleuchtet.

„Wo schlafen Sie eigentlich?"

„Ich bin im Zimmer nebenan", erwiderte Jack. Parr nickte, schloß die Tür und verriegelte sie.

Er hörte Jacks Tür schließen. Er mühte sich gar nicht erst, sich auszuziehen, sondern wickelte sich nur in einen alten seidenen Morgenmantel, den er aus seiner ramponierten Tasche genommen hatte. Dann zog er die drei Jalousien hoch.

Die Nacht war ziemlich hell, so daß er keine Schwierigkeiten hatte, zum Bett zurückzufinden, wo er sich hinlegte und sich mit der Daunendecke zudeckte. Es gibt eine Methode, mit der man gegen die schlimmsten Fälle von Schlaflosigkeit ankommen kann, obwohl diese, glaube ich, kaum bekannt sind. Sie besteht darin, die Augen im Dunkeln bewußt offenzuhalten.

Mr. Parr gelang das nur, indem er sich auf die Seite legte und aus dem nächstgelegenen Fenster starrte, das er ein wenig offengelassen hatte. Gegen Morgen erhob er sich plötzlich und ging ganz leise zum Fenster. Er hatte ein schwaches Surren vernommen, ein Geräusch, wie es leise laufende Autos machen, aber jetzt herrschte tiefe Stille. Er ging zum Waschtisch, rubbelte sein Gesicht mit kaltem Wasser ab und trocknete es gemächlich. Dann ging er zurück zum Fenster und zog sich einen Stuhl heran, so daß er alles überblicken konnte, was sich auf der Allee, die zur Vorderseite des Hauses führte, abspielte.

Er mußte fast eine halbe Stunde warten, bis er eine dunkle Gestalt erblickte, die von Baum zu Baum schlich. Einen kurzen Augenblick sah er sie noch einmal, bevor sie aus seinem Blickfeld in den Schatten des Hauses verschwand.

Der Inspektor begab sich ganz leise aus dem Zimmer, die Treppe hinunter. Die Haupttür des Hauses war verriegelt und verschlossen, und es dauerte eine Weile, bis er sie geöffnet hatte. Als er in die Nacht hinaustrat, konnte er niemanden sehen. Er schlich sich den Gang entlang, der parallel zum Haus verlief, fand aber keinen Eindringling. Er hatte den Haupteingang wieder erreicht, als er das Geräusch eines schwächer werdenden Motors hörte – der mitternächtliche Besucher war fort.

Er verriegelte abermals die Tür und ging zurück in sein Zimmer. Dieser Besucher gab ihm ein Rätsel auf. Es war klar, daß der Mann, wer immer es war, Parr nicht gesehen hatte und auch nicht sicher gewesen sein konnte, daß er beobachtet wurde. Er mußte gekommen und sofort wieder gegangen sein. Erst als er am Morgen zum Frühstück herunterkam, klärte sich das Geheimnis des Besuchers. Jack stand vor dem Fenster und las ein zerknittertes Stück Papier, das aussah, als ob es irgendwo angebracht und dann wieder abgerissen worden wäre. Es hatte die Größe eines kleinen Plakats und war handgeschrieben. Bevor er den Inhalt kannte, wußte Parr, daß es vom Kreis kam.

„Was halten Sie davon?“ fragte Jack, der sich umdrehte, als der Inspektor hereinkam. „Wir fanden ein halbes Dutzend von diesen Zetteln, an die Bäume der Auffahrt geklebt oder gesteckt, und dieses hier war unter meinem Fenster angebracht!“

Die Schuld Ihres Vaters ist noch nicht beglichen. Sie soll unbeglichen bleiben, wenn Sie Ihre Freunde Derrick Yale und Parr überzeugen, ihre Aktivitäten einzustellen.

Darunter stand in kleineren Buchstaben und offensichtlich als Nachtrag:
Wir stellen keine weiteren Forderungen an Privatpersonen.

„Anschläge hat er also angebracht“, sagte Parr gedankenvoll. „Ich habe mich auch gewundert, warum er kam und gleich wieder ging.“

„Sie haben ihn gesehen?“ fragte Jack überrascht.

„Ganz flüchtig. Ich wußte ja, daß er kommen würde, aber ich hatte mit aufregenderen Folgen gerechnet.“

Das ganze Frühstück über sagte er von sich aus kein Wort, beantwortete nur Jacks Fragen, und das auch nur in der kürzesten Form.

Erst als sie über die Wiese gingen, begann Parr:

„Ich frage mich, ob er weiß, daß Sie etwas für Thalia Drummond übrig haben.“

Jack wurde rot.

„Warum sagen Sie das?“ fragte er ein wenig ängstlich. „Sie glauben doch nicht, die nehmen Rache an Thalia?“

„Wenn es ihm nützte, würde er Thalia Drummond so beseitigen.“ Der Inspektor schnippte mit den Fingern.

Er machte dem Gespräch ein Ende, indem er stehenblieb und umkehrte.

„Das reicht.“

„Ich dachte, Sie wollten bis zum Tor am Weg zum Bahnhof gehen, dem Weg, den Marl damals kam.“

„Nein, ich wollte Gewißheit haben, wie er sich dem Haus genähert hat. Können Sie mir die Stelle zeigen, wo er plötzlich so aufgebracht war?“

„Ja, natürlich“ sagte Jack, wunderte sich aber, wozu das alles gut sein sollte. „Es war viel näher am Haus; ich kann Ihnen sogar die Stelle genau sagen, weil ich mich besonders gut daran erinnere, wie er zur Seite trat und dabei einen jungen Rosenstrauch kaputttrat. Dort.“

Er zeigte auf die Stelle, und Parr nickte mit seinem schweren Kopf mehrere Male.

„Das ist sehr wichtig.“Er ging bis zu der angezeigten Stelle. „Ich wußte, daß er lügt“, sagte er mehr zu sich. „Man kann die Terrasse von hier überhaupt nicht sehen. Marl hatte mir erzählt, er habe Ihren Vater auf der Terrasse stehen sehen, als er den Anfall bekam. Mein erster Eindruck war dann, daß der Anblick Ihres Vaters für seinen Schreck verantwortlich war.“

Er erzählte Jack die Einzelheiten seines Gesprächs mit Marl.

„Ich hätte das gleich richtigstellen können. Vater war den ganzen Morgen in der Bibliothek und war erst herausgekommen, als wir die Treppe zur Terrasse hinaufstiegen.“

Parr machte sich in seinem Notizbuch eine grobe Skizze. Zu seiner Linken war das massive Sedgwood-Haus, unmittelbar vor ihm waren die Gärten, die von leichten Eisengittern umgeben waren, um die Blumenbeete vor den umherziehenden Kühen zu schützen. In dem Zaun befand sich das Tor, durch das Marl gekommen sein mußte. Rechter Hand stand eine Sträuchergruppe, in deren Mitte ein Sonnenschirm zu sehen war.

„Papa liebte diese Sträucher besonders. Wir haben hier selbst an wärmsten Tagen starken Wind, und das Gebüsch bietet Schutz. Papa saß dort oft stundenlang und las."

Parr drehte sich langsam auf dem Absatz um und nahm jedes Detail der Ansicht auf. Dann nickte er.

„Ich glaube, ich habe alles gesehen."

Als sie zum Haus zurückgingen, kam er noch einmal auf das mitternächtliche Zettelankleben zurück, und zu Jacks Überraschung sagte er: „Das war der einzige falsche Schritt, den der Kreis bis jetzt gemacht hat, und ich glaube, daß es mehr ein Nachtrag war. Ich schwöre, das war nicht die ursprüngliche Absicht."

Er setzte sich auf die Terrassentreppe und blickte über die Landschaft. Jack konnte sich nicht helfen, aber er war noch nie einem Mann begegnet, der weniger Ausstrahlungskraft besaß als Parr. Seine geringe Körpergröße, seine Rundlichkeit, sein großes gemütliches Gesicht – das alles paßte so gar nicht in seine Vorstellung von einem scharfsinnigen Kriminalbeamten.

„Ich hab's", sagte Parr schließlich. „Meine erste Idee war richtig. Er kam, um von Ihnen das Geld zu erpressen, das Ihr Vater nicht gezahlt hatte. Auf dem Weg kam ihm diese neue Idee, auf die er in dem Nachtrag Bezug nimmt. Er plant einen großen Coup, so daß der Hinweis auf mich und Yale echt sein kann. Er will uns wirklich raushaben aus dem Spiel, obwohl – er müßte ja ein Dummkopf sein, wenn er nicht wüßte, daß die Erfüllung dieses Wunsches ziemlich unwahrscheinlich ist. Zeigen Sie mir noch mal den Zettel."

Jack brachte ihn, und der Inspektor legte ihn auf die Terrasse.

„Ja, ja, das ist in Eile geschrieben, wahrscheinlich im Auto, und anstelle des Zettels, den er ursprünglich im Sinn hatte." Er rieb sich ungeduldig das Kinn. „Wie sieht sein neuer Plan aus?"

Er sollte das gleich erfahren, denn der Butler kam herausgeeilt, um mitzuteilen, daß das Telefon in Jacks Arbeitszimmer bereits fünf Minuten lang klingele.

„Für Sie", Jack reichte den Hörer zum Inspektor.

Mr. Parr erkannte sofort Colonel Mortons Stimme.

„Kommen Sie sofort nach London, Parr; Sie müssen heute nachmittag zu einer Sitzung des Kabinetts."

Parr lächelte über das ganze Gesicht. „Ich werde Kabinettsmitglied", sagte er und lachte, wie Jack ihn noch niemals hatte lachen sehen.

34

Eine Regierung wird erpreßt

Als sie London erreichten, waren die Abendzeitungen bereits voll von der neuen Sensation.

Der Kreis hatte sich tatsächlich ein ehrgeiziges Programm vorgenommen.

Die Geschichte war laut einem offiziellen Kommuniqué an die Presse folgendermaßen:

An diesem Morgen hatte jedes Regierungsmitglied ein maschinegeschriebenes Schriftstück erhalten, das keine Adresse und keinen anderen Hinweis auf seine Herkunft enthielt als ein feuerroter Kreis, der auf jede Seite gedruckt war. Das Schriftstück lautete folgendermaßen:

Alle Bemühungen Ihrer Polizei, sowohl der offiziellen als auch der privaten, des genialen Mr. Derrick Yale und des angestrengt arbeitenden Chefinspektors Parr, konnten unsere Aktivitäten bisher nicht unter Kontrolle bringen. Das ganze Ausmaß unseres Erfolgs ist nicht bekannt. Es war unglücklicherweise unsere unangenehme Pflicht, eine bestimmte Zahl von Menschen aus dem Leben zu entfernen, nicht so sehr aus einem Geist der Rache heraus, sondern um anderen eine heilsame Warnung zu geben. So hatten wir erst heute morgen die traurige Pflicht, Mr. Samuel Heggitt, einen Anwalt, zu beseitigen, der vom verstorbenen Harvey Froyant für eine besondere Arbeit angestellt worden war, in deren Verlauf er unserer Identität unangenehm zu nahe kam. Zum Glück für die anderen Mitarbeiter seiner Firma hatte er diesen Auftrag persönlich erledigt. Seine Leiche ist neben dem Eisenbahngleis zwischen Brixton und Marsden zu finden.

Da die Polizei unser nicht habhaft werden kann und da wir vollkommen mit jenen übereinstimmen, die uns für die gefährlichste Bedrohung dieser Gesellschaft halten, sind wir übereingekommen, unsere Aktivitäten einzustellen unter der Bedingung, daß uns eine Million Pfund Sterling zur Verfügung gestellt wird. Auf welche Weise uns das Geld überbracht werden soll, wird später im Detail dargelegt. Zusammen damit muß uns ein Blankostraferlaß übermittelt werden, dessen wir uns bedienen können, wenn die Situation es erfordert oder unsere Identität entdeckt wird. Eine Weigerung, auf unsere Bedingungen einzugehen, wird unangenehme Folgen haben. Wir nennen im folgenden zwölf bedeutende Parlamentsmitglieder, die als Geiseln für die Erfüllung unseres Wunsches dienen müssen. Wenn am Ende der Woche die Regierung unseren Forderungen nicht zustimmt, wird einer dieser Herren beseitigt werden.“

Der erste, dem Parr bei seiner Ankunft in Whitehall begegnete, war Derrick Yale, und zum erstenmal sah der berühmte Detektiv besorgt aus.

„Ich hatte diese Entwicklung befürchtet“, sagte er, „und das merkwürdige ist, daß sie gerade in einem Augenblick eintrat, als ich glaubte, dem Hauptübeltäter die Hand auf die Schulter legen zu können.“ Er nahm Parrs Hand in die seine und führte ihn den dunklen Korridor entlang. „Das bringt mich um mein Angeltag.“

„Natürlich, heute ist der Tag, an dem Sie sterben! Aber vermutlich fallen Sie unter die allgemeine Amnestie, die der Kreis heute erlassen hat“, sagte Parr trocken, und sein Begleiter lachte.

„Bevor wir in die Sitzung gehen, möchte ich Ihnen sagen, daß ich bereit bin, mich uneingeschränkt zu Ihrer Verfügung zu halten. Sie sollten, glaube ich, wissen, daß es der Wunsch des Kabinetts ist, mir einen offiziellen Status zu geben und alle Untersuchungen unter meine Verantwortung zu stellen. Ich bin zu der Angelegenheit schon angehört worden, und ich habe ihnen eine glatte Absage gegeben. Ich bin überzeugt, daß Sie der beste Mann für diesen Job sind, und ich möchte unter keinem anderen Chef arbeiten.“

„Danke“, sagte Parr einfach, „vielleicht wird das Kabinett seine Meinung ändern.“

Die Kabinettssitzung fand im Büro des Ministers statt; alle Empfänger eines Schreibens vom Kreis waren von Anfang an anwesend, Außenstehende wurden erst später hinzugezogen.

Yale wurde zuerst hereingerufen, eine viertel Stunde später wurde der Inspektor aufgefordert.

Inspektor Parr kannte die meisten Vertreter der erlauchten Versammlung von Angesicht, und da er auf der Seite der Opposition stand, hatte er für keinen besonderen Respekt übrig. Er spürte Feindseligkeit, als er den Raum betrat, und das kühle Nicken, mit dem der weißbärtige Premierminister seine Verbeugung erwiderte, bestätigte seinen Eindruck.

„Mr. Parr", sagte der Premierminister eisig, „wir besprechen die Frage des Feuerroten Kreises, der, wie Sie einsehen müssen, ein nahezu nationales Problem geworden ist. Der gefährliche Charakter dieser infamen Vereinigung ist noch unterstrichen worden durch das Memorandun, das verschiedene Mitglieder des Kabinetts erhalten haben, worüber Sie, daran hege ich keinen Zweifel, in der Zeitung gelesen haben."

„Ja, Sir."

„Ich will Ihnen nicht verbergen, daß wir mit dem Verlauf Ihrer Untersuchungen außerordentlich unzufrieden sind. Obwohl Ihnen alle Möglichkeiten und Kompetenzen gewährt wurden, einschließlich ..." Er sah in ein Dokument vor sich, aber Parr unterbrach ihn.

„Ich hätte es nicht gern, Herr Premierminister, wenn Sie der Versammlung mitteilten, welche Kompetenzen oder besonderen Privilegien mir vom Innenminister gewährt wurden", sagte er mit fester Stimme.

Der Premierminister war verwundert.

„Gut, dann füge ich hinzu, daß Sie, obwohl Sie außergewöhnliche Privilegien und Gelegenheiten hatten, obwohl Sie sogar in einigen Fällen dabei waren, als die Verbrechen verübt wurden, es nicht geschafft haben, den Verbrecher vor Gericht zu bringen."

Der Inspektor nickte.

„Es war unsere ursprüngliche Absicht, die Angelegenheit Mr. Derrick Yale zu übergeben, der besonders erfolgreich war bei der Verfolgung zweier Mörder, ohne jedoch in der

Lage gewesen zu sein, den Hauptschuldigen festzunehmen. Mr. Yale nimmt aber den Auftrag nicht an, wenn Sie nicht die Leitung haben. Er hat freundlicherweise seine Bereitschaft ausgedrückt, unter Ihnen zu arbeiten, und mit diesem Verlauf sind wir einverstanden. Soviel ich weiß, liegt Ihr Rücktrittsgesuch bereits vor und ist formal akzeptiert. Die Annahme wird im Augenblick noch zurückgehalten. Denken Sie daran", der Premierminister beugte sich nach vorn und sprach mit großem Ernst und Nachdruck, „es ist absolut ausgeschlossen, daß wir den Forderungen des Kreises nachgeben: ein solcher Vorgang würde die Negierung jeglichen Gesetzes und die Rücknahme aller Autorität bedeuten. Wir verlassen uns darauf, daß jedem Mitglied der Regierung, das bedroht ist, von Ihnen der Schutz gewährt wird, auf den es als Bürger ein Anrecht hat. Ihre ganze Karriere steht auf dem Spiel."

Der Inspektor, solchermaßen entlassen, erhob sich langsam. „Wenn der Kreis Wort hält, garantiere ich, daß keinem Mitglied Ihrer Regierung in London ein Haar gekrümmt werden wird. Ob ich den Mann, der sich selbst als der Feuerrote Kreis beschreibt, fassen kann, bleibt abzuwarten."

„Ich nehme an", sagte der Premierminister, „es besteht kein Zweifel, daß der unglückliche Heggitt hier getötet worden ist."

Yale antwortete: „Nein, Sir; die Leiche wurde heute morgen gefunden. Mr. Heggitt, der in Marsden wohnt, fuhr gestern nacht mit dem Zug von London ab, und offensichtlich wurde das Verbrechen unterwegs begangen."

„Es ist entsetzlich, entsetzlich." Der Premierminister schüttelte den Kopf. „Eine Mordorgie sondergleichen, und wie es aussieht, sind wir noch nicht am Ende."

Als Yale und sein Begleiter Whitehall verließen, hatte sich eine große Menschenmenge versammelt, denn die Nachricht von einer Sitzung, auf der das neue und außergewöhnliche Problem, vor dem die Regierung stand, diskutiert werden sollte, war durchgesickert.

Yale, den man erkannte, galten Hochrufe, Inspektor Parr aber konnte zu seiner Erleichterung die Menge unbemerkt passieren.

Zweifellos war der Kreis die Sensation der Stunde. Einige

der Abendzeitungen trugen einen feuerroten Kreis als Imitation des berühmten Insigniums der Bande. Wo immer man sich traf, diskutierte man über die Möglichkeit des Kreises, seine Drohung zu verwirklichen. Thalia Drummond sah ihren Chef an, als er hereinkam. Die Abendzeitung lag vor ihr, und sie las, das Kinn auf die verschränkten Hände gestützt, jede Zeile, Wort für Wort.

Derrick bemerkte ihr Interesse und nahm auch ihre augenblickliche Verwirrung zur Kenntnis, mit der sie die Zeitung zusammenfaltete und weglegte.

„Nun, Miß Drummond, was halten Sie von der letzten Tat?"

„Kolossal, in mancher Hinsicht bewundernswert."

Er sah sie bedeutungsvoll an. „Ich muß gestehen, ich kann wenig Bewundernswertes sehen. Sie betrachten die Dinge aber ziemlich merkwürdig und verdreht."

„Warum nicht? Sie dürfen nicht vergessen, Mr. Yale, daß ich einen merkwürdigen, verdrehten Verstand habe."

Er hielt einen Moment inne an der Tür zu seinem Zimmer und sah sie lange und prüfend an, was sie, ohne die Augenlider zu bewegen, ertrug.

„Ich meine, Sie sollten dankbar sein, daß Mr. Johnson aus der Mildred Street nicht mehr Ihre interessanten Mitteilungen erhält."

Sie sagte nichts.

Er kam kurz darauf wieder heraus.

„Ich werde mein Büro wahrscheinlich im Polizeihauptquartier einrichten, und da ich einsehe, daß das nicht die Atmosphäre ist, in der Sie sich wohl fühlen, möchte ich Sie hier weiter meine üblichen Geschäfte führen lassen."

„Übernehmen Sie jetzt die Verantwortung, den Kreis zu fassen?"

„Nein, Inspektor Parr hat die Leitung, aber ich werde ihm helfen."

Er machte keine weiteren Bemerkungen über seine neue Aufgabe, und der Rest des Vormittags verging mit Routinearbeit. Er ging zum Mittagessen und sagte, er würde an dem Tag nicht mehr zurückkommen, dann gab er ihr noch Anweisungen betreffs der Briefe, die abgeschickt werden sollten.

Er war kaum gegangen, als auch schon das Telefon läutete, beim Klang der Stimme am anderen Ende ließ Thalia fast den Hörer fallen.

„Ja, ich bin es. Guten Morgen, Mr. Beardmore."

„Ist Yale da?"

„Er ist gerade weggegangen, und er kommt heute nicht mehr zurück. Wenn es etwas Wichtiges für ihn gibt, könnte ich ihn vielleicht finden", sagte sie und bemühte sich, ihrer Stimme Festigkeit zu verleihen.

„Ich weiß nicht, ob es wichtig ist oder nicht, aber ich habe die Papiere meines Vaters heute morgen durchgesehen, eine sehr unerfreuliche Sache, nebenbei bemerkt; ich habe ein ganzes Bündel gefunden, das sich auf Marl bezog."

„Auf Marl?" fragte sie gedehnt.

„Ja, offensichtlich wußte Vater eine Menge mehr über Marl, als wir ahnten. Er hat im Gefängnis gesessen. Wußten Sie das?"

„Ich hätte es mir denken können."

„Vater hat immer erst Nachforschungen über die Leute anstellen lassen, mit denen er Geschäfte machen wollte. Anscheinend gibt es viele Informationen über Marls früheres Leben, die eine französische Agentur gesammelt hat. Er scheint ein ziemlich übler Genosse gewesen zu sein, und ich wundere mich, daß der Alte Geschäfte mit ihm machte. Eine ganz merkwürdige Sache ist ein Briefumschlag mit der Aufschrift ‚Foto von der Exekution': Er ist von den Franzosen versiegelt worden, und der Alte hat ihn offensichtlich nicht geöffnet. Er haßte solche scheußlichen Dinge."

„Haben Sie ihn aufgemacht?" fragte sie hastig.

„Nein", antwortete er in einem überraschten Ton. „Warum fahren Sie mich so an?"

„Würden Sie mir einen Gefallen tun, Jack?"

Sie hatte ihn zum erstenmal bei seinem Vornamen genannt, und sie sah ihn richtig rot werden.

„Ja – natürlich, Thalia, ich würde alles für Sie tun", beteuerte er eifrig.

„Öffnen Sie den Umschlag nicht", sagte sie mit Nachdruck. „Heben Sie alle Sachen, die mit Marl zu tun haben, an einer sicheren Stelle auf. Wollen Sie mir das versprechen?"

„Ja, das verspreche ich. Eine merkwürdige Bitte!"
„Haben Sie schon jemandem davon erzählt?"
„Ich habe Inspektor Parr benachrichtigt."
Er hörte, wie sie ärgerlich etwas ausrief.
„Versprechen Sie mir, niemandem etwas davon zu sagen, vor allem nicht von dem Foto!"
„Natürlich, Thalia, ich schicke es Ihnen, wenn Sie wollen."
„Nein, nein, machen Sie das nicht", sagte sie und brach das Gespräch abrupt ab.
Einen Augenblick saß sie hastig atmend da, dann erhob sie sich, setzte ihren Hut auf, schloß das Büro ab und ging essen.

35

Thalia speist mit einem Kabinettsmitglied

Der Vierte des Monats war vergangen, und Derrick Yale lebte noch. Er machte dazu seine Bemerkung, als er in das von ihm und Inspektor Parr gemeinsam genutzte Büro kam. „Ich habe nur meine Angeltour versäumt."
Parr murrte.
„Es ist wohl besser, Sie haben einen Angeltag verloren, als daß wir Sie verloren hätten. Ich bin absolut sicher, daß Sie, hätten Sie diesen Ausflug gemacht, nicht mehr zurückgekehrt wären."
Yale lachte.
„Sie haben ein unglaubliches Vertrauen in den Kreis und seine Fähigkeit, gegebene Versprechen zu halten."
„Das habe ich – bis zu einem gewissen Grad", sagte der Inspektor, ohne von dem Brief aufzublicken, den er gerade schrieb.
„Ich habe gehört, Brabazon hat bei der Polizei eine Aussage gemacht", sagte Yale nach einer Pause.
„Ja, nicht sehr informativ, aber so eine Art Aussage war es schon. Er gab zu, daß er lange Zeit das Geld, das der Kreis von seinen Opfern erpreßte, eingetauscht hat, ohne sich je-

doch des Fakts bewußt zu sein. Er gab auch Einzelheiten darüber an, wie er dem Kreis beigetreten ist und danach wissentlich als Agent gearbeitet hat."

„Klagen Sie ihn wegen Mordes an Marl an?"

Parr schüttelte den Kopf.

„Wir haben nicht genügend Beweise dafür." Er löschte den Brief, faltete ihn und steckte ihn in einen Briefumschlag.

„Was haben Sie in Frankreich herausgefunden? Ich hatte noch keine Gelegenheit, mit Ihnen darüber zu sprechen."

Parr lehnte sich auf seinem Stuhl zurück, griff nach seiner Pfeife und zündete sie an, bevor er antwortete: „Etwa so viel, wie der arme Froyant herausgefunden hatte. Ich habe im großen und ganzen die gleiche Richtung in meinen Untersuchungen verfolgt wie er. Im wesentlichen ging es um Marl und dessen Untaten. Sie wissen, daß er Mitglied einer kriminellen Bande in Frankreich war und daß er und sein Kompagnon – Lightman hieß er wohl – zum Tode verurteilt worden waren. Lightman sollte sterben, aber die Henker hatten gepfuscht, und so wurde er nach Devil's Island oder Cayenne gebracht oder auf irgendeine andere französische Niederlassung, wo er schließlich starb."

„Er ist geflüchtet", sagte Yale leise.

„Ja, das ist er, der Teufel." Parr blickte auf. „Persönlich war ich gar nicht so an Lightman interessiert wie an Marl."

„Sprechen Sie Französisch?" fragte Yale plötzlich.

„Fließend", war die Antwort. „Warum fragen Sie?"

„Ich habe eigentlich keinen Grund, ich frage mich nur, wie Sie Ihre Nachforschungen bewerkstelligt haben."

„Ich spreche recht gut Französisch", sagte Parr und wollte das Thema wechseln.

„Und Lightman ist geflüchtet. Ich frage mich, wo er jetzt ist." Yales Stimme war weich.

„Mit dieser Frage habe ich mich niemals herumgequält." Es lag ein Anflug von Ungeduld in der Stimme des Inspektors.

„Sie sind anscheinend nicht der einzige, der sich für Marl interessiert. Ich habe auf Ihrem Schreibtisch eine Nachricht vom jungen Beardmore gesehen, die besagt, daß er einige Unterlagen entdeckt hat, die mit dem toten Felix zu tun haben. Sein Vater hatte auch Nachforschungen über ihn angestellt. Es war ja klar, daß James Beardmore das tun würde. Er war ein vorsichtiger Mann."

Er würde mit dem Polizeichef essen, erfuhr Parr, der sich keine Spur verletzt fühlte, weil er nicht eingeladen war. Er hatte in diesen Tagen sehr viel zu tun mit der Auswahl der Leute, die die Leibwache der Kabinettsmitglieder bilden sollten, und er konnte gut auf Verabredungen verzichten, die ihn sowieso langweilten.

Seine Gegenwart wäre ohnehin störend gewesen, denn Yale hatte dem Polizeichef etwas Wichtiges mitzuteilen, etwas, was Inspektor Parr besser nicht hören sollte. Es war ziemlich am Ende der Mahlzeit, als er seine Bombe platzen ließ und das mit solcher Wirkung, daß sich der Polizeichef auf seinen Stuhl zurückfallen ließ und nach Luft schnappte.

„Jemand im Polizeihauptquartier", sagte er ungläubig. „Also, das ist unmöglich, Mr. Yale."

„Ich würde nicht sagen, daß etwas unmöglich ist, Sir, aber scheint es Ihnen nicht auch so, daß alle Anzeichen darauf hinweisen? Allen unseren Bemühungen, den Kreis unschädlich zu machen, wird gewissermaßen vorneweggegriffen. Jemand, der Zugang zu der Zelle Siblys hatte, hat ihn getötet. Wer, wenn nicht jemand, der vom Hauptquartier autorisiert war. Nehmen Sie den Fall Froyant: Es waren eine Reihe Detektive um das Haus und drinnen verteilt, es konnte doch niemand herein oder heraus."

Der Polizeichef hatte sich jetzt beruhigt.

„Wollen wir es ganz klar sagen, verdächtigen Sie Parr?"

Derrick Yale lachte und schüttelte den Kopf. „Nun, natürlich nicht. Ich kann mir nicht vorstellen, daß Parr auch nur einen einzigen verbrecherischen Gedanken hegen könnte. Wenn man aber das Problem bis zum Ende denkt", er lehnte sich über den Tisch und sprach mit leiserer Stimme, „und man jedes Detail und Verbrechen betrachtet, das der Kreis begangen hat, dann kann man folgende auffallende Tatsache nicht übersehen: Derjenige, der sich die ganze Zeit im Hintergrund hielt, war jemand mit allen Vollmachten."

„Parr?"

Yale biß sich gedankenvoll auf die Unterlippe. „Ich will nicht an Parr denken. Ich würde eher denken, daß er das Opfer eines Untergebenen ist, dem er vertraut. Daß Sie mich recht verstehen, ich würde nicht zögern, Parr zu verdächtigen, wenn mich meine Untersuchungsergebnisse in die Richtung führen würden. Ich würde selbst Sie nicht vom Verdacht freisprechen, Sir, wenn Sie mir Anlaß dazu gäben."

Dem Polizeichef wurde es unbehaglich zumute.

„Ich kann Ihnen versichern, daß ich absolut nichts über den Kreis weiß", sagte er barsch, lachte dann jedoch, als er sich der Absurdität seines Protestes bewußt wurde.

„Wer ist denn das Mädchen dort drüben?" Er wies auf ein Paar, das in einer Ecke des großen Restaurants speiste. „Sie sieht dauernd zu Ihnen her."

„Dieses Mädchen ist eine junge Dame namens Thalia Drummond, und ihr Begleiter ist, wenn ich mich nicht sehr irre, der ehrenwerte Raphael Willings, ein Mitglied der Regierung, einer, der eine Drohung vom Kreis erhalten hat."

„Thalia Drummond? Ist das nicht die junge Person, die vor nicht langer Zeit einige Schwierigkeiten hatte? Sie war doch Froyants Sekretärin?"

Der andere nickte.

„Sie ist mir ein Rätsel. Und das größte Geheimnis – das sind ihre Nerven. Genau in diesem Augenblick sollte sie eigentlich in meinem Büro sitzen, Telefongespräche entgegennehmen und die Post bearbeiten, die möglicherweise eintrifft."

„Ach, Sie lassen sie für sich arbeiten?" fragte der erstaunte Polizeichef, und dann mit einem kleinen Lächeln: „Ich finde auch, sie muß Nerven haben, aber wie kommt ein solches Mädchen dazu, mit Mr. Willings bekannt zu sein?"

Hierauf eine Antwort zu geben, war Derrick Yale nicht vorbereitet. Er saß immer noch mit dem Polizeichef zusammen, als er das Mädchen aufstehen und, von ihrem Begleiter gefolgt, den Raum durchschreiten sah. Sie kam auch an seinem Tisch vorbei, und sie begegnete seinen fragenden Augen mit einem Lächeln und einem leichten Nicken. Über ihre Schultern hinweg machte sie eine Bemerkung zu dem Mann hinter ihr, einem Mann in mittleren Jahren.

„Was sagen Sie dazu?"

„Ich denke, Sie sollten der jungen Dame ein paar Worte sagen“, war der einzige Kommentar des Polizeichefs.

Yale war selten konventionell, weder in seiner Sprache noch in seinem Verhalten, aber diesmal sah er keine andere Möglichkeit, als auf konventionelle Weise mit der peinlichen Situation fertig zu werden.

Das Mädchen war ein paar Minuten vor ihm im Büro eingetroffen.

„Einen Augenblick, Miß Drummond. Ich habe mit Ihnen zu reden, bevor Sie Ihre Arbeit fortsetzen. Warum haben Sie das Büro zur Mittagszeit verlassen? Ich hatte Sie doch ausdrücklich gebeten hierzubleiben.“

„Und Mr. Willings hatte mich ausdrücklich gebeten, mit ihm essen zu gehen.“ Thalia lächelte unschuldig. „Und da er der Regierung angehört, bin ich mir sicher, Sie hätten es nicht gern gesehen, wenn ich abgelehnt hätte.“

„Woher kennen Sie Mr. Willings?“

Sie musterte ihn von Kopf bis Fuß mit jenem kühlen, anmaßenden Blick, der ihr eigen war. „Es gibt viele Möglichkeiten, Männer kennenzulernen. Man kann eine Heiratsannonce aufgeben, oder man begegnet ihnen im Park, oder man wird ihnen vorgestellt. Ich wurde Mr. Willings vorgestellt.“

„Wann?“

„Heute nacht, gegen zwei Uhr. Ich gehe manchmal in den Merros Club tanzen. Das ist eine Form der Entspannung, die man in meinem Alter pflegt. Dort haben wir uns kennengelernt.“

Er nahm etwas Geld aus seiner Anzugtasche und legte es auf den Tisch.

„Das ist Ihr Wochenlohn, Miß Drummond. Ich brauche Ihre Dienste nach diesem Nachmittag nicht mehr.“

Sie zog ihre Augenbrauen hoch.

„Wollten Sie mich nicht umerziehen?“ fragte sie ihn so ernst, daß er verblüfft war. Dann lachte er.

„Sie lassen sich nicht umerziehen. Vieles verzeihe ich, und wenn die Kasse einen erheblichen Fehlbetrag aufgewiesen hätte, ich hätte darüber hinwegsehen können. Aber ich erlaube Ihnen nicht, mein Büro zu verlassen, wenn ich Ihnen ausdrücklich auftrage hierzubleiben.“

Sie nahm das Geld und zählte es.

„Stimmt genau“, spottete sie. „Sie müssen ein Schotte sein, Mr. Yale.“

„Es gibt nur eine Möglichkeit, Sie zu ändern, Thalia Drummond.“

Seine Stimme war jetzt sehr ernst, und er schien Schwierigkeiten zu haben, die rechten Worte zu finden.

„Und wie, bitte schön?“

„Wenn ein Mann Sie heiratet. Ich wäre fast geneigt, das Experiment zu wagen.“

Sie saß auf der Schreibtischkante und schaukelte, dabei leise lächelnd.

„Sehr spaßig. Jetzt sehe ich, daß Sie es ernst meinen mit dem Umerziehen.“ Sie war jetzt ganz Würde. „Gestehen Sie, Mr. Yale, daß Sie mich nur als Experiment betrachten und daß sie nicht mehr Zuneigung für mich empfinden als ich für diese altersschwache Schmeißfliege, die die Wand da hochkriecht.“

„Ich liebe Sie nicht, wenn Sie das meinen.“

„So etwas in der Art habe ich gemeint. Nein, alles in allem denke ich, ich nehme lieber die Entlassung und meinen Wochenlohn an und danke Ihnen für die Gelegenheit, so einen Genius kennengelernt und ihm gedient zu haben.“

Er beendete das Gespräch, als ob er einen geschäftlichen Vorschlag unterbreitet hätte, der abgelehnt worden war. Er sagte noch etwas von einem Empfehlungsschreiben, und damit war die Sache für ihn abgeschlossen. Er ging in sein Büro und tat ihr nicht einmal die Ehre, die Tür hinter sich zuzuschlagen.

Dennoch nahm Thalia die Entlassung sehr ernst. Sie konnte zweierlei bedeuten. Entweder verdächtigte Yale sie ernsthaft – und das war die schlimmere Variante –, oder ihre Entlassung war nur ein Trick, Teil eines komplexeren Plans, ihre Missetaten ans Licht zu bringen.

Auf ihrem Weg nach Hause erinnerte sie sich an die Bemerkung über Johnson in der Mildred Street. Es könnte etwas mehr dahinterstecken als die Tatsache, daß er von ihrer Verbindung zum Kreis wußte, und er wollte, daß sie das erfuhr.

In ihrer Wohnung wartete ein Brief auf sie – wie auch schon den Abend zuvor. Der wachende Geist des Kreises war ein emsiger Briefeschreiber, jedenfalls was sie anbetraf. In der Abgeschlossenheit ihrer Wohnung riß sie den Umschlag auf.

Sie haben es gut gemacht. Sie haben meine Anweisungen genau ausgeführt. Ihre Begegnung mit Willings lief gut, und es gab keinerlei Schwierigkeiten, wie ich Ihnen versprochen hatte. Ich möchte, daß Sie diesen Mann genau kennenlernen und seine kleinen Schwächen herausfinden. Vor allem sollen Sie ermitteln, welche Haltung er und das Kabinett zu meinem Vorschlag haben. Das Kleid, das Sie heute zum Essen trugen, war nicht gut genug. Scheuen Sie keine Ausgaben, was Ihre Garderobe anbelangt. Derrick Yale entläßt Sie heute nachmittag, aber das braucht Sie nicht zu beunruhigen, denn es besteht keine Notwendigkeit mehr für Sie, weiter in seinem Büro zu arbeiten. Sie dinieren heute abend mit Willings. Er ist besonders empfänglich für weiblichen Charme. Richten Sie es so ein, daß er Sie in sein Haus einlädt. Er hat eine Sammlung alter Schwerter, auf die er sehr stolz ist. Sie werden herausfinden können, wie sein Haus angelegt ist.

Sie sah in den Briefumschlag hinein und fand zwei zerknitterte Einhundertpfundnoten, und als sie sie in ihre kleine Handtasche legte, machte sie ein sehr ernstes Gesicht.

36

Der Kreis trifft sich

Mr. Raphael Willings war ein Produkt seiner Zeit. Obwohl er erst Anfang Vierzig war, hatte er sich allein kraft seiner Persönlichkeit auf die Kabinettsebene hochgekämpft. Ihn als einen beliebten Minister zu bezeichnen würde heißen die Wahrheit zu weit zu beugen. Er war weder bei seinen Kollegen noch im Lande beliebt, das ihm, wiewohl es seine bemerkenswerten Fähigkeiten anerkannte und ihn für den größten Redner im Parlament hielt, dennoch mißtraute. Er hatte seine Unaufrichtigkeit so oft unter Beweis gestellt, daß es erstaunlich war, wie er die Position, die er innehatte, erreichen konnte.

Aber er hatte eine Reihe von Gefolgsleuten, Männer, die unerschütterlich in ihrem Glauben waren und die auf einen Fingerzeig von Willings zuverlässig abstimmten, und die Regierungsmehrheit war zu schwach, als daß sie riskieren könnte, die Willings-Fraktion auszuschließen.

Bei seinen Kollegen hatte er einen schlechten Ruf. Es ist nicht nötig, die näheren Umstände, die zu diesem Ruf führten, darzulegen, aber es war allgemein bekannt, daß er um Haaresbreite drum herumgekommen war, in einer widerwärtigen Scheidungsaffäre vorgeladen zu werden. Er war so unbeliebt, daß sowohl der Merros Club als auch ein schicker Nachtklub, dessen Mitglied und Stammgast er war, zweimal von einer Polizeirazzia in der Hoffnung heimgesucht wurden, den allzu leichtfertigen Politiker in kompromittierenden Umständen zu überraschen. Die Razzia war von der Frau eines seiner Kollegen geplant worden. Daß Willings letzterer Umstand nicht entgangen war, zeigte sich, als die in seinem Besitz befindliche Zeitung den unglücklichen Ehemann dieser Dame mit derart scharfen Worten angriff, daß sich der Minister aus dem öffentlichen Leben zurückziehen mußte.

Ein gutgebauter Mann mit Neigung zur Rundlichkeit, schon etwas Glatze, konnte man ihm doch einen gewissen Charme nicht absprechen.

Er bildete sich ein, das Zusammentreffen mit Thalia Drummond selbst geschickt gesteuert zu haben. Er wäre entsetzt gewesen, hätte er erfahren, daß die Dame, die ihn vorgestellt hatte, an dem betreffenden Morgen vom Kreis die Anweisung erhalten hatte, die beiden miteinander bekannt zu machen. Der Kreis hatte seine Agenten in allen Bereichen und Schichten des Lebens. Unter den hundert, die dem Ruf des Kreises folgten, waren Buchhalter, ein Arzt, drei Hotelchefs und mindestens ein Eisenbahndirektor. Sie wurden gut bezahlt, obgleich ihre Pflichten nicht sonderlich schwierig waren. Manchmal hatten sie, wie in diesem Fall, nicht mehr zu tun, als zwei Leute miteinander bekannt zu machen, die der Kreis dazu bestimmt hatte, einander zu begegnen. Aber in jedem Fall kamen die Anweisungen auf dieselbe Weise.

Die Organisation dieser großen Streitmacht war ungewöhnlich perfekt. Auf unheimliche Weise hatte der Chef des Kreises Not und Unglück aufgespürt, fast in demselben Augenblick, da sich die Heimgesuchten ihrer unglücklichen Umstände selbst erst bewußt wurden. Einer nach dem anderen waren sie hineingezogen worden, jeder in Unkenntnis der Identität des anderen und gänzlich ahnungslos im Hinblick auf die Identität ihres Herrn. Er war an merkwürdigen Orten und unter seltsamen Umständen zu ihnen gekommen. Jeder hatte seine eigene Aufgabe zu erfüllen, und im allgemeinen war die Rolle, die die untergeordneten Mitglieder zu spielen hatten, lächerlich einfach und unwichtig. Einige Mitglieder des Kreises hatten aus Angst Aussagen bei der Polizei gemacht, wodurch man Kenntnis davon hatte, von welcher Art die Aufträge waren, die der geheimnisvolle Mann erteilte.

Aus Angst vor den tragischen Folgen von Untreue blieben die meisten Leute des Kreises ihrem unbekannten Chef gegenüber loyal. Ein vielsagender Beweis für das Funktionieren seines Spionagesystems wurde an dem Tag erbracht, als er alle Mitglieder zu dem einzigen Treffen, das je stattfand, zusammenrief – es war an dem Tag, an dem Derrick Yale mit dem Polizeichef zu Mittag gegessen hatte – und er ihnen ausdrückliche Anweisungen hinsichtlich der zu tragenden Kleidung gegeben und ihnen Mittel und Wege genannt hatte, wie sie es vermeiden sollten, von ihren „Kollegen" erkannt zu werden. Nur die Schwankenden und Unzufriedenen hatte er ausgelassen, so als hätten ihre Gedanken klar leserlich vor ihm gelegen.

Für Thalia Drummond wird dieses Treffen stets die lebendigste und klarste Erinnerung an ihre Zeit beim Kreis bleiben.

Die Stadt hat viele alte Kirchen, aber keine ist älter als die St. Agnes Church auf dem Powder Hill. Sie war dem Großen Feuer entgangen, um dann von der betriebsamen Stadt erdrückt zu werden, die sich um sie herum ausbreitete. Sie war so dicht von großen Lagerhäusern umgeben, daß ihr gedrungener Kirchturm nicht mehr am Himmel zu sehen war. Ihre Gemeinde konnte man an einer Hand abzählen, obwohl sie einen Pastor unterhielt, der jede Woche pünktlich seine Predigt vor einer Gemeinde hielt, die praktisch fürs Zuhören bezahlt wurde. Einstmals hatte ein Kirchhof die Kirche umgeben, auf dem die Gebeine der Gläubigen zur ewigen Ruhe bestattet waren, aber die habgierige Stadt, die sich über soviel ungenutztes Bauland ärgerte, verabschiedete Gesetze, die es erlaubten, die Gebeine an einen passenderen Ort zu bringen und die Stätte einstmaliger Familiengruften mit Bürogebäuden zu übersäen.

Der Eingang zur Kirche ging von einer Allee aus, die von einem Seitenweg abzweigte, und die Gestalten, die auf dem unbeleuchteten Weg entlangschlichen, schienen sich durch die fast unsichtbaren Türen hindurch in einem Dunkel aufzulösen, das noch tiefer als die Nacht war.

Jedes Mitglied des Kreises hatte klare und eindeutige Aufträge erhalten, die bis auf die Minute genau die Ankunft festlegte, so daß niemals zwei zusammen kamen. Wie er an die Kirchenschlüssel gekommen war, welches sorgfältige Planungsmanöver er vollbracht haben mußte, um das Treffen und die Auflösung genau zwischen zwei Patrouillen der Stadtpolizei zu arrangieren, das konnte Thalia Drummond nur ahnen.

Sie erreichte die Allee pünktlich, ging die zwei Stufen zu einer Tür, die sich öffnete, als sie ankam, und sofort wieder schloß, als sie in der Halle war. Es war kein Licht mit Ausnahme des schwachen Lichts, das die Nacht durch die farbigen Glasfenster warf.

„Gehen Sie geradeaus weiter“, flüsterte eine Stimme. „Gehen Sie ans Ende der zweiten Reihe rechts.“

Es waren andere Leute in der Kirche. Sie konnte sie knapp erkennen, zwei in einer Bank, eine schweigende, gespensterhafte Gemeinde, keiner sprach mit dem anderen. In dem Augenblick kam der Mann, der sie eingelassen hatte, in die Kirche und ging vor die Altarbrüstung. Bei den ersten Worten wußte sie, daß die Diener des Kreises die Anwesenheit ihres Meisters erlebten. Seine Stimme klang tief und dumpf. Sie vermutete, er trug den Schleier, den er das erstemal über seinem Kopf hatte, als sie ihn traf.

„Meine Freunde“, sagte er, und sie hörte jedes Wort, „die Zeit ist gekommen, da sich unsere Gesellschaft auflösen muß. Sie haben mein Angebot in der Presse gelesen; und Sie haben daran insofern Anteil, als ich beabsichtige, mindestens zwanzig Prozent des Geldes, das die Regierung mir am Ende doch geben muß, an die zu verteilen, die mir gedient haben. Sollte jemand hier sein, der befürchtet, wir könnten unterbrochen werden, dann lassen Sie mich Ihnen versichern, daß es in der nächsten viertel Stunde keine Patrouille geben wird und daß es ganz unmöglich ist, meine Stimme außerhalb der Kirche zu vernehmen."

Er hob seine Stimme ein wenig, und sie hatte einen härteren Klang angenommen, als er fortfuhr: „Und jenen, die vielleicht Verrat in ihren Herzen tragen und sich denken, daß eine breit bekanntgegebene Versammlung mein Verderben bedeuten könnte, sei gesagt, daß es unmöglich ist, mich in dieser Nacht zu fassen. Ladys und Gentlemen, ich will Ihnen nicht verheimlichen, daß wir in ziemlicher Gefahr sind. Zweimal sind Fakten, die es der Polizei ermöglichen, mich zu identifizieren, fast bekannt geworden. Mir auf der Spur sind Derrick Yale, der mir zugegebenermaßen Angst einflößt, und Inspektor Parr" – er machte eine Pause – „der nicht zu unterschätzen ist. In diesem außerordentlichen Augenblick schrecke ich nicht davor zurück, jeden von Ihnen zu größtem Einsatz aufzufordern. Morgen wird jeder Arbeitsanweisungen bekommen, die so detailliert sind, daß es unmöglich ist, auch nur eine der Forderungen zu mißverstehen. Denken Sie daran, daß Sie genauso in Gefahr sind wie ich. Und", sagte er mit sanfter Stimme, „Ihre Belohnung wird entsprechend groß sein. Verlassen Sie jetzt die Kirche einer nach dem anderen in einem Abstand von dreißig Sekunden, die ersten zwei rechts machen den Anfang, gefolgt von den ersten zwei links. Los!"

In Abständen glitten diese dunklen Gestalten durch das Kirchenschiff und verschwanden durch die Tür links der Kanzel.

Der Mann an der Altarbrüstung wartete, bis die Kirche leer war, dann ging auch er. Er schloß die Außentür ab und steckte den Schlüssel in seine Tasche. Die Kirchturmuhr schlug die halbe Stunde, als er ein Taxi rief und in Richtung Westen fuhr.

Thalia war ihm eine viertel Stunde voraus. In dem Taxi, das sie in die gleiche Richtung brachte, vollbrachte sie eine blitzschnelle Veränderung ihrer Erscheinung. Der alte schwarze Regenmantel, der bis zum Hals geschlossen war, und der mit einem schwarzen Schleier verhangene Hut wurden abgenommen, zum Vorschein kam ein Gewand aus feinster Seide, das ein Abendkleid umhüllte, das selbst ihren offensichtlich sehr anspruchsvollen Meister zufriedenstellen würde.

Sie nahm ihren Hut ab und richtete das Haar, so gut es ging. Als sie die Stufen des gleißenden Eingangs zum Merros Club hinabstieg und dem Diener ihren kleinen Aktenkoffer überreichte, bot sie ein Bild strahlender Lieblichkeit.

Das fand auch Beardmore. Er aß mit einigen Freunden entgegen seinem eigentlichen Wunsch dort zu Abend, er haßte das Nachtleben. Eifersüchtig schickte er einen finsteren Blick auf ihre heitere Begleitung.

„Wer ist das?"

Jacks Begleiter blickte träge hinüber.

„Die Dame kenne ich nicht, aber der Mann ist Raphael Willings. Er ist ein hohes Tier in der Regierung."

Thalia hatte den jungen Mann gesehen, bevor er sie wahrgenommen hatte, und sie seufzte innerlich. Die Hälfte von dem, was ihr Gastgeber sagte, entging ihr, ihre Gedanken waren von ganz anderen Dingen gefesselt, und erst als eine vertraute Wendung ihr Ohr erreichte, richtete sie ihr Interesse auf den Minister.

„Antike Schwerter", sagte sie plötzlich. „Man hat mir gesagt, Sie sollen eine wunderbare Sammlung besitzen, Mr. Willings."

„Interessieren Sie sich dafür?"

„Ein wenig, eigentlich ziemlich stark", sagte sie ungeschickt, es war nicht Thalias Art, um eine Antwort verlegen zu sein.

„Dürfte ich Sie einmal zum Tee einladen, so daß Sie sie sich ansehen können? Man trifft nicht oft Frauen, die sich für solche Dinge interessieren. Sagen wir morgen?"

„Nicht morgen", entgegnete Thalia hastig. „Vielleicht übermorgen." Er traf die Verabredung und tat so, als schriebe er sie sich auf die Manschette.

Sie sah Jack aus dem Klub gehen, ohne einen Blick in ihre Richtung getan zu haben, und sie fühlte sich unsinnigerweise elend. Sie wollte so gern mit ihm sprechen und hatte gebetet, daß er an ihren Tisch kommen möge.

Mr. Willings bestand darauf, sie in seinem Auto nach Hause zu bringen, sie verabschiedete sich mit einem Seufzer der Erleichterung.

Er paßte einfach nicht zu ihrer Stimmung an dem Abend.

Ihre Wohnung hatte einen kleinen Vorgarten. Sie hatte ihren Verehrer (er hatte aus ihrer Beziehung kein Geheimnis gemacht) auf der Straße verabschiedet. Sie hatte noch ein paar Schritte bis zu einem der zwei Eingänge zu gehen. Schon als sie ihren Begleiter fortgeschickt hatte, hatte sie bemerkt, daß ein Mann in dem dunklen Vorgarten auf sie wartete. Sie blieb auf dem Bürgersteig stehen, bis Willings' Auto fort war, dann ging sie langsam zu dem Mann. Er sprach einen Augenblick halblaut zu ihr, sie erwiderte in demselben Ton.

Das Gespräch war sehr kurz. Der Mann ging ohne ein Zeichen oder ein Wort des Abschieds, während sie sich in ihre Wohnung begab.

Obwohl der Mann es nicht zu erkennen gab, wußte er, daß er verfolgt wurde. Er hatte in den zehn Minuten, die er warten mußte, die heimliche Gestalt in dem Torweg eines geschlossenen Ladens gegenüber den Wohnungen wahrgenommen. Anscheinend hatte er jetzt vergessen, daß jemand hinter ihm lief. Jemand, den er kannte, würde ihn gleich überholen und ihm ins Gesicht sehen. Er bog in eine seitliche Durchfahrt ein, wo nur wenige Lampen in großen Abständen standen. Außerdem verlangsamte er seinen Schritt. In dem Moment überholte ihn der Spion, der eine Stelle im Lichtkreis der Lampe gewählt hatte. Er hatte seinen Kopf gebeugt, um dem Mann ins Gesicht zu blicken, als sich das Opfer plötzlich umdrehte und ihn ansprang. Der Verfolger war durch diesen Überraschungsangriff überwältigt; noch bevor er schreien konnte, spürte er einen eisernen Griff um seinen Hals und wurde halb bewußtlos auf den Bürgersteig geschleudert. Von irgendwoher erschienen plötzlich drei Männer, die sich auf den niedergestreckten Mann stürzten und ihn hochzogen.

Er stierte, benommen und schwankend, schließlich fiel

sein Blick auf den Mann, auf den er angesetzt war.

„Mein Gott!“ stieß er keuchend hervor. „Ich kenne Sie!“

Der andere lächelte.

„Sie werden von Ihrem Wissen niemals Gebrauch machen können“, sagte er.

37

„Wir sehen uns morgen – wenn Sie dann noch leben“

Jack Beardmore ging voller Wut und mit kummervollem Herzen nach Hause. Er war besessen von Thalia Drummond, und dennoch hatte er allen Grund, das Schlimmste von ihr zu glauben. Er war ein Narr, ein dreifach verdammter Narr, sagte er zu sich selbst, während er die Bibliothek durchmaß, die Hände in den Taschen vergraben, sein schönes Gesicht düster vor Verzweiflung. In diesem Augenblick fühlte er ein Verlangen, sie zu verletzen, sie zu strafen, wie sie ihn unbewußt gestraft hatte. Er warf sich in einen Sessel und saß dort eine Stunde lang, seine Gedanken auf den altbekannten, ausgetretenen Pfaden.

Er stand auf voller Überdruß, dann öffnete er einen Safe und nahm ein Bündel Schriftstücke heraus, das er auf den Tisch schleuderte. Dieser an seinen Vater adressierte Umschlag, versiegelt und noch nicht geöffnet, interessierte ihn am meisten, und er spürte ein kindisches Verlangen, ihn zu öffnen, nur um Thalia zu treffen.

Warum wollte sie unbedingt, daß er das Foto, das darin war, nicht sah? Interessierte sie sich so sehr für Marl? Mit Groll im Herzen dachte er daran, daß sie den Abend mit ihm verbracht hatte, an dem dieser Mann auf so mysteriöse Weise gestorben war. Er erhob sich, sammelte die Papiere ein und brachte sie in sein Schlafzimmer. Er war so müde, daß er keine Neugier verspürte, das Geheimnis, das dem Foto von der Exekution anhaftete, zu ergründen. Es schauderte ihn bei dem Gedanken an den gräßlichen Inhalt. Er warf das Päckchen in die Frisierkommode, das Gesicht zu einer Grimasse verzogen, und zog sich langsam aus.

Er erwartete eine schlaflose Nacht; seine Gefühle und sein Seelenzustand würden einen solchen Abschluß des Tages geradezu herausfordern, aber seine Jugend, brachten sie auch Qualen mit sich, setzte sich doch durch. Er hatte sich kaum hingelegt, als er auch schon eingeschlafen war. Er träumte. Er träumte von Thalia. Sie befand sich in der Macht eines Ungeheuers, das Inspektor Parr auffallend ähnlich war. Er träumte von Marl, einer grotesken, erschreckenden Gestalt, die er mit Parrs Großmutter in Verbindung brachte – der „Mutter", vor der er solche Ehrfurcht hatte.

Wach wurde er durch die Reflexion eines Lichtstrahls im Spiegel der Frisierkommode. Das Licht war bereits wieder aus, als er sich aufrichtete, aber obwohl er noch im Halbschlaf war, war er sicher, daß etwas aufgeleuchtet hatte – und es war nicht die Jahreszeit für Gewitterblitze.

„Wer ist da?" Er langte nach der Lampe. Aber sie war fort. Jemand hatte sie weggestellt. Jetzt verstand er, und in Sekundenschnelle war er aus dem Bett.

Er vernahm eine Bewegung in Richtung Tür. Er lief dorthin und bekam jemanden zu fassen, jemanden, der sich wand und sträubte, er ließ los. Es war eine Frau – sein Instinkt sagte ihm: Thalia Drummond. Langsam tastete er nach dem Lichtschalter, das Zimmer war hell erleuchtet.

Es war Thalia – leichenblaß und zitternd. Sie verbarg etwas hinter ihrem Rücken. Seinem schmerzerfüllten Blick begegnete sie in einer tragisch anmutenden Trotzhaltung.

„Thalia!" stöhnte er und setzte sich.

Thalia in seinem Zimmer! Was hatte sie gemacht?

„Warum sind sie hergekommen?" fragte er mit bebender Stimme, „und was verbergen Sie?"

„Warum haben Sie diese Papiere in Ihr Zimmer gebracht?" fragte sie heftig. „Wenn Sie sie in Ihrem Safe gelassen hätten – oh, warum haben Sie sie nicht in ihrem Safe gelassen?"

Jetzt sah er, daß sie das versiegelte Päckchen mit dem Foto von der Exekution in der Hand hielt.

„Aber – aber, Thalia", stammelte er, „ich verstehe Sie nicht. Warum haben Sie mir nicht gesagt …"

„Ich habe Ihnen gesagt, sich das Foto nicht anzusehen. Nicht im Traum wäre mir eingefallen, daß Sie es hierherbringen würden. Sie waren heute nacht hier und haben danach gesucht."

Sie war ganz außer Atem, den Tränen nahe, die nicht nur Tränen des Zorns waren.

„Heute nacht hier?" sagte er langsam. „Wer?"

„Der Kreis. Die wußten, daß Sie das Foto hatten, und durchsuchten Ihre Bibliothek. Ich war hier, als sie kamen, und ich betete – betete", sie rang ihre Hände, und er sah den Ausdruck von Schmerz auf ihrem Gesicht. „Ich betete, daß sie es finden würden, aber nun werden sie denken, daß Sie das Foto gesehen haben. Ach, warum haben Sie das getan?"

Er griff nach seinem Morgenmantel, als er seine etwas dürftige Kleidung gewahr wurde. Dann fühlte er sich sicherer.

„Ich verstehe immer noch kein Wort. Das einzige, was ich verstehe, ist, daß in mein Haus eingebrochen ist. Würden Sie bitte mitkommen?"

Sie folgte ihm hinunter in die Bibliothek. Sie hatte die Wahrheit gesagt. Die Tür zum Safe hing schief in den Angeln. Ein Loch war in der Klappe, und sie stand offen. Der Inhalt des Safes lag auf dem Fußboden. Die Fächer seines Schreibtisches waren aufgebrochen, und offenkundig war auch zwischen den Papieren auf dem Schreibtisch gesucht worden. Selbst der Papierkorb war umgestülpt und durchsucht worden.

„Ich kann das nicht verstehen", murmelte er, während er die schweren Vorhänge vor die Fenster zog.

„Sie werden es besser verstehen, obwohl ich hoffe, Sie werden nicht zu gut verstehen. Jetzt nehmen Sie bitte ein Stück Papier und schreiben Sie, was ich diktiere."

„An wen soll ich schreiben?" fragte er überrascht.

„Inspektor Parr, sagen wir: *Lieber Inspektor. – Hier ist das Foto, das mein Vater; einen Tag bevor er starb, erhalten hatte. Ich habe den Brief nicht geöffnet, aber vielleicht interessiert es Sie.*"

Demütig schrieb er, was sie ihm auftrug, und unterzeichnete den Brief, den sie zusammen mit dem Foto in einen großen Umschlag legte.

„Und jetzt adressieren Sie ihn und schreiben Sie in die linke obere Ecke ‚Von Jack Beardmore' und setzen sie daneben ‚Foto, sehr dringend‘.“ Mit dem Umschlag in der Hand ging sie zur Tür.

„Wir sehen uns morgen, Mr. Beardmore, wenn Sie dann noch leben.“

Er hätte gelacht, aber in ihrem verzerrten Gesicht, auf ihren zitternden Lippen nahm er eine Botschaft wahr, die ihm das Lachen verbot.

38

Die Verhaftung Thalias

Sieben Tage waren seit dem Kabinettstreffen vergangen, und weit davon entfernt, den Bedingungen des Kreises zuzustimmen, hatte die Regierung in absolut unmißverständlichen Worten bekanntgegeben, daß sie es ablehnte, mit dem Kreis oder seinen Vertretern zu verhandeln.

An diesem Nachmittag bereitete sich Mr. Raphael Willings auf einen Besucher vor. Sein Haus in Onslow Gardens gehörte zu den Sehenswürdigkeiten des Landes. Seine Sammlung von antiken Schilden und Schwertern, seine unbezahlbaren Intaglien sowie seine seltenen Drucke waren ohnegleichen auf der Welt. Aber er dachte während seiner Vorbereitungen nicht an das antiquarische Interesse seines Besuchs, und das vertraute Dokument, das ihm in die Hände gekommen war und Andeutungen über Thalia Drummonds Charakter enthielt, regte ihn mehr an, als daß es ihn abschreckte.

Eine Diebin mochte sie ruhig sein – nun ja, sie konnte ruhig irgendein Schwert aus der Waffensammlung, einen Druck von der Wand, das seltenste Intaglio aus seinen Schaukästen nehmen, solange sie sich nur angenehm und wohlgefällig verhielt.

Thalia Drummond wurde von einem fremdartig aussehenden Bedienten eingelassen, und sie erinnerte sich, daß Willings nur italienische Dienstboten im Haus hatte.

Sie besah sich das Zimmer, in das sie geleitet wurde, mit großer Umsicht. Die Fenster standen offen, worüber sie sehr überrascht war. Sie hatte einen kleinen Tête-à-tête-Teetisch erwartet. Der fehlte. Allerdings befand sich in diesem Raum der erlesenste Teil seiner Sammlung, wie sie auf den ersten Blick sehen konnte.

Willings kam ein paar Sekunden später und begrüßte sie herzlich. „Essen, trinken und fröhlich sein, denn morgen sterben wir; vielleicht schon heute“, sagte er melodramatisch. „Haben Sie schon das Neueste gehört?“

Sie schüttelte den Kopf.

„Ich bin das jüngste Opfer des Kreises. Ja, von allen meinen Kollegen habe ich die Ehre, der erste zu sein, der geopfert wird, um die anderen zu ermutigen.“

Sie wunderte sich, wie Willings unter diesen Umständen eine so gelassene Meinung bewahren konnte.

„Da sich die Tragödie an diesem Nachmittag ereignen soll, muß ich Sie bitten, Ihre Freundlichkeit noch etwas ...“

Ein Diener betrat den Raum und sagte etwas auf italienisch, was Thalia nicht verstand. Willings nickte.

„Mein Auto steht vor der Tür, wenn Sie mir die Ehre geben, dann nehmen wir den Tee in meinem kleinen Häuschen auf dem Land. Wir sind in einer halben Stunde dort.“

Diese Entwicklung hatte sie nicht vorhergesehen.

„Wo ist denn Ihr kleines Häuschen auf dem Land?“

Zwischen Barnet und Hatfield erstrecke sich das Anwesen bis in das liebliche Hertfordshire, erklärte er ihr.

„Ich möchte den Tee lieber hier nehmen.“

Er schüttelte aber entschieden den Kopf.

„Glauben Sie mir, meine liebe junge Dame, die Drohung vom Kreis bereitet mir nicht den geringsten Kummer. Onslow Gardens ist Paradies genug mit so einem entzückenden Gast, aber die Polizei war heute hier und hat alle meine Pläne durchkreuzt. Ich erzählte Ihnen, daß ich einen Freund zum Tee hier hätte, und sie schlugen ein etwas öffentlicheres Rendezvous vor. Sie hatten aber nichts gegen meine Alternative. Nun, Miß Drummond, Sie werden doch nicht einen sehr glücklichen Nachmittag verderben wollen? Ich muß Sie tausendmal um Verzeihung bitten, aber ich wäre sehr enttäuscht, wenn Sie ablehnten; ich habe schon zwei Dienstboten hingeschickt, die alles vorbereiten. Und ich hoffe, daß ich Ihnen das reizendste kleine Haus im Umkreis von hundert Meilen um London zeigen kann."

„Sehr gut", sagte sie und wanderte, als er gegangen war, durch das Zimmer, seinen faszinierenden Inhalt mit anscheinend großem Interesse betrachtend.

Er kam im Mantel zurück und fand sie vor dem Teil der Wand, der von wunderschönen Exemplaren der östlichen Schwertmacherkunst bedeckt war.

„Sie sind phantastisch, nicht wahr. Ich kann Ihnen leider nicht ihre Geschichte erzählen", sagte er, und dann in verändertem Ton: „Wer hat den assyrischen Dolch genommen?"

Ganz ohne Zweifel war an der Wand eine freie Stelle, wo eine Waffe gehangen hatte, und ein kleines Schild unter der freien Stelle machte auf das Fehlen noch zusätzlich aufmerksam.

„Ich habe mich auch schon darüber gewundert", sagte das Mädchen.

Mr. Willings runzelte die Stirn. „Vielleicht hat ihn einer der Dienstboten abgenommen. Obwohl ich ihnen strikte Anweisung gegeben habe, sie nur unter meiner persönlichen Anleitung zu reinigen." Er zögerte und fuhr dann fort: „Ich werde mich darum kümmern, wenn wir zurück sind." Er begleitete sie nach draußen in die wartende Limousine.

Sie bemerkte, daß das Verschwinden seiner kostbaren Trophäe seine Lebhaftigkeit etwas gedämpft hatte.

„Ich verstehe das nicht", sagte er, als sie durch Barnet fuhren. „Ich weiß, daß der Dolch gestern noch da war, weil ich ihn Sir Thomas Summers gezeigt habe. Er interessiert sich mächtig für Stahlarbeiten aus dem Osten. Keiner vom Dienstpersonal würde wagen, die Waffen anzurühren."

„Vielleicht waren Fremde im Zimmer."

„Nur ein Herr vom Polizeihauptquartier, und ich bin ganz sicher, daß er ihn nicht genommen hat. Nein, es bleibt ein kleines Rätsel, das wir im Augenblick beiseite lassen können."

Für den Rest der Fahrt war er aufmerksam, höflich und in Maßen amüsant. Nicht ein einziges Mal deutete er an, daß er ihr gegenüber andere Gefühle hegte als die eines feinen Mannes gegenüber einem geachteten Gast.

Er hatte hinsichtlich des Charmes des „kleinen Häuschens“ an der Hatfield Road nicht übertrieben. Es lag tatsächlich drei Meilen von der Hauptstraße entfernt, inmitten hügeligen bewaldeten Landes. Er führte sie durch eine getäfelte Halle in ein erlesen gestaltetes kleines Gesellschaftszimmer. Der Tisch war bereits zum Tee gedeckt, aber kein Diener war zu sehen.

„Und nun, meine Liebe, sind wir allein, Gott sei Dank.“ Sein Tonfall, ja sein ganzes Verhalten hatten sich geändert, und das Mädchen wußte, daß jetzt der kritische Moment bevorstand. Dennoch zitterte ihre Hand nicht, als sie das dampfende Wasser in die Teekanne goß, so als hätte sie gar nicht gehört, was er sagte. Sie hatte Tee eingeschenkt und stellte seine Tasse gerade an ihren Platz, als er sich ohne alle Umstände über sie beugte und sie küßte. Einen Augenblick später hielt er sie in seinen Armen.

Sie wehrte sich nicht, aber ihre ernsten Augen waren unverwandt auf die seinen gerichtet, und sie sagte ruhig: „Ich hätte Ihnen etwas zu sagen.“

„Sie können alles sagen, meine Liebe“, antwortete der liebeshungrige Willings, wobei er sie fest umschlang und in ihre starren Augen sah. Bevor sie wieder sprechen konnte, war sein Mund auf ihrem. Sie versuchte, ihren Arm zwischen sich und ihn zu schieben und den Jiu-Jitsu-Trick anzuwenden, den sie in der Schule gelernt hatte, aber er verstand auch etwas davon. Sie hatte beim Betreten des Zimmers einen Alkoven mit Vorhang entdeckt, zu dem er sie jetzt halb zog und halb trug. Sie schrie nicht, und sie erschien Willings sogar nachgiebiger, als er zu hoffen gewagt hatte. Zweimal versuchte sie zu sprechen, zweimal unterbrach er sie. Sie strebten immer näher zum Brokatvorhang …

Die zwei italienischen Dienstboten waren in der etwas entlegenen Küche, aber sie hörten den Schrei und sahen einander an, und wie auf Kommando stürzten sie in die Halle. Die Tür zum Salon war nicht verschlossen, und sie rissen sie auf. Dicht neben dem Vorhang lag Raphael Willings auf dem Gesicht, der assyrische Dolch drei Zoll tief in seiner Schulter, daneben ein leichenblasses Mädchen, auf ihn hinunterstarrend.

Einer der Männer zog seinem Herrn den Dolch aus dem

Rücken und schleppte ihn zum Sofa, während der andere zum Telefon eilte. In seiner Aufregung brabbelte der Italiener, der sich bemühte, den Blutstrom zu stoppen, unverständlich auf das Mädchen ein, das gar nicht zuhörte.

Wie ein Traumwandler ging sie langsam durch das Zimmer, die Halle, hinaus ins Freie. Willings' Auto war in einiger Entfernung vom Eingang abgestellt, und der Chauffeur hatte es unbeaufsichtigt gelassen. Sie blickte sich um, niemand war zu sehen, da erwachten alle ihre Lebensgeister, und sie schwang sich auf den Fahrersitz und startete. Aufheulend und tuckernd sprang der Motor an, und sie jagte das Auto die Auffahrt hinunter – aber hier war ein Hindernis. Das Eisentor war verschlossen, ihr fiel ein, daß der Chauffeur ausgestiegen war, um es aufzuschließen. Sie hatte keine Zeit zu verlieren. Sie setzte das Auto zurück, und dann brauste sie bei voller Geschwindigkeit gegen das Tor. Glas klirrte, die Tore krachten, und sie war auf der Straße, mit einem ramponierten Kühler, damit bis zur Unkenntlichkeit verbeulten Lampen, mit herunterhängenden Schutzblechen. Aber das Auto fuhr, und sie jagte es in Richtung London.

Der Portier in ihrem Haus erkannte sie nicht, so wild und verändert war ihr Aussehen.

„Fühlen Sie sich nicht wohl, Miß", fragte er, als er sie im Lift nach oben brachte, worauf Sie nur den Kopf schüttelte.

In ihrer Wohnung angekommen, ging sie sofort ans Telefon, und den Mann am anderen Ende überschüttete sie mit einer so verworrenen unzusammenhängenden Geschichte, noch dazu schluchzend wiedergegeben, daß dieser es schwer hatte, genau herauszufinden, was eigentlich geschehen war.

„Ich bin erledigt, ich bin erledigt!" Sie keuchte. „Ich kann nicht mehr! Ich will nicht mehr! Es war schrecklich, schrecklich!"

Dann stolperte sie in ihr Zimmer und spürte, daß sie sich jetzt ganz stark zusammennehmen mußte, um nicht die Besinnung zu verlieren. Stunden vergingen, bis sie sich beruhigt hatte. So fand sie Derrick Yale, als er sie am Abend besuchte, gelassen und anmaßend wie immer.

„Das ist eine ganz unerwartete Ehre. Und wer ist Ihr

Freund?“ sie sah den Mann an, der hinter dem Detektiv stand.

„Thalia Drummond“, sagte Yale ernst, „ich habe einen Haftbefehl gegen Sie.“

„Schon wieder?“ Sie hob ihre Augenbrauen. „Ich scheine ja ständig in den Händen der Polizei zu sein. Wie lautet die Anklage?“

„Versuchter Mord. Versuchter Mord an Mr. Raphael Willings. Ich warne Sie, daß das, was Sie ab jetzt sagen, aufgeschrieben und gegen Sie verwendet werden kann.“

Der andere Mann trat vor und nahm sie beim Arm.

Thalia Drummond verbrachte die Nacht in der Zelle der Marylebone-Polizeistation.

39

Gefängniskost

„Was geschehen ist, muß ich noch in Erfahrung bringen“, sagte Yale zu einem schweigsamen, aber aufmerksamen Inspektor Parr. „Ich kam in Onslow Gardens an, gerade als Willings mit dem Mädchen weggefahren war. Die Dienstboten gaben mir nicht gerade bereitwillig Auskunft, aber ich hatte bald heraus, daß sie zu Willings' Haus auf dem Land unterwegs waren. Ob sie ihn gelockt oder er sie verführt hatte, bleibt noch aufzuklären. Wahrscheinlich hatte er den Eindruck, daß sie gegen ihren Willen fuhr. Ich hatte Thalia die ganze Zeit im Verdacht, mehr zu sein als nur ein Diener des Kreises, natürlich war ich gewarnt und eilte nach Thetfield, wo ich eintraf, als sie bereits auf und davon war. Sie war in Willing's Auto geflüchtet, mit dem sie in voller Fahrt durch das Gartentor gedonnert war, nebenbei bemerkt – dieses Mädchen hat Nerven.“

„Wie geht's Willings?“

„Er erholt sich wieder, die Wunde ist nur oberflächlich, aber das Wichtigste daran ist der Beweis, daß es sich um ein vorsätzliches Verbrechen handelte. Willings hatte den Dolch, mit dem er erstochen werden sollte, erst an diesem

Nachmittag vermißt, nachdem er das Mädchen in der Waffensammlung allein gelassen hatte, während er seinen Mantel anzog. Er meint, sie müsse ihn in ihrem Muff gehabt haben, und das ist natürlich sehr wahrscheinlich. Er kann mir nicht genau sagen, was sich unmittelbar vor dem Dolchstoß abgespielt hatte."

„Hm, was für eine Art Zimmer war das? Ich meine, wo das passiert ist."

„Ein ziemlich kleiner Salon, mit einer Verbindung zu dem von Willings als Türkisches Zimmer bezeichneten Raum. Es ist eine wunderbare Imitation eines fernöstlichen Interieurs und – wie ich mir vorstellen könnte – Szenerie mehr oder weniger ruchloser Geschehnisse – Willings hat nicht den besten Ruf. Es ist vom Salon nur durch einen Vorhang getrennt, und neben dem Vorhang wurde er gefunden."

Mr. Parr war so in seine Gedanken vertieft, daß Yale dachte, er wäre eingeschlafen. Aber der Inspektor schlief nicht, er war hellwach. Er war sich der erschreckenden Tatsache bewußt, daß aller Ruhm, der mit den neuesten Verbrechen verbunden war, an seinen Kollegen ging, und dennoch neidete er diesem die Ehre nicht.

Ohne irgendeine Andeutung zu machen, äußerte Parr plötzlich eine Meinung, die mit dem, worüber sie gerade diskutierten, nicht das mindeste zu tun zu haben schien.

„Alle großen Verbrecher kommen durch geringfügige Irrtümer zu Fall", sagte er orakelhaft.

Yale lächelte. „Der Irrtum in diesem Fall besteht vermutlich darin, daß sie unseren Freund Willings nicht getötet haben – er ist nicht gerade ein feiner Kerl, und von allen Kabinettsmitgliedern könnte man auf ihn wohl am ehesten verzichten. Aber ich zum Beispiel bin sehr froh, daß diese Teufel ihn nicht gekriegt haben."

„Ich meine nicht Mr. Willings", sagte der Inspektor, sich langsam erhebend. „Ich meine eine kleine dumme Lüge, die mir ein Mann erzählt hat, der es wirklich besser wissen müßte."

Mit dieser rätselhaften Bemerkung ging Parr, um Jack Beardmore die Neuigkeiten zu überbringen.

Es war charakteristisch, daß er zuerst an Jack dachte, als er von Thalias Verhaftung erfuhr. Er mochte den Jungen, mehr als dieser ahnen konnte, und er wußte besser als Yale, wie schwer das Gewicht ihrer Schuld auf dem Mann, der sie liebte, lasten würde.

Jack hatte seinen Schock schon hinter sich. Die Nachricht von der Verhaftung des Mädchens war als aktuelle Meldung in den Spätausgaben erschienen, und als Parr kam, bot er ein Bild des Jammerns.

„Sie muß die bestmöglichen Verteidiger bekommen. Ich weiß nicht, ob ich Sie ins Vertrauen ziehen soll, denn Sie stehen natürlich auf der anderen Seite, Mr. Parr."

„Natürlich, aber ich habe auch ein heimliches Interesse an ihr."

„Sie?" sagte Jack erstaunt. „Ich dachte ..."

„Ich bin auch ein Mensch. Ein Verbrecher ist nur ein Verbrecher für mich. Ich habe keinen persönlichen Groll gegen die Männer, die ich verhaftet habe. Truland, der Giftmörder, den ich an den Galgen geliefert habe, war einer der nettesten Burschen, die ich jemals kennengelernt habe, und nach einer Weile mochte ich ihn richtig."

Jack schauderte. „Sprechen sie nicht von diesem Giftmörder und Thalia Drummond in einem Atemzug", sagte er gereizt. „Glauben Sie ernsthaft, daß sie der führende Kopf des Kreises ist?"

Parr verzog seine dicken Lippen. „Wenn jemand käme und mir sagte, der Erzbischof sei der führende Mann, wäre ich auch nicht überrascht, Mr. Beardmore. Wenn die Angelegenheit mit dem Kreis erledigt ist, dann werden wir alle unsere Schocks erlebt haben. Als ich mit meinen Untersuchungen anfing, war ich bereit zu glauben, jeder könne der Kreis sein – Sie, Marl, der Kommissar oder Yale, Thalia Drummond – fast jeder."

„Und glauben Sie das immer noch?" fragte Jack mit einem Anflug von Lächeln. „Was das anbetrifft, könnten ja auch Sie, Mr. Parr, der Schurke des Stückes sein."

Mr. Parr leugnete diese Möglichkeit nicht. „Mutter denkt ...", begann er, und diesmal lachte Jack tatsächlich.

„Ihre Großmutter muß eine bemerkenswerte Frau sein, hat sie eine Ansicht über den Kreis?"

Der Inspektor nickte heftig. „Die hatte sie schon die ganze Zeit, seit dem ersten Mord. Sie legte den Finger von Anfang an auf die richtige Stelle, aber Mutter hat so etwas schon immer gekonnt. Ich habe meine besten Anregungen von ihr, tatsächlich alle ..." Er unterbrach sich selbst.

Jack war belustigt, aber auch ein bißchen von Mitleid erfüllt. Dieser von Natur aus so schlecht für seine Arbeit ausgestattete Mann hatte sich wahrscheinlich durch verbissene phantasielose Beharrlichkeit eine hohe Position im Polizeidienst erarbeitet. In jeder Dienststelle gab es Männer, die allein durch ihr Alter bis fast an die Spitze gelangt waren! Aber in einem Augenblick, da sich die scharfsinnigsten Köpfe darum bemühten, diese exzentrische Organisation zur Strecke zu bringen, war es einfach grotesk, daß ein Inspektor ernsthaft von den Ratschlägen seiner Großmutter redete.

„Ich muß wieder einmal vorbeikommen und meine Bekanntschaft mit Ihrer Tante erneuern."

„Sie ist aufs Land gegangen, und ich bin allein. Eine Frau kommt jeden Morgen saubermachen, aber abends ist niemand da – es ist jetzt gar kein Zuhause mehr für mich."

Jack empfand es als Erleichterung, als sie auf Parrs häusliche Angelegenheiten zu sprechen kamen. Das Nebensächliche wirkte beruhigend auf sein gemartertes Gemüt. Er hatte den Eindruck daß ein Abend mit Parrs kluger Großmutter ihm dazu verhelfen könnte, wieder zum Normalen zurückzufinden.

Parr lenkte das Gespräch jedoch wieder in ernsthaftere Bahnen.

„Die Drummond wird morgen vorgeführt werden und dann in Untersuchungshaft kommen."

„Besteht irgendeine Hoffnung auf Kaution?"

„Nein, sie wird nach Holloway kommen, aber das ist nicht so schlimm", sagte er für Jacks Begriffe herzlos. „Es ist eins der besten Gefängnisse des Landes, und vielleicht ist sie froh über die Ruhe."

„Wieso hat Yale sie verhaftet? Ich dachte, das wäre Ihre Sache?"

„Ich hatte ihm den Auftrag erteilt. Er hat jetzt den Status eines offiziellen Polizeibeamten, und da er schon im Lauf des Tages mit dem Fall zu tun hatte, sollte er die Sache auch zu Ende bringen."

Wie der Inspektor vorausgesagt hatte, beschränkten sich

die Untersuchungen des Polizeigerichts am folgenden Tag auf eine Haftbeweisaufnahme. Dann kam Thalia in Untersuchungshaft.

Das Gericht war übervoll, Menschen über Menschen, angezogen vom sensationellen Charakter der Anklage, standen in allen Straßen, die zum Gericht führten.

Mr. Willings ging es noch nicht so gut, daß er anwesend sein konnte, aber doch gut genug, um seinen Rücktritt einzureichen, seine Reaktion auf einen in derart unerfreulichen Worten abgefaßten diesbezüglichen Vorschlag von seiten des Premierministers – und der Premierminister war berüchtigt für sein scharfzüngiges Vokabular –, daß sich selbst der dickfellige Willings getroffen fühlte. Was auch geschah, er war für immer in Ungnade gefallen; selbst diejenigen, die seine Politik durch dick und dünn unterstützt hatten, wären entsetzt angesichts der Aussage, die er machen mußte. Er hatte das Mädchen – fast eine Fremde – mit in sein Landhaus genommen, es zu verführen versucht, und man hatte ihn dabei erstechen wollen. Man konnte diese unerfreuliche Geschichte in keiner Weise romantisch verbrämen; und im stillen verfluchte er sich für seine Dummheit.

Parr stattete dem Mädchen einen Besuch ab, während sie im Gefängnis war. Sie weigerte sich, ihn in ihrer Zelle zu empfangen, und sie bestand darauf, daß die Unterredung in Anwesenheit einer Aufseherin stattfand. Sie erklärte ihm ihr Verhalten, als sie sich in dem großen finsteren Wartezimmer des Gefängnisses gegenübersaßen, er an dem einen Ende des Tisches, sie an dem anderen.

„Sie müssen schon entschuldigen, daß ich Sie nicht in meinem Zimmer empfange, Mr. Parr. Aber etliche vielversprechende junge Abgesandte des Kreises haben bei Unterredungen mit Polizisten in ihren Zellen ein vorzeitiges Ende gefunden."

„Der einzige, an den ich mich erinnern kann, ist Sibly."

„Das war nur ein leuchtendes Beispiel für Indiskretion."

Sie zeigte ihre ebenmäßigen weißen Zähne in einem Lächeln. „Was wollen Sie also von mir?"

„Erzählen Sie mir, was geschah, als Sie nach Onslow Gardens kamen."

Sie berichtete wahrheitsgetreu und genau über ihren nachmittäglichen Besuch.

„Wann stellten Sie fest, daß der Dolch weg war?“

„Als ich mich im Zimmer umsah, während Willings seinen Mantel anzog. Wie geht es Lothario?“

„Gut. Ich befürchte, er wird sich erholen – ich wollte sagen“, fügte er rasch hinzu, „ich freue mich, daß es ihm bald besser geht. Hatte Willings da das erstemal festgestellt, daß der Dolch fehlte?“

Sie nickte.

„Trugen Sie einen Muff?“

„Ja. Ach, soll da die tödliche Waffe versteckt gewesen sein?“

„Hatten Sie den Muff in der Hand, als Sie in Hatfield ins Haus gingen?“

„Ja.“ Sie nickte.

Inspektor Parr erhob sich.

„Und Sie bekommen das Essen, das Sie haben wollen?“

„Ja, aus dem Gefängnis“, sagte sie mit Nachdruck. „Das Gefängnisessen gefällt mir ausgezeichnet, und ich will nicht, daß mir jemand aus falsch verstandener Freundlichkeit schmackhafte Gerichte von draußen zukommen läßt, Untersuchungshäftlingen ist das ja wohl erlaubt.“

Er kratzte sich am Kinn.

„Ich glaube, Sie sind klug.“

40

Die Flucht

Das Verbrechen an Willings hatte im Kabinett eine ziemliche Panik hervorgerufen.

Mr. Parr erfuhr, wie tief die Betroffenheit war, als er ins Hauptquartier kam. Der Premierminister hatte allen Grund zu Befürchtungen. Der Kreis hatte sich nicht darüber geäußert, wann und auf wen der nächste Anschlag erfolgen würde.

Der Inspektor wurde in die Downing Street gerufen und hatte mit dem Premierminister ein zweistündiges Gespräch unter vier Augen. Es war die erste persönliche Unterredung, die er hatte und der eine vertrauliche Kabinettssitzung folgte, eine Tatsache, die in der Presse ordnungsgemäß erwähnt wurde.

Es wurde behauptet, allerdings ohne Autorisierung, daß das Leben des Premierministers bedroht worden sei, eine Behauptung, die weder dementiert noch bestätigt wurde.

Als Yale in dieser Nacht nach Hause kam, wartete Parr bereits vor seiner Tür.

„Ist etwas nicht in Ordnung?“ fragte er hastig.

„Ich brauche Ihre Hilfe“, sagte Parr, der erst weitersprach, als er im Wohnzimmer Yales in einem bequemen Sessel vor dem Kamin saß. „Sie wissen, Yale, daß ich gehen muß, und der Premierminister erwägt, ob ich nicht schon früher gehen sollte, als ich erwartet hatte. Es ist ein Kabinettsausschuß gegründet worden, der die vom Hauptquartier benutzten Methoden hinterfragen wird. Der Chef hat mich aufgefordert, morgen abend an einem informellen Treffen im Hause des Premierministers teilzunehmen.“

„Und wozu?“

„Ich soll so eine Art Vortrag halten“, sagte Parr finster, „und den Kabinettsmitgliedern erklären, mit welchen Methoden ich gegen den Kreis vorgegangen bin. Sie wissen wahrscheinlich, daß ich ungewöhnliche Befugnisse habe und daß ich der Regierung nicht alles, was ich weiß, mitteilen muß. Das aber will ich Freitag abend tun, und ich brauche Ihre Hilfe.

„Mein Lieber, die haben Sie schon, bevor Sie darum bitten“, sagte Yale herzlich, und Parr fuhr fort:

„Mir ist immer noch eine ganze Menge hinsichtlich des Kreises ein Rätsel, aber ich setze es mir zusammen. Im Augenblick habe ich den Eindruck, daß es jemanden im Polizeihauptquartier gibt, der mit ihm zusammenarbeitet.“

„Das ist auch meine Ansicht. Wie kommen Sie dazu?“

„Nun ja“, sagte der langsame Parr, „ich gebe Ihnen ein Beispiel: Der junge Beardmore hatte ein Foto, das er unter den Papieren seines Vaters gefunden hatte und das an mich geschickt worden ist. Es ist auch angekommen, das Siegel auf dem Umschlag war unversehrt, aber als ich aufmachte, steckte eine leere Karte darin. Ich habe nun herausbekommen, daß er die Karte Thalia Drummond gegeben hatte, die sie abschicken sollte. Er schwört, er habe auf der Treppe gestanden und beobachtet, wie sie sie in den Briefkasten auf der gegenüberliegenden Straßenseite gesteckt hat. Wenn das stimmt, dann muß an dem Brief herumgefummelt worden sein, nachdem er im Hauptquartier eingetroffen ist."

„Was für ein Foto?"

„Es war entweder ein Foto von einer Exekution oder von dem verurteilten Lightman, ich glaube, es wurde gemacht, als die Exekution Lightmans fehlschlug. Es kam in Beardmores Hände, einen Tag bevor dieser umgebracht wurde – den Opfern des Kreises ist ja so manches einen Tag vor ihrem Tod passiert –, und wurde dann von Jack gefunden und, wie ich bereits sagte, abgeschickt."

„Von Thalia Drummond!" sagte Yale bedeutungsvoll. „Meiner Meinung nach können Sie die Leute vom Hauptquartier entlasten. Dieses Mädchen ist tiefer in den Kreis verwickelt, als Sie sich vorstellen können. Ich habe ihr Haus heute durchsucht – von dort bin ich nämlich gekommen, und das habe ich gefunden."

Er holte ein in braunes Papier eingewickeltes Paket und öffnete es, der Inspektor erstarrte.

Ein Stulpenhandschuh und ein langes Messer mit blanker Schneide kamen zum Vorschein.

„Dieser Handschuh gehört zu dem, der in Froyants Arbeitszimmer gefunden wurde. Das Messer ist eine genaue Entsprechung zu dem anderen."

Parr griff nach dem Handschuh und prüfte ihn.

„Ja, das ist der linke, und der auf Froyants Schreibtisch war der rechte. Es ist ein abgetragener Motorradhandschuh. Wer war der Besitzer? Versuchen Sie es doch einmal mit Ihren psychometrischen Kräften, Yale."

„Habe ich schon, aber der Handschuh ist durch zu viele Hände gegangen, so daß die Eindrücke, die ich bekomme, sehr verworren sind. Jedenfalls bestätigt diese Entdeckung die Theorie, daß Thalia Drummond bis über beide Ohren in dieser Sache steckt. Was die andere Sache, über die Sie gesprochen haben, anbelangt", sagte er, während er das Messer und den Handschuh sorgfältig einwickelte, „werde ich Ihnen sehr gern zur Seite stehen."

„Ich hätte gern, daß Sie die Lücken, die ich nicht füllen kann, füllen." Er schüttelte den Kopf. „Wenn doch nur Mutter hiersein könnte", sagte er voller Bedauern.

„Mutter?"

„Meine Großmutter", sagte Parr feierlich. „Der einzige wahre Detektiv in England – außer Ihnen und mir."

Zum erstenmal hatte Yale Grund zur Annahme, Mr. Parr besitze einen Sinn für Humor.

In der Zeit, als der Name des Kreises in aller Munde war, war man es gewohnt, daß eine Sensation die andere jagte, aber wahrscheinlich hatte kein Zwischenfall soviel Aufsehen erregt wie jener, der Derrick Yale am folgenden Morgen im Bett beim Zeitunglesen aus den verstreuten Zeitungsüberschriften entgegentrat.

Thalia Drummond war geflüchtet!

In Geschichten kommt es vor, daß Leute aus Gefängnissen fliehen; man weiß, daß zeitweilig sogar Leute aus Dartmoor geflüchtet sind, aber niemals in der Geschichte der Gefängnishaft war eine Frau aus Holloway entkommen. Und dennoch fand die Aufseherin, die Thalia Drummonds Zelle am Morgen aufschloß, diese leer. Es bedurfte schon einer ganzen Menge, um Yale zu schocken, aber diese Nachricht lähmte ihn für einige Augenblicke. Er las den Fluchtbericht Wort für Wort, aber am Ende war er nicht klüger als zuvor.

Aber dennoch stand es da – in kalten Lettern gedruckt, offiziell eingestanden, von der Regierung in unnatürlicher Eile an die ersten Morgenzeitungen gemeldet.

Aufgrund der großen Bedeutung der Gefangenen und der Art der gegen sie erhobenen Anklage waren außergewöhnliche Sicherheitsvorkehrungen zu ihrer Bewachung ergriffen worden. Die Patrouille zu ihrer Zelle hatte man verdoppelt, statt stündlich machten die diensthabenden Beamten halbstündliche Visiten. Es ist nicht üblich, daß jedesmal in jede Zelle gesehen wird, aber als die Aufseherin, Mrs. Hardy, heute morgen um drei Uhr durch das Beobachtungsloch in die Zelle sah, war die Gefangene noch da. Um sechs, als die Zellentür geöffnet wurde, war Miß Drummond verschwunden. Die Gitterstäbe vor den Fenstern waren intakt und an den Türen sind keine Eingriffe entdeckt worden.

Eine Untersuchung des Gefängnisgeländes zeigte keine Fußspuren, und es ist fast ausgeschlossen, daß sie über die Mauer entkommen sein kann. Es ist gleichermaßen ausgeschlossen, daß sie ganz normal herausgegangen ist, denn sie hätte sechs Türen passieren müssen, von denen keine die Zeichen von Gewalt trägt, oder an der Pförtnerloge vorbei, die aber die ganze Nacht besetzt ist. Dieser neuerliche Beweis der Allmacht des Feuerroten Kreises ist sehr beunruhigend, vor allem, da jetzt das Leben der Kabinettsmitglieder von dieser Bande bedroht wird."

Yale sah auf die Uhr: halb zwölf. Dann stellte er fest, daß ihm sein Dienstmädchen die frühe Ausgabe der Abendzeitungen gebracht hatte. Er war in einer Sekunde aus dem Bett und eilte, ohne das Frühstück abzuwarten, ins Hauptquartier, wo er Inspektor Parr in bester Laune und beim Durchdenken aller Umstände antraf.

„Aber das ist doch unglaublich, Parr, es ist unmöglich! Sie muß Freunde im Gefängnis haben!"

„Das ist genau meine Meinung. In gleichen Worten sagte ich zum Chef, sie müsse Freunde im Gefängnis haben. Wie sonst", sagte er nach einer Pause „konnte sie rauskommen?"

Yale sah ihn mißtrauisch an. Es schien ihn nicht der Zeitpunkt für leichtfertige Reden, und Parrs Tonfall war ganz ohne Zweifel ein leichtfertiger.

41

Wer ist der Feuerrote Kreis?

Yale erfuhr nichts Neues und nahm sich ein Taxi, um in sein Büro in der Stadt zu fahren, wo er seit zwei Tagen nicht gewesen war. Die Flucht der Drummond war viel wichtiger, als Parr zu denken schien. Parr! Ein furchtbarer Gedanke kam Yale. John Parr! Dieser sture, einfältig aussehende Mann – es war unmöglich! Er schüttelte den Kopf, machte sich jedoch die Mühe, jeden Zwischenfall, in dem Parr aufgetreten war zusammenzusetzen, um am Ende zu sagen:

„Unmöglich!“, was er vor sich hin murmelte, als er langsam die Stufen zu seinem Büro hochging, das Angebot des Liftboys ablehnend.

Als erstes bemerkte er, daß der Briefkasten leer war. Es war ein sehr großer Briefkasten mit einer Patentklappe, die es jedem Dieb von draußen unmöglich machte, etwas herauszuziehen. Der Drahtbehälter ging fast bis zum Fußboden, und die Briefe mußten sich drehende Aluminiumflügel passieren, wodurch das Stehlen von Briefen aussichtslos war. Aber der Briefkasten war leer! Nicht einmal ein Werbeschreiben.

Er schloß leise die Tür und ging in sein Zimmer. Er war kaum einen Schritt gegangen, als er stehenblieb. Jedes Schubfach in seinem Schreibtisch war offen. Der kleine Stahlsafe neben dem Kamin, durch ein Holzpaneel verdeckt, war aufgeschlossen und stand ebenfalls offen. Er guckte unter den Tisch. Dort stand ein kleiner Schrank, den nur ein Experte gefunden haben konnte, hier hob er die geheimen Dokumente, die mit dem Kreis zu tun hatten, auf.

Er sah nur ein kaputtes Fach und Spuren des Meißels, mit dem er aufgebrochen worden war.

Er saß lange da und starrte aus dem Fenster. Er brauchte nicht zu fragen, wer der Künstler gewesen war. Dennoch stellte er einige Nachforschungen an, und der Liftboy teilte ihm alles mit, was er brauchte.

„Ja, Sir, Ihre Sekretärin war heute morgen hier, die hübsche junge Dame. Sie kam kurz nach Öffnung des Büros. Sie war nur eine Stunde hier.“

„Hatte sie eine Tasche?“

„Ja, Sir, eine kleine.“

„Danke.“ Yale fuhr wieder ins Hauptquartier, um dem phlegmatischen Parr die Geschichte eines geplünderten Schreibtisches und gestohlener Dokumente ins Ohr zu posaunen.

„Jetzt will ich Ihnen mal was sagen, Parr, was ich nicht einmal dem Polizeichef erzählt habe. Wir glauben, daß der Kreis von einem Mann geleitet wird. Ich weiß zufällig, daß das Mädchen den Mann getroffen hat, der sie in die Geheimnisse der Bande eingeweiht hat. Ich weiß aber auch, daß der geheimnisvolle Herr in dem Auto überhaupt nicht der Chef ist und genau wie jeder andere Aufträge von dem eigentlichen Zentrum der Organisation entgegennimmt – und das ist Thalia Drummond!“

„Du lieber Himmel!“

„Sie fragen sich, warum ich sie in meinem Büro hatte? Ich habe Ihnen damals gesagt, daß ich glaubte, sie würde uns dem Kreis näherbringen. Und ich hatte recht.“

„Aber warum haben Sie sie jetzt entlassen?“

„Weil sie etwas getan hatte, wofür sie entlassen werden mußte. Hätte ich sie nicht entlassen, hätte sie gewußt, daß ich sie mit einem bestimmten Ziel in meinem Büro behalte. Ich hätte mir die Mühe ja wohl sparen können“, er lächelte, „denn das Werk von heute morgen beweist, daß sie von dem Spiel wußte.“ Sein schmales feingeschnittenes Gesicht verfinsterte sich, und dann sagte er ziemlich scharf: „Wenn Sie Ihre Geschichte heute abend dem Premierminister erzählt haben, habe ich Ihnen auch eine kleine Geschichte zu erzählen, die Sie überraschen wird.“

„Mich wird gar nichts überraschen.“

Den dritten Schock an diesem Tag erlebte Yale, als er nach Hause kam. Die erste Überraschung bestand darin, daß sein Dienstmädchen nicht da war. Die einzige Frau, die er angestellt hatte, schlief nicht in seinem Haus, sollte aber bis neun Uhr abends in der Wohnung bleiben. Es war genau sechs, als Yale kam und die Wohnung völlig dunkel vorfand.

Er schaltete das Licht an und ging durch alle Zimmer. Offensichtlich war nur das Wohnzimmer verwüstet worden, aber hier war der Eindringling, wer es auch gewesen sein mag, gründlich und genau gewesen – er konnte sich natürlich denken, wie er hieß. Er brauchte das Dienstmädchen gar nicht aufzutreiben, um herauszufinden, was sich ereignet hatte. Sie war durch eine Nachricht, die angeblich von ihm kam, aus dem Haus gelockt worden – soviel konnte er erraten. Während sie weg war, konnte Thalia Drummond seine Wohnung in aller Ruhe untersuchen.

„Eine kluge junge Frau!“ sagte Yale ohne Bosheit, denn er konnte Genie auch dann bewundern, wenn es gegen ihn gerichtet war. Sie hatte keine Zeit verloren. Innerhalb von zwölf Stunden hatte sie den Ausbruch aus dem Gefängnis geschafft, war in sein Büro und in seine Wohnung eingedrungen und hatte Dokumente entfernt, die außerordentlich wichtig für den Kreis waren.

Er zog sich in aller Gelassenheit um und fragte sich, welches ihre nächsten Schritte sein würden. Über seine hatte er absolute Sicherheit. Innerhalb der nächsten vierundzwanzig Stunden würde Inspektor Parr ein ruinierter Mann sein. Er nahm einen Revolver, sah ihn einen Augenblick lang nachdenklich an und steckte ihn dann in seine Hüfttasche. Die Jagd auf den Kreis würde ein sensationelles Ende nehmen, ein Ende, das von den Zuschauern des tragischen Schauspiels nicht vorhergesehen worden war.

In dem geräumigen Vestibül des Hauses des Premierministers fand er einen Gast, für dessen Anwesenheit er keine Erklärung finden konnte. Jack Beardmore hatte sicher unter den Aktivitäten des Kreises zu leiden gehabt, aber er hatte nichts zu tun mit den jüngsten Ereignissen.

„Sie sind sicher überrascht, mich hier zu sehen, Mr. Yale." Jack lachte, während er die Hand des anderen ergriff, „aber sicher nicht mehr als ich, daß ich zu einer Kabinettssitzung eingeladen worden bin."

„Wer hat Sie eingeladen – Parr?"

„Um genau zu sein, der Sekretär des Premierministers. Aber Parr muß etwas mit der Einladung zu tun haben. Fühlen Sie sich nicht eingeschüchtert in dieser Gesellschaft?"

„Nicht sehr", Derrick lächelte und klopfte dem anderen auf die Schulter.

Ein junger Sekretär stürmte herein und geleitete sie in einen schmucklosen Salon, wo ein Dutzend Herren sich in zwei Gruppen unterhielten.

Der Premierminister trat vor, um den Detektiv zu begrüßen.

„Inspektor Parr ist noch nicht gekommen." Er sah Jack fragend an. „Ich nehme an, Sie sind Mr. Beardmore? Der Inspektor hat ausdrücklich darum gebeten, daß Sie anwesend sind. Ich glaube, er wird etwas Licht in die näheren Umstände des Todes des armen James Beardmore bringen – Ihr Vater war übrigens ein enger Freund von mir."

In dem Augenblick kam der Inspektor herein. Er trug einen Abendanzug, der auch schon bessere Zeiten gesehen hatte, mit einem tiefgezogenen Kragen und einer seltsam gebundenen Krawatte. Er wirkte in dieser Atmosphäre von Intellekt und Raffinesse deplaciert. Ihm folgte der graubärtige Polizeichef, der seinem Untergebenen knapp zunickte und den Premierminister beiseite führte.

Die zwei flüsterten eine Zeit miteinander, und dann kam der Polizeichef herüber zu Jack und Yale.

„Haben Sie eine Ahnung davon, was für einen Vortrag Parr halten will?“ fragte er etwas ungeduldig. „Ich hatte ja den Eindruck, er wäre zu einer Darlegung eingeladen worden, aber wie der Premierminister mir sagt, hat Parr selber vorgeschlagen, die Geschichte des Kreises darzulegen. Ich hoffe, er macht sich nicht zum Narren.“

„Das glaube ich nicht, Sir.“ Die Unterbrechung kam von Jack, und der Polizeichef sah ihn fragend an, bis Yale ihn vorstellte.

„Ich bin ganz der Meinung von Mr. Beardmore“, sagte Yale. „Ich nehme ganz und gar nicht an, daß sich Mr. Parr zum Narren machen wird. Er wird sicher eine Reihe von Lücken auffüllen und scheinbar unvereinbare Umstände in Übereinklang bringen, und ich bin darauf vorbereitet, Stellen, die er ausläßt, zu füllen.“

Die Gesellschaft nahm Platz, und der Premierminister winkte den Inspektor nach vorn.

„Wenn Sie nichts dagegen haben, Sir, bleibe ich, wo ich bin. Ich bin kein Redner, und ich würde meine Geschichte gern so erzählen, wie ich sie einem einzelnen vortragen würde.“

Er räusperte sich und begann zu sprechen. Zuerst kamen seine Worte stockend, und er machte immer wieder Pausen, um den richtigen Ausdruck zu finden, aber als er mit seinem Thema vertraut war, sprach er immer zügiger und klarer.

„Der Feuerrote Kreis – das ist ein Mann namens Lightman, ein Verbrecher, der mehrere Morde in Frankreich begangen hat, zum Tode verurteilt war und durch einen Zufall der Exekution entkommen ist. Sein vollständiger Name ist Ferdinand Walter Lightman, und am Tage der versuchten Exekution war er dreiundzwanzig Jahre und vier Monate. Er wurde nach Cayenne deportiert, von wo er nach Ermordung eines Wächters fliehen konnte, und man nahm an, er wäre nach Australien entkommen. Ein Mann, auf den seine Beschreibung zutraf, mit anderem Namen, arbeitete achtzehn Monate für einen Ladenbesitzer in Melbourne, danach zwei Jahre und fünf Monate für einen Siedler namens Macdonald. Er verließ Australien in aller Eile, weil die dortige Polizei gegen ihn einen Haftbefehl wegen versuchter Erpressung seines Dienstherrn erlassen hatte.

Was mit ihm dann geschah, haben wir nicht verfolgen können, bis in England ein unbekannter und geheimnisvoller Erpresser auftauchte, der mit sorgfältigster Organisation und bemerkenswerter Geduld und Energie eine große Zahl von Hilfskräften sammelte, von denen keiner den anderen kannte. Sein Modus operandi" (bei diesem Ausdruck verhaspelte er sich) „bestand darin, jemanden zu finden, der in verantwortlicher Position war und entweder Geld brauchte oder in Angst vor einer Verfolgung schwebte – wegen irgendeines Vergehens. Er stellte die gründlichsten Nachforschungen an, bevor er sich einem Kandidaten näherte, der dann in einem geschlossenen Wagen, den der Kreis selber fuhr, befragt wurde. Der Treffpunkt war gewöhnlich einer der Plätze in London, die vier oder fünf Ausgänge haben und außerdem schwach beleuchtet sind. Die Herren hier wissen wahrscheinlich, daß Plätze in den Wohngegenden die am schlechtesten beleuchteten Orte in der Hauptstadt sind.

Eine andere Gruppe von Kandidaten, die sich der Kreis eifrig sicherte, waren überführte Verbrecher. So zog er Sibly hinein, einen ehemaligen Seemann von besonders niedriger Intelligenz, der des Mordes verdächtig und also genau der Richtige für den Kreis war. Auf diese Weise holte er sich Thalia Drummond" – er machte eine Pause – „eine Diebin und Kumpanin von Dieben. So hatte er auch den Schwarzen gefunden, der den Eisenbahndirektor ermordete. Für seine Zwecke ließ er auch Brabazon, den Bankier, arbeiten, und er hätte auch Marl genommen, aber zum Unglück für Marl waren sie zusammen an dem Verbrechen beteiligt, für das Lightman fast sein Leben verloren hatte. Und was ein noch größeres Unglück war, Marl hatte Lightman erkannt, als er ihm in England begegnet war, was auch der Grund dafür ist, daß Marl schließlich dran glauben mußte, in welchem Fall der Mörder übrigens die genialste Methode benutzte, die jemals bei einem Mord verwendet wurde.

Sie verstehen, meine Herren“, fuhr er fort, und man folgte dem kleinen Mann mit gespanntem Interesse. „Der Feuerrote Kreis ...“

„Warum nannte er sich der Feuerrote Kreis?“ Die Frage kam von Derrick Yale, und einen Augenblick lang schwieg der Inspektor.

„Er nannte sich Feuerroter Kreis“, sagte er langsam, „weil er von seinen Mitgefangenen so genannt worden war. Um seinen Hals hatte er ein rotes Muttermal – und ich puste Ihnen den Kopf weg, wenn Sie sich bewegen!“

Der schwerkalibrige Webley in seiner Hand war auf Derrick Yale gerichtet. „Hände hoch!“ Und dann streckte er plötzlich seine Hand aus und riß den hohen weißen Kragen weg, der Yales Hals umschloß.

Jeder hielt den Atem an. Rot, blutrot, wie von Menschenhand gemalt, zog sich ein feuerroter Kreis um den Hals von Derrick Yale.

42

Mutter

In dem Salon waren auf geheimnisvolle Weise drei Herren erschienen – die drei, die zwei Abende zuvor den auf Parr angesetzten Spion gefaßt hatten –, und binnen einer Sekunde war Yale an Händen und Füßen gefesselt. Eine geschickte Hand zog ihm die Pistole aus der Tasche, ein dritter Mann stülpte einen Stoffsack über seinen Kopf, dann wurde er eilends aus dem Zimmer geführt.

Inspektor Parr wischte sich den Schweiß von der Stirn und sah sich einem überraschten Publikum gegenüber.

„Meine Herren“, sagte er ein bißchen zitternd, „wenn Sie mich für heute entschuldigen würden, ich werde Ihnen die ganze Geschichte morgen erzählen.“

Sie umringten ihn und bedrängten ihn mit Fragen, aber er konnte nur den Kopf schütteln.

„Er hatte eine schlimme Zeit.“ Es war der Polizeichef, der

das sagte. „Niemand weiß das besser als ich. Ich wäre sehr erfreut, Herr Premierminister, wenn Sie der Bitte des Inspektors nachgeben würden und die weitere Aufklärung bis morgen aussetzen könnten."

„Vielleicht würde der Inspektor mit uns speisen", sagte der Premierminister, und der Polizeichef nahm an Parrs Stelle an.

Parr faßte Jacks Arm und verließ den Salon. Ein Taxi wartete draußen, und Parr schob Jack hinein.

„Ich denke, ich träume", sagte Jack, als er seine Sprache wiedererlangt hatte. „Derrick Yale! Unmöglich! Und dennoch ..."

„Oh, es ist schon möglich."

„Dann haben er und Thalia Drummond zusammengearbeitet?"

„Genau."

„Aber, Inspektor, wie haben Sie denn das herausbekommen?"

„Mutter hat mich darauf gebracht", lautete die unerwartete Antwort. „Sie ahnen nicht, was für eine kluge alte Dame Mutter ist. Sie hat mir heute abend erzählt ..."

„Dann ist sie wieder zurück?"

„Ja, und Sie müssen sie kennenlernen. Sie ist ein bißchen dogmatisch, und sie muß immer streiten, aber ich lasse sie immer machen, wie sie will, in der Beziehung jedenfalls."

„Und Sie können sicher sein, ich werde das auch so halten." Jack lachte, obwohl ihm gar nicht danach zumute war. „Sie glauben wirklich, der Kreis ist in Ihren Händen?"

„Absolut sicher. So sicher, wie ich hier im Taxi sitze, so sicher, wie Großmutter die weiseste alte Dame in der Welt ist."

Jack schwieg dann, bis sie in die Allee einbogen.

„Das heißt doch dann, daß Thalia Drummond nicht ganz oben ist?" sagte er leise. „Wenn dieser Yale, wie Sie glauben, der Kreis ist, wird er sie nicht schonen."

„Dessen bin ich mir ganz sicher. Aber warum, um alles in der Welt, wollen Sie sich unbedingt den Kopf über diese Thalia Drummond zerbrechen?"

„Weil ich sie liebe, Sie Narr!" sagte Jack grob, entschuldigte sich aber sofort.

„Ich weiß, daß ich ein bißchen dumm bin", brachte der Inspektor zwischen Lachen hervor, „aber ich bin nicht der einzige in London, glauben Sie mir, Mr. Beardmore. Und wenn Sie einen Rat von mir annehmen, dann vergessen Sie Thalia Drummond für immer. Wenn Sie jemandem Liebe geben wollen, dann geben Sie sie Mutter!"

Jack war im Begriff, etwas wenig Schmeichelhaftes über dieses Vorbild einer Großmutter zu sagen, unterdrückte aber seinen Wunsch.

Mr. Parrs Heim war im ersten Stock, er ging vor, öffnete die Tür und stand einen Augenblick im Eingang.

„Hallo, Mutter, ich habe Jack Beardmore mitgebracht. Kommen Sie herein, Mr. Beardmore, und lernen Sie Mutter kennen."

Jack trat ins Zimmer und stand wie angewurzelt. Ihm gegenüber stand ein lächelndes Mädchen, ein bißchen blaß und ein bißchen abgespannt, aber unzweifelhaft, jedenfalls, wenn er nicht völlig verrückt war oder träumte, Thalia Drummond!

Sie ergriff seine ausgestreckte Hand und führte ihn zum Tisch, wo für drei Leute gedeckt war.

„Daddy, du hast doch gesagt, du bringst den Polizeichef mit", sagte sie vorwurfsvoll.

„Daddy?" stammelte Jack. „Aber Sie haben doch gesagt, es wäre Ihre Großmutter."

Sie streichelte seine Hand.

„Daddy hat einen sehr merkwürdigen Sinn für Humor entwickelt. Ich werde zu Hause immer Mutter genannt, weil ich ihn bemuttert habe, seit meine arme Mutter gestorben ist. Die Geschichte mit der Großmutter ist Unsinn, aber Sie müssen ihm vergeben."

„Ihr Vater?"

Thalia nickte.

„Thalia Drummond Parr, so heiße ich. Glücklicherweise sind Sie kein Detektiv, sonst hätten Sie mein schreckliches Geheimnis herausgefunden. Und nun essen Sie, Mr. Beardmore, ich habe es selbst zubereitet."

Aber Jack konnte weder essen noch trinken, bevor er alles erfahren hatte.

So klärte Thalia ihn weiter auf. „Als es die ersten Morde

des Kreises gab und Daddy den Fall bekam, wußte ich, daß er eine enorme Arbeit haben und möglicherweise scheitern würde. Er hat viele Neider im Hauptquartier, und der Chef riet ihm, den Fall nicht zu übernehmen, weil er wußte, wie schwierig es sein würde. Sie müssen wissen, der Colonel ist mein Patenonkel und hat demzufolge ein Interesse an unseren Angelegenheiten. Aber Daddy bestand weiter darauf, obwohl ich glaube, daß er es im selben Augenblick auch schon bereute. Ich habe mich schon immer für die Arbeit der Polizei interessiert, und so entschied ich mich, bald nachdem Vater die Organisation des Kreises und seine Methode, Hilfskräfte zu rekrutieren, durchschaut hatte, für eine Verbrecherlaufbahn. Ihr Vater hatte drei Monate vor dem Mord die erste Drohung erhalten. Ein paar Tage später hatte ich eine Stelle als Sekretärin bei Froyant angenommen, und zwar nur, weil sein Grundstück an Ihres grenzte. Er war ein Freund von Froyant, so hatte ich Gelegenheit zur Beobachtung. Ich versuchte eine Stelle bei Ihrem Vater zu bekommen. Vielleicht wissen Sie das nicht", sagte sie ruhig, „aber es gelang mir nicht. Ganz furchtbar war, daß ich im Wald war, als er ermordet wurde." Sie drückte mitfühlend seine Hand. „Ich habe nicht gesehen, wer den Schuß abgefeuert hat, aber ich stürzte zu Ihrem Vater und mußte feststellen, daß ihm nicht mehr geholfen werden konnte. Als ich Sie dann über die Wiese in Richtung Wald eilen sah, hielt ich es für besser, mich zurückzuziehen, zumal ich einen Revolver in der Hand hielt, denn ich hatte einen Mann im Wald gesehen, und ich war dabei, der Sache nachzugehen.

Da Ihr Vater nun tot war, gab es keinen Grund mehr, länger bei Froyant zu bleiben. Ich wollte dem Kreis näherkommen, und ich wußte, ich würde die Aufmerksamkeit des Mannes, der die Bande beherrschte, am ehesten auf mich lenken, wenn ich selber kriminell wurde. Es war nicht die Vorsehung, die es fügte, daß Sie gerade an der Pfandleihe vorübergingen, als ich Froyants Goldfigur verpfändet hatte. Mein Vater hatte das arrangiert. Und wenn er mich eine Diebin und Kumpanin von Gaunern nannte, dann sollte dadurch eine Atmosphäre geschaffen werden, die Derrick Yale, oder besser Ferdinand Walter Lightman, beeindrucken würde. Es bestand gar nicht die Gefahr, daß man mich ins

Gefängnis stecken würde. Der Richter behandelte mich als nicht Vorbestrafte, aber mein Ruf war ruiniert, und wie ich erwartet hatte, erhielt ich gleich danach eine Aufforderung, das Haupt des Kreises kennenzulernen.

Ich traf ihn eines späten Abends auf dem Steyne Square. Ich glaube, Daddy hatte mich die ganze Zeit beobachtet und mich bis nach Hause beschattet. Du warst nie weit weg, nicht wahr, mein Lieber?"

„Nur bei Barnet, da war ich doch erschrocken, Mutter."

„Meine erste Aufgabe beim Kreis war, zu Brabazon zu gehen. Sie sehen, Yales Methode bestand darin, ein Mitglied das andere bespitzeln zu lassen. Mr. Brabazon war mir ein Rätsel. Ich wußte nie genau, ob er ein anständiger Mann oder ein Gauner war, und natürlich hatte ich zu Anfang keine Ahnung, daß er ein Mitglied der Bande war. Ich mußte wieder stehlen, um überzeugend zu wirken. Das hatte mir eine Rüge von meinem mysteriösen Chef eingebracht, aber es war auch nützlich, denn ich kam in Kontakt mit einer Verbrecherbande und war so unbeabsichtigt im Haus am Marisburg Place, als Felix Marl umkam. Yales Ziel im Hinblick auf mich war es, jeden Verdacht von seiner Person abzulenken. Außerdem dachte er, er könnte meinem jungen Leben ein jähes Ende bereiten. In der Nacht, als er Froyant ermordete, hatte er mich in die Nähe des Hauses bestellt, mit einem Messer und einem Handschuh ausgerüstet, die genau den von ihm in dem furchtbaren Verbrechen verwendeten Gegenständen entsprachen."

„Aber wie sind Sie aus dem Gefängnis entkommen?"

Sie sah ihn vergnügt an.

„Mein lieber Junge, wie konnte ich wohl aus dem Gefängnis entkommen? Der Leiter ließ mich in der Nacht heraus, und ich wurde von einem geachteten Inspektor der Polizei nach Hause begleitet!"

„Wir wollten Yale in die Enge treiben, verstehen Sie", erklärte Parr.

„Als er erfuhr, daß Mutter aus dem Gefängnis war, geriet er aus der Fassung und beeilte sich mit seinen Vorbereitungen für eine Flucht. Als er sein Büro durchstöbert vorfand, war ihm ziemlich klar, daß Thalia etwas mehr war, als er sich gedacht hatte."

43

Fortsetzung folgt

Jack nahm am folgenden Tag an dem Essen teil und ebenfalls Thalia, die eine so wichtige Rolle gespielt hatte und nun die Heldin des Tages war. Nach dem Essen beendete der Inspektor seine Darlegungen.

„Wenn Sie zurückdenken, meine Herren, dann werden Sie sich erinnern, daß man den Namen Derrick Yale zum erstenmal hörte, als die ersten Morde des Kreises geschehen waren. Er hatte sich in der Stadt ein Büro eingerichtet und Rundschreiben verteilt, in der Zeitung für sich als psychometrischen Detektiv geworben, aber er bekam nur wenige Fälle. Natürlich wollte er auch gar keine Fälle. Er arbeitete an seinem großen Coup. Es war nach dem ersten Mord, wie Sie sich vielleicht erinnern, daß Derrick Yale von einer Zeitung, die eine sensationelle Geschichte brauchte, angeheuert wurde, seine psychometrischen Kräfte bei der Verfolgung des Verbrechers einzusetzen.

Wer kannte die Namen der Verbrecher besser als Yale? Wer wußte besser, wie die Verbrechen ausgeführt worden waren? Und die Folge war, daß ein Schwarzer verhaftet wurde, genau an der Stelle, wo Yale es vorausgesagt hatte. Als das bekannt wurde, wuchs Yales Ruf ins gigantische. Es war genau das, was er erwartet hatte. Er wußte, daß jemand, der vom Kreis eine Drohung erhielt, mit großer Wahrscheinlichkeit seine Hilfe erbitten würde, und das geschah auch.

Indem er seinen Opfern nahe war und ihr Vertrauen gewann – und Yale war ein äußerst gewinnender Typ –, war er in der Lage, sie zum Zahlen zu drängen, und wenn sie sich weigerten, war er sofort zur Stelle, sie in den Tod zu befördern.

Froyant wäre vielleicht nicht gestorben und ganz gewiß nicht von der Hand Yales, wenn er nicht, durch den Verlust des vielen Geldes erzürnt, selber Nachforschungen angestellt hätte. Ausgehend von einer auf einem ganz schwachen Verdacht ruhenden Hypothese, baute er einen Fall Derrick Yale auf und konnte Lightman und Yale als ein und dieselbe Person identifizieren. An dem Abend, als er umkam, hatte er uns rufen lassen, um uns dieses zu eröffnen. Daß er etwas befürchtete, beweisen die zwei geladenen Revolver in seiner Hand – es ist bekannt, daß Froyant den Gebrauch von Schußwaffen haßte.

Und Sie erinnern sich, daß der Polizeichef Froyant als Antwort auf dessen Anruf anläutete. Das war Yales Chance. Froyant schickte uns hinaus. Ich ging zuerst und dachte nicht im Traum daran, daß Yale es in dem Augenblick wagen würde. Als wir ins Zimmer gegangen waren, hatten wir unsere Mäntel an, und mir fiel auf, daß Yale die Hand in der Tasche hatte. Diese Hand", sagte er mit Nachdruck, „steckte in einem Motorradhandschuh und hielt das Messer, mit dem er Froyant tötete."

„Aber warum trug er den Handschuh?" fragte der Premierminister.

„Damit seine Hand, die ich ja gleich danach sehen würde, keine Blutflecken zeigen würde. In dem Augenblick, als ich ihm meinen Rücken zudrehte, muß er direkt auf Froyants Herz gezielt haben, und dieser muß sofort tot gewesen sein. Er streifte den Handschuh ab und legte ihn auf den Tisch, ging zur Tür und tat so, als würde er die Konversation fortsetzen – mit einem Mann, der bereits tot war.

Ich wußte, daß es so passiert war, aber ich hatte keine Beweise. Er hatte dafür gesorgt, daß meine Tochter im Haus war, das wir sofort durchsuchten. Auf sie sollte der Verdacht fallen, aber sie war klug genug, nur bis ans Haus zu gehen und dann, da sie Verdacht geschöpft hatte, wieder zu verschwinden. Doch ich greife vor.

Einer von denen, die wir zu bewachen hatten, war James Beardmore, und das war ein Bodenspekulant, ein Mann, der alle möglichen Leute kannte, gute und schlechte. An dem Tag erwartete er einen Besuch von Marl, den er nie zuvor gesehen hatte, er hatte den Namen Marls vorher seinem Sohn gegenüber erwähnt, aber nicht gegenüber Yale. Als Marl kam, war der letzte, den zu treffen er erwartet hätte, sein Verbrecherkumpan aus dem Toulouser Gefängnis, ein Mann, den er durch seinen Verrat dem Tod ausgeliefert hatte.

Yale muß am Ende der Hecke gestanden haben, und Marl sah ihn ganz kurz und ging sofort zurück ins Dorf, angeblich nach London, gepackt von Angst und trotz seiner Panik entschlossen, Lightman zu töten, bevor dieser ihn töten würde. Sein Mut muß dann verflogen sein, er war nie ein besonders tapferer Mann, jedenfalls schrieb er Yale statt dessen einen Brief und schob ihn unter dessen Fenster – Yale las den Brief und verbrannte ihn – zum Teil. Ich kann Ihnen nur sagen, daß er wahrscheinlich eine Äußerung enthielt in der Art, daß Marl, wenn er in Ruhe gelassen würde, Lightman ebenfalls in Ruhe lassen würde. Er wußte nicht, welche Rolle Yale spielte. Die Worte ‚Block B' bezogen sich auf den Richtblock im Toulouser Gefängnis. Von dem Zeitpunkt an war Marl ein toter Mann. Er erpreßte Brabazon seinerseits ein bißchen, einen Mitarbeiter des Kreises, und Brabazon deutete die Gefahr Yale gegenüber an, der in seiner Eigenschaft als Detektiv das Geschäft besuchte, an das alle Briefe des Kreises gerichtet waren, und unter dem Vorwand, der Gerechtigkeit zu helfen, las er sie.

Einen Tag nach Marls Tod wollte Brabazon durchbrennen, und mit diesem Ziel vor Augen hatte er Marls Konto aufgelöst. Bei Marls Tod fiel natürlich der Verdacht auf ihn, und als der Kreis ihm signalisierte, daß er in Gefahr wäre, flüchtete er in das Haus am Fluß, das wir durchsuchten."

Inspektor Parr lachte vor sich hin.

„Wenn ich sage, ‚wir durchsuchten es', meine ich, Yale durchsuchte es. Mit anderen Worten, er ging in das Zimmer, wo sich seines Wissens Brabazon aufhielt, und kam wieder herunter, um mir zu sagen, daß alles in Ordnung wäre."

„Eine Sache hätte ich gern noch aufgeklärt – die Betäubung Yales in seinem Büro", sagte der Premierminister.

„Das war ganz schlau und hat mich einen Augenblick lang getäuscht. Yale hatte sich selbst die Handschellen angelegt, sich gefesselt und betäubt, nachdem er das Geld in einen Briefumschlag gesteckt und ihn an seine Privatadresse aufgegeben hatte. Sie erinnern sich, Sir, daß der Postbote ein paar Minuten nach dem ‚Verbrechen' das Gebäude verließ, nachdem er den Kasten geleert hatte. Zum Unglück von Yale hatte ich Thalia ins Zimmer gelassen und sie im Schrank versteckt, von wo aus sie die ganze Komödie beobachtete und die Chloroformflasche mitnahm, die er in ein Schreibtischfach gelegt hatte.

Das letzte Opfer, Mr. Willings", jetzt sprach Mr. Parr sehr deutlich und entschieden, „verdankt sein Leben der Tatsache, daß er eine unheilvolle Neigung zu meiner Tochter hatte. Sie wehrte sich gerade gegen ihn, als sie sich umsah und eine Hand hinter dem Vorhang zum Vorschein kam, die das Messer hielt, das zuvor von Yale (wieder in seiner Eigenschaft als Detektiv) gestohlen worden war. Es war auf Willings Herz gerichtet, mit aller Kraft stieß sie ihn zur Seite, aber nicht weit genug, um ihn ganz zu retten. Yale war natürlich zur Stelle, um das Verbrechen aufzudecken (ich glaube, er ärgerte sich sehr, als er feststellte, daß der Mord mißglückt war), und es war natürlich ganz einfach für ihn, das Verbrechen auf Thalia zu schieben.

Bedenken Sie, mit welcher Raffiniertheit er zu Werke ging!" sagte Parr voller Bewunderung. „Er hatte selbst dafür gesorgt, daß er einer der begehrtesten Privatdetektive wurde, so daß er immer zur Stelle war, wenn es um Informationen ging, die für ihn als Kreis unschätzbar waren. Er kam schließlich – auf meinen Vorschlag – ins Polizeihauptquartier, wo ihm die wichtigsten Dokumente zugänglich waren. Einige waren nicht ganz so wichtig, wie er dachte. Aber es rettete Mr. Jack Beardmore das Leben, daß Yale als erster mit dem Foto von seiner fehlgeschlagenen Exekution zu tun hatte.

Nun, meine Herren, gibt es noch etwas, worüber Sie Aufklärung wünschen? Eine Sache, die gar nicht so unwichtig zu sein scheint, möchte ich noch erläutern. Vor zwei Tagen sagte ich zu Yale, daß große Verbrecher gewöhnlich wegen eines lächerlichen Fehlers zur Strecke gebracht werden. Yale hatte die Kühnheit, mir zu erzählen, er sei bei Willings gewesen, nachdem dieser gegangen war, und die Dienstboten hätten ihm gesagt, wo Thalia und Willings sich aufhielten. Das allein hätte schon gereicht, ihn zu verhaften, denn er war seit dem Morgen nicht mehr in die Nähe von Willings' Haus gekommen, und im Landhaus war er mindestens eine Stunde vor den Dienstboten eingetroffen."

„Was mich im Augenblick beunruhigt, ist die Frage, wie wir Ihre Tochter belohnen", sagte der Premierminister. „Ihre Beförderung, Mr. Parr, ist natürlich leicht zu bewerkstelligen, denn der Polizeichef braucht einen Stellvertreter, aber ich weiß nicht, was wir für Miß Drummond tun können, außer daß wir ihr die Geldprämie, die ihr für die Entlarvung des gefährlichen Verbrechers zukommt, auszahlen."

Dann war eine sehr heisere Stimme zu vernehmen. Jack hatte das Gefühl, es war seine, und den Eindruck hatte auch der Rest der Gesellschaft.

„Sie brauchen sich um Miß Drummond keine Sorgen zu machen", sagte diese fremde Stimme, die Jacks Gedanken aussprach, „wir heiraten bald."

Als sich das Gratulationsgewirr gelegt hatte, beugte sich Inspektor Parr zu seiner Tochter. „Davon hast du mir gar nichts erzählt, Mutter", sagte er voller Tadel.

„Ich habe es ja nicht einmal ihm erzählt", sagte sie und sah Jack erstaunt an.

„Willst du damit sagen, er hat dich gar nicht gebeten, dich zu heiraten?"

Sie schüttelte den Kopf. „Nein", antwortete sie, „und ich habe auch nicht davon gesprochen, daß ich ihn heiraten würde, aber ich habe so etwas kommen sehen."

Lightman oder Yale, als den man ihn eigentlich kannte, war ein vorbildlicher Gefangener. Seine einzige Beschwerde bestand darin, daß man ihm auf dem Weg zur Exekution nicht das Rauchen erlaubte.

„In Frankreich regeln sie diese Sachen viel besser", sagte er zum Gefängnisdirektor. „Als ich das letztemal zur Exekution ging ..." Dem Gefängnisdirektor gegenüber äußerte er sein wärmstes Interesse an Thalia Drummond.

„Unter Tausenden gibt es ein wirkliches Mädchen!" sagte er. „Ich glaube, sie heiratet den jungen Beardmore – er hat Glück, der Bursche. Was mich betrifft, haben mich Frauen wenig begeistern können. Darin liegt wahrscheinlich der Erfolg meines Lebens begründet. Wäre ich jedoch ein Mann, der heiraten wollte, dann wäre Thalia Drummond sicher die Richtige."

Er mochte den Geistlichen, weil er von großer Menschlichkeit war und sehr interessant über Land und Leute erzählen konnte; Derrick Yale hatte die meisten der faszinierenden Orte dieser Welt selbst gesehen.

An einem grauen Morgen im März kam ein Mann in seine

Zelle und fesselte ihm die Hände.

Yale sah ihn über die Schulter hinweg an. „Haben Sie schon einmal von Monsieur Pallion gehört? Er stammte aus Ihrer Gilde."

Der Henker antwortete nicht. Die Vorschrift verbot ihm, mit dem Gefangenen über anderes zu sprechen als über die Vergebung des Gefangenen für die Tat, die nun von dem Henker begangen werden sollte.

„Sie sollten etwas über Pallion in Erfahrung bringen und von seinem Beispiel lernen. Trinken Sie nie! Trinken – das war mein Ruin! Nur wegen des Trinkens bin ich hier!"

Dieser kleine Einfall hielt ihn auf dem Weg zum Schafott aufrecht. Man legte ihm die Schlinge um den Hals und deckte sein Gesicht mit einem weißen Tuch zu. Dann trat der Henker an den stählernen Hebel.

„Ich hoffe, das Seil reißt nicht", sagte Derrick Yale.

Das war die letzte Nachricht vom Feuerroten Kreis.